JN209838

# 滅びの掟

## 密室忍法帖

安萬純一

南雲堂

# 滅びの掟

密室忍法帖

# 滅びの掟

密室忍法帖

目次

ブックデザイン——奥定泰之
イラスト——苗村さとみ

森で出会ったその人が自分にくれた。

それは毒。

飲んでもすぐには効かない。効果が出たときにはもう遅い。確実に死ぬ。その人はいった。

これはおまえの望みをかなえるものだ。おまえは自分と同じ種類の人間だ。だからこれをあげる。

受け取った毒を手で包み込む。自分の心の闇を、自分の心の叫びを、その人は知っていた。このまま
まじゃ自分の望みがかなわぬことも、その人には知られていた。

ただし、ひとつ条件がある。

最後の一回分は取っておくんだ。そして必ず自分に使うこと。いいかい。守れるね。

じゃあもうお行《ゆ》き。行ってそれを使うんだ。


あいつらに、それを使うんだ。

# 第一章

# 其の一

「なあ塔七郎《とうしちろう》、仮死の術がうまくなるにはどうすればいい」

横をついて歩く女にそう問われ、塔七郎が相手の方を向く。相手はまだ少女といっていいくらい。あどけない顔はせいぜい十四、五にしか見えない。本当の歳はいくつなのか。塔七郎は自分のすら知らない。彼らはいずれも、捨てられていたのを拾われたり買われたりした者たちだったから。

「恐れる心を克服することだ」

桔梗《ききょう》に答える。

「呼吸を少しずつ遅めていき、ついにはほとんど止まっているに近いくらいにするわけだ――」

少女がこっくりうなずく。顔には隠しきれない嬉しさがあった。全身で塔七郎の方を向き、その言葉を受け止めようとしている。

「その際、どうしても恐怖心がわいてくる。意識を失い、仮死の状態になったとき敵に見つけられたらどうしよう。野犬に襲われたらどうするのだ。しかし、仮死が完成すればそんな心配は無用だ。一切の気配を消す。中途半端に恐怖心が残っている方が余程危ない。敵や獣に悟られる。要は呼吸を遅くしていく段階でなるべく時間をかけて己を消していくことだ。安心して無の境地に至ればいい」

「聞いたことをあとから思いだせるというのは本当か」

「ああ。一度耳が捉《とら》えたことはあとで必ず再現できる。だから仮死に入ったらなにも考えてはならぬ。たんなる受容器と化す。それが鉄則なのだ」

「塔七郎はどれくらいやったことがある」

「まる二日と半日ほどだな。とある城中の天井裏でだ」

「二日と半日も――。そんなに長くできるものなのか」

「ふふ。おまえ、仮死を本気でおぼえたいのか」

相手の真剣なまなざしを見て反対に問うた。

「ああ。自分なりに結構うまくできると思ってる。ただ、まだそんなに長くできたことはない」

仮死は、短いあいだできただけでは実地で役立たない。敵陣深くに忍び入り、なにがしかの情報を盗み取るにはそれなりの時間が必要だ。その間、飲み食いしないことはもちろん、いっさいの気配を消しておかねばうまくいかない。達人がやれば蚊も気づかずに通りすぎるという。

「おまえ、五郎兵衛《ごろべえ》にもなにやら教わっているそうだな」

「まあな。そっちの方はかなりうまくなったぞ。まだ見せられんがな」

五郎兵衛はこの木挽《こびき》の里にあってかなり年嵩の忍者だ。なにを教わったのかは知らぬがまず物騒な技であることは間違いない。彼はこと刀を用いぬ技の数では随一のものがある。その数、多彩さは計り知れない。御小人徒目付《おこびとかちめつけ》の経験も長い。

「自分だけの必殺の術を持ってはじめて忍びとして一本立ちだ」

「わかってるよ」

この将軍家光の時代。まだ隠密という言葉は生まれていない。御小人徒目付とは御徒目付の系列下にある下部組織である。江戸の中、後期において活躍した隠密の仕事が主に治安維持のための諸藩の動静把握だったのに対し、まだ初期といわれたこの時代では幕藩体制の確立のため、敵対する大名の廃絶、改易が目的だった。諸藩の支配下に姿を変えて入り込み、幕府が難癖を付けられるようなネタ探しに奔走するのである。

事実、この時期の諸藩の改易、廃絶は激烈なものだった。三代将軍家光のもとで外様大名二十九家、譜代大名二十家が難癖を付けられた上改易、廃絶の憂き目にあっている。

将軍家の命令で諸国を巡り、情報を手にして戻ってくる。その元締めが服部半蔵だった。この伊賀の山中には数十もの里があり、木挽もそのひとつだ。戦国期、この狭い山中に数百もあったという中世城館は幕府の命で取り潰されたものの、その名残と呼べるものはまだあちこちに残っている。それら砦《とりで》を拠点として忍びが日々修業にあけくれていた。

「誰にも破れん技を持って、おれは将来塔七郎と――」

女忍者、くノ一の桔梗は自分のことをおれという。それ以上しゃべろうとするのを塔七郎は目で制した。そばに誰かがいる。気づいた桔梗が顔を伏せて走り去っていった。

代わりに塔七郎のそばに現れた男が桔梗のうしろ姿を見送りながらいう。

「邪魔したようだな。いいところだったのに」

「なんだ半太夫《はんだゆう》、俺に用か」

陣場《じんば》半太夫。いやな奴に出くわした。塔七郎は顔をしかめる。

「そんな顔をするな。俺はおまえのような堅物がどうして女子に好かれるのかと思ってな」

「ほう、堅物とな。おぬしにそんなことをいわれるとは心外だな。上からの受けばかり気にしている利口者のくせに」

「おまえまでそんなことをいうか。まあいい。ところでおまえは占星術というのを知っておるか」

「聞いたことだけはある」

「星の位置や動きで吉凶を占うのだ。俺は少々嚙《かじ》った。それでわかったことがあるんだが、近々俺たちは凶事に見舞われるようだな」

「おまえだけのことじゃないのか」

「俺たち全員、おまえも含めてだ。島原の乱は知っておろう。俺はあれが起きることを当てた者から教わった」

「起きたあとで当てることは誰にもできるぞ」

「信玄も謙信も占星術に頼っていたのは有名な話だ。双方がやっていたからこそあの両者は相譲らなかったのだ。それはともかく、この凶運を俺は何年もまえから気にしていたんだが、それがついに現実のものとなるようだ。おまえもきっと——」

半太夫が口を閉ざして遠くを見た。一瞬遅れて塔七郎も気づく。感覚の鋭敏さは半太夫の方が上だ。それは認めるところだが、ことあるごとにそれをひけらかすこの男はやはりいやな奴だと思う。

里に入ってきた者がある。

それは肩幅の広い男だった。大柄なのにおそろしく身軽でもある。険しい山道を上がってきたはずなのに足取りはいま起きたばかりのように軽快で、落ち葉を踏んでも音を立てない。伊賀では知らぬ者の方が少ない。鴉《からす》という半蔵の使いだ。木挽の頭領のところへなにかしら話を持ってきたのだろう。

村の中心にある頭領、東善鬼《あずまぜんき》の家に入った鴉は半刻《はんとき》（一時間）もせずに出てきた。その間半太夫が話題を変えてしゃべり続けた。目はずっと頭領の家の方に向けている。鴉がどんな用で来たのか気にしているのだろう。

鴉が去ってしばらくするとふたりに呼び出しがかかった。

頭領の家、といってもほかと大した違いがあるわけでもない。普請といい大きさといい、塔七郎が住んでいる家とほとんど変わらない。それも、頭領にはすえという妻がいるにもかかわらずだ。

塔七郎と半太夫が入っていく。遅れて幾人かの者たちが来た。人が入ってくるたびに油の皿につかった灯心の炎が揺らぐ。全部で五人集まった。塔七郎は五郎兵衛の姿を見て意外に思った。ほかには十佐《じゅうざ》と湯葉《ゆば》がいた。この里の精鋭と呼んでいい者たちだ。

「半蔵殿からのお達しだ。おぬしらに甲賀へ行ってもらう――」

東善鬼がいった。甲賀――それは自分らと同じく幕府の手先として働くものたちの住む場所である。

「次にあげる者たちを斬れとの通達だ。

麩垣将間《ふがきしょうかん》、藪須磨是清《やぶすまこれきよ》、紫真乃《しまの》、奢京太郎《おごりきょうたろう》、李香《りきょう》、以上五人だ。それ以外、この者たちを斬るのに必要であれば何人斬ってもかまわぬ。ともかくこの五人だけは斬り洩らさぬように、とのことだ」

「承り申した」

半太夫が両手をついたまままいう。素早い返事は自分が代表だといわんばかりだ。まあそれはそれでよい。それよりも——と塔七郎の頭に疑念が浮かぶ。

なんだろう。これはたんなる殺人指令だ。このような命令は聞いたことがない。任務に必要あれば斬れ、というのは不文律としてどんな仕事にもついてまわるが、このような殺人だけを目的とする任務、人を斬れというだけの仕事を、少なくとも塔七郎は受けたことがなかった。いったい、名前を挙げられた甲賀の五人はなにをした者たちなのだろう。

頭領に問いただすなどあり得ない。頭領すら詳細は知らされていない可能性もある。自分たちは受けた命令をただ遂行すればよいのだ。

「明朝には発《た》て。では下がってよい」

半太夫が姿を消す。ろうそくの火の揺らぎすらない、これ見よがしなみごとな消え方だった。ほかのものも相次いでその場をあとにした。塔七郎も、後ろ髪を引かれるような思いで外へ出た。

「——なんなんだろうな。甲賀と戦争でもおっぱじめようってのか」

うしろから追いついてきた者がいう。その者が肩を並べるのを待ってから塔七郎は頭にあったのとはべつな疑問を口にした。

「五郎兵衛がこの仕事に参加するのか」

「ああ。そいつぁ俺も意外だったな」

十佐が声を落とす。

「もう体もまえみてえには動かんみたいだしな。忍び同士の殺し合いに向かわせるなんざ、死にに行かせるようなもんだ」

「おいおい、いっていいことと悪いことがあるぞ」

十佐はもともとあけっぴろげなところがあるが、塔七郎とふたりだけのときにはさらに傍若無人な言動が目立った。顎の張った精悍《せいかん》な顔つきをしているが、いうことはしばしば首を傾げさせる。

「任務で死ねりゃ本望だろうが。とっつぁんは間違いなく幸せものさ」

塔七郎は仕方ないというふうににやりとした。

塔七郎と十佐は、拾われて里へやって来た時期が近かったせいもあり、ほとんど兄弟同然に育った。十佐はもともと剣の才能はあったが、成長するにつれてその腕前は鬼気迫るほどに上達した。いまでは間違いなく伊賀一番の使い手だ。特に居合い抜きをやらせたら足もとに及ぶ者すらいない。ただ、それに頼りすぎるきらいがあり、ほかの術の修業などはさぼりがちだった。

「明朝だ。準備はいいか」

塔七郎はいった。

「なんもいらねえさ。なんなら刀すら置いてってても平気なくれえだよ。どっかの先生がえらくはりきってっからな。のんびりついていきゃ、着くころにゃ終わってっかもしれねえぞ」

どっかの先生というのは半太夫のことだ。自他共に認める、この里の第一人者である。十佐も半太夫も左利きの使い手だが、剣法だけなら十佐の方が上だろう。だが総合的に見れば半太夫の方が上だ。あらゆる技、術を熱心に習得し、身につけた技に磨きをかけることにも余念がなかった。相手の五人がどれほどの腕前なのか知らないが、いま十佐がいったのは決して誇張ではない。手柄や利にさといところも人一倍である半太夫が、一番に乗り込んでいってひとりで五人全員を始末してしまいかねなかった。

「そんなことになってみろ。ますます威張られることになるぞ」

「そうだな。まあいいけどな。ともかく明日迎えに寄ってくれや」

「今夜は酒をひかえろ。ちゃんと起きて待ってるんだぞ」

「はは、説教はやめろ。寝てたら叩き起こせばいいだけだろうが。おめえの方こそ、気をつけにゃならんことがあるだろう」

「なんだ」

「女だよ。おめえは女を引きつける。ときにそりゃ命取りになるっていうぜ」

「ふざけたことを抜かすな」

それ以上いわず、にやけた表情を貼りつかせた十佐が自分の家の方へと去っていく。

(なにが女に気をつけろだ)

塔七郎は腕組みをしながら歩き続ける。自分が女で問題を起こしたことなど一度もないことは兄弟同然に過ごしてきた十佐が一番よく知っていることだ。

ふと脳裏にひとつの姿が浮かぶ。まだ少女といっていい華奢《きやしや》な体つき。

桔梗――。

もしかすると十佐は俺と桔梗が話しているのを立ち聞きしたりしたのか。いや、そういえば桔梗は十佐に剣法を習っていた。その折りに余計なことを話したか。

ええい、どうでもよいわ、そんなこと。問題など起こり得ぬ。だいいち相手はまだ小娘だ。

明朝は誰にもなにも告げずに里をあとにする。残った者たちは、それをもって自分らがなにかしら任務に就いたことを知る。内容は仲間にも教えない。それもまた不文律だ。

夜になり、床に就いていた塔七郎のもとに半太夫が訪ねてきた。

「起こして悪かったな」

戸を開けた塔七郎に、普段偉そうな半太夫が思いのほか殊勝にいった。

「まだ起きていた。なに用だ」

中に引っ込んだ塔七郎について半太夫が入ってくる。

「おまえは十佐と一緒に行くのだろう」

「ああ」

「待ち合わせ場所を決めておきたい」

半太夫が懐から巻いた紙を取り出す。甲賀の地図だった。峠や川の位置がいくつか簡素に記されている。中に一カ所、丸のついた場所があった。

「ここにうち捨てられた古寺がある。名はたしか増浄寺《ぞうじょうじ》といったかな。着いたらここへ来い」

べつに断る理由もない。塔七郎はうなずいた。半太夫が地図を巻き直して懐にしまう。

「待っているからきっと来いよ。では明日な」

# 其の二

五人に指令を出したあと、里の頭領である東善鬼は腹心である鯉霧《こいぎり》を呼び、ある命令を下した。鯉霧は四十半ばの背の高い男で、副頭領的な存在だった。寡黙で自分から人に話しかけることはめったにない。その鯉霧が頭領の家から出てくるとき青ざめた顔をしていたのを頭領の妻であるすえが見かけた。

朝になり、鯉霧はすえがいることに気づいてもいない様子で歩き去っていった。

　朝になり、五人が里を立った。

　その夜のこと——。

忍びの里は一見普通の田舎村のように見えて実際はちょっとした要塞のように堅固に護られている。険しい山の中腹にあることに加えて、よじ登れるような手頃な岩場には目立たぬような忍び返しの切っ先が仕掛けられているほか、落とし穴、落ち葉や小石に混ざったマキビシや、かかると音が鳴るように細工された糸が張り巡らされており、里のものでなければそれらの在処《ありか》を知ることはない。外部のものが誰にも気づかれずに中に入り込むことはほぼ不可能なのである。そして一日中交代制で修業中の誰かしらが見張りについている。

その晩、見張りについていたのは千介《せんすけ》という二十歳になったばかりの男だった。夜のうちにその千介がなに者かに斬られ、命を落としたのである。

発見されたのは村を貫いて流れる小川のところだった。首をかき斬られ、あおむけのまま上半身が川の中につかった状態で見つかった。血は出きったのか、川の流れはいつものように澄んでいた。

里中が色めき立った。こんなことが起きたのははじめてのことだったからだ。その場を検分した東と鯉霧はすぐに残りの者たちに里の周辺を調べさせた。なに者かが厳重な罠をかいくぐって里の中に入り込んだらしい。

戻ってきた者たちの報告では、誰かが入ってきたらしい痕跡はいっさい発見できなかった。足跡も残さず、罠にもかかることなく、里の中に入り込み、千介を殺害してまた出ていったということなのか。

信じられぬことだ。もう一度全員ですみずみまで探索し直した。

怪しい者の痕跡などまったく見つからない。誰がやったにせよ、手際のよさは不気味なほどだった。

ほかにも謎があった。

千介は川の中で斬られたらしかった。首の脇を切られているのだからほぼ即死だっただろう。斬られたあと、その状態で自力で川まで這っていったとは思われない。付近に引きずられた跡も血の跡もなかった。つまり斬られたのが川の中なのだ。

千介はなに者かに川まで追われ、水に入ったところで斬られたか、もしくはあらかじめ川までおびき寄せられてから斬られたことになる。夜中の見張りをしていた者が不審者を見つければどこへ駆けつけても不思議ではない。それはそうなのだが、このように一見無抵抗に斬られてしまったのはどうしたわけだろう。仲間に報《しら》せる呼び子を吹く暇もなかったのか。千介とてまだ若いとはいえ忍びだ。それがこうも簡単にやられるとは、相手はそれほどまでに腕の立つ者なのか。

里の中で死んだ千介の体はしきたりどおりに里の隅にある墓場に葬られた。忍びは他国で人知れず命を落とすことが多い。その場合、屍《しかばね》が戻ってくることはない。だからせめてここで死んだものは鄭《てい》重《ちょう》に葬るならわしだ。棺桶がしつらえられ、その中に横たえられた死体が埋められる。

三日後、次の者が殺された。

またしても里の中でである。これはゆゆしき事態だった。自分たちの守備陣形がやすやすと破られているのだ。相手から愚弄《ぐろう》されているといっていい。

今度もまた夜間の見張りの者だった。せつという名の四十女である。忍びとしての腕はそれほどではないが、ひととおりの修業は受けてきた。それが一刀で喉を切られて絶命していた。畑の中でだ。前回との共通点といえば、家々からそれなりに離れた場所だということだろう。せつの叫びなどを聞いた者はいない。

解せないことである。前回とは違い、今度は誰もが警戒していたはずだ。相手はそれほどまでにみずからの気配を消すのがうまいのか。

頭領の善鬼からこの件について一任された鯉霧は部下を集め、里の中を調べた。外からの出入りがそう簡単にできたはずがない。事実、方々に仕掛けられた仕掛けにまるで掛かっていない。こうなるとふたりを殺した下手人は里の中のどこかに隠れているしかないと思われた。

鯉霧は里内をしらみつぶしに調べた。もとより慎重で生真面目な質《たち》である。その探索は徹底していた。人が隠れられそうな場所はひとつ残らず引っ繰り返され、ほじくり返された。にもかかわらず痕跡が発見できない。どこか地面に穴を掘って潜んでいるのではという思いから、一寸刻みに地面も調べられた。最近掘り返された跡などない。

唯一、二日まえに葬られた千介の墓所以外には――。

鯉霧は三人の部下とともにその墓のまえに来た。

「掘り返せ」

部下たちが土を掘り始める。三日しかたっていないため、土は容易に取り除かれ、木の棺桶の蓋が見えてきた。

「はずせ」

打ち込まれた釘はそのままのように見える。それを引き抜き、蓋が持ち上げられる。

中から現れたのは千介の朽ちかかった死体だけだった。

蓋が戻され、再度土がかぶせられる。

（もうこれ以上探す場所がない。殺しのあと、やはり賊は里から出ていったのか）

部下に弱気なところは見せられない。鯉霧は表情を引き締める。

ここまでくるとあるいは……ともうひとつの可能性に思いを馳せずにはいられなかった。

内部の者の犯行なのか。少なくとも内部の者が絡んでおり、外から賊を招き入れているのか。里の者なら罠や仕掛けのある位置を知っている。それらに引っかかることなく出入りさせることができる。

そうだとしてもどうしてあのふたりがやられたのか。

善鬼に相談の結果、内部犯の可能性を探るのもやむなしという結果になった。いうまでもないことだが、忍びにとって仲間を裏切るのはなにより重い罪である。そのような者が見つかればただ殺されるだけではすまされない。拷問を受けることはもちろん、直接血のつながりのある者がいれば、その者にも累が及ぶ。単純な破門追放ならいい方で、両手をもがれたあげく野犬の群れのまえに突き出されたりする。そのことを知らぬはずがない。そのような危険をおかしてなお、千介とせつを殺す理由を持っていたということになるのだ。

筒賀《つつが》という部下の男が鯉霧にこんな提言をした。

「たまたま夜番に当たったものを殺したように見えますが、このふたりをまえから狙っていたのかもしれませぬ」

「無差別のように見せかけて実際はそうではなかったということか」

「そういう可能性も無視できぬのでは」

「ふむ。ではおぬし、その方面を探ってみてくれ」

筒賀に里の者たちの人間関係を洗わせているあいだ、鯉霧もさまざまな可能性を考えていた。

とっかかりとして重要な点がある。やったものが誰であれ、そいつは千介やせつより腕の立つ者であるということだ。ふたりが助けも呼べずに絶命したということがそれを物語っている。

忍びである、という点がことを少々複雑にする。これが普通の武士であれば単純な話だ。剣の腕が上位の者に容疑を向ければよい。剣法の腕の上下は明確で誤魔化しがきかない。下の者が上の者を一方的に斬り捨てることなどまず起こりえない。今回の二件の場合、襲った者の方は怪我すら負っていないと思われる一方、千介もせつも自分の武器すら抜いていない。それほど力量に差があったということだ。

忍びであるが故に複雑になるというのは、忍びには幻術を用いる者などがいるせいである。忍びはむしろ、まともに斬り合うことの方が少ない。なにかしら搦《から》め手でいくか、自分の得意な殺害法を用いることが多い。そしてそれは場合によってはかなり奇妙で不可思議なものだったりする。

そうした技が用いられ、目くらましのようなものにあって身動きが取れなくなった相手に刃物を用いたという場合、その術の痕跡は残っていないだろう。事後、術者が痕跡を消し去ったに違いないからだ。それが必殺必中の術であればあるほど、忍びはそれを他人に知られぬようにする。術を知られることがみずからの命を危険にさらすことにつながるからだ。たとえ頭領ですら、個人個人の術の詳細までは知らないものである。

ただし、そういうことまで鑑《かんが》みてもなおいえることは、少なくとも犯人は、千介やせつより忍びとしての総合的な力量が上だということだろう。そう考えれば、里の中でもいくらか容疑の対象者が絞られてくる。

里への出入りは依然きつく見張るが、内部の容疑もまた追及していかねばならぬ。鯉霧はこれまでついぞ感じたことのなかったような焦燥にかられていた。

# 其の三

濃霧が立ちこめている。乳色をした、すさまじく濃い霧だ。なにしろ、伸ばした自分の手先が見えないほどである。これではじっとしているしかない。

「やっかいなもんだな、霧は。気配がつかめねえ」

塔七郎と十佐は御斎峠《おとぎ》という伊賀と甲賀を結ぶ山地に潜んでいた。

「音が揺れて聞こえるから距離感もおかしくなる。耳をすましてみな」

十佐が石ころを拾って投げる。それが斜面にぶつかって下へ落ちていく。なるほど不思議だ。あとから聞こえる音の方が近く感じたりした。

甲伊一国、という言葉がある。伊賀と甲賀は同じ近江《おうみ》に位置し、山ひとつ越えただけだ。他国の者から見れば一国と見られても仕方ないのかもしれない。この御斎峠のほかにも油日、湯舟、内保といった峠道でつながっており、古くから交流の盛んな両国だった。

ふたりは、案の定まえの晩に酒を喰らっていた十佐がなかなか起きなかったせいで早朝に発つことができなかった。その上こんなすごい霧につかまった。ほかの三人はとうに待ち合わせ場所に着いたことだろう。自分らが着くころにはもう目印を残して散開しているに違いない。

それとも自分らのほかにも、この霧につかまっている者がいるか。

「向こうの五人の中で知っている奴がいるか」

十佐が訊いてきた。これから相手にする甲賀忍者のことだ。

「魃垣将間という名は聞いたことがある。あとは知らん」

「おれもその名だけは知ってるな。おそらく中で一番腕の立つ奴だろう」

「そいつを真っ先にやれば勝ったも同然だな」

相手の中で一番強いものを倒す。それで士気を低下させる。戦法の基本だ。もっとも、今回塔七郎は負ける気がしなかった。半太夫は本当に切れ者だ。その上十佐までいる。五郎兵衛の技の多彩さ、湯葉のすさまじい生命力、誰をとっても相当に腕が立つ。これでやられるようならほかの誰を連れてきても同じだろう。それくらい信の置ける強者《つわもの》たちだ。

「俺は五郎兵衛が無茶をしないか心配だ」

塔七郎がいうと霧の向こうで十佐が笑う。

「まだできるというところを見せようとしてか。たしかにな。とっつぁん、いつかいってたが、せっかく編み出したのにまだ一度も実地で使っていない技がいくつもあるんだとさ。相手をあっと驚かせること必至だそうだぜ」

「そりゃきっと、凝りすぎていて再現が難しいのではないかな。五郎兵衛が最近生み出したものは、使う材料や道具立てが複雑なのが多い。若い者たちにも教えていたようだがな」

「ふふ。珍妙な道具を用意しているあいだに敵に逃げられちまうわ」

霧で半刻ほども立ち往生したふたりがやっと峠を越え、待ち合わせ場所である朽ち果てた廃寺にたどり着いたときには、すでに日は中天高く上がっていた。

「――待て」

横を歩く十佐に肘でつつかれ、塔七郎は立ち止まった。

「血の臭いがする――」

風はゆるやかに前方から吹いている。塔七郎にもわかった。目的地の寺になにかあるのだ。

そこからは忍び特有の慎重な進み方となった。まっすぐには進まず、物陰から物陰へ獣のように素早く移動する。血の臭いが徐々に濃くなっていった。

人の気配はない。塔七郎のまえを十佐が地を這うように進んでいく。音を立てないよう落ち葉を極力踏まずに歩く。突然その十佐が打たれでもしたかのように身をすくめた。

「――なんだ、ありゃ」

塔七郎も前方に目を凝らす。向こうに欅の大木が見える。その太い幹の上になにやら色の違うものが見える。

ふたりは周囲に注意を払いつつすばやく走り寄った。

「これは……」

大木の幹、ちょうど人の頭の高さに奇妙なものが貼り付けられている。文字どおり貼り付けられているのだ。杭のようなもので貫かれ、幹に磔《はりつけ》にされた恰好だ。

人の顔面だった。

それも、よく知る顔だった。近づいた塔七郎が思わず手を伸ばす。触れてみなければ到底現実とは思えなかった。人の顔面が、まるで面のように切り剥がされ、杭で幹に打ちつけられているのだ。触ってみるとそれは正真正銘、本物の人間の顔だった。よく見ると、黒い幹の表面に血がしたたってい る。誰かが、切り剥がして間もない人の顔をこのように磔にしたのだ。

それは半太夫の顔だった。両目の部分だけがくり抜かれたように穴になっているのがまるで作りものの面のようだ。しかし本物だった。本物の人の皮膚でできていた。

表情も視線もないのに、その顔が遅れてきた自分たちを咎《とが》めているように感じられた。まるで、自分はこんなふうになってもおまえたちを待っていたのだぞといわんばかりだ。

しばらくのあいだ呆《ほう》けたようにそれを見つめていた塔七郎は我に返って辺りを見回した。

「体がない」

「ああ。ここでやられたんじゃねえな」

この場で殺され、顔面を切り取られたとするには残された血が少なすぎる。幹に垂れ落ちているのは顔面を打ちつけた際についたものだろう。

「ほかのふたりはどこだ」

塔七郎はこの状況を受け入れようとしつつも辺りの気配を気にしていた。目だけでなく、五感全部で全方位を探る。ほかのふたりの仲間、五郎兵衛と湯葉の姿はもちろん、残された目印も見当たらなかった。

ごく微妙な視線を感じた。誰かに見つめられている。非常にかすかだ。気のせいかも知れないと思えるほどだ。あるいはかなり離れたところからなのか。

もう一度ゆっくりと辺りを見回す。はっきりしない。体の中でなにかが命令した。

「いったん離れよう」

そういうとふたりで木の上に跳ね上がった。そこからほかの木に移り、細かい枝の密集した中に入り込んだ。それでようやく視線を感じなくなる。

「視線を感じなかったか」

塔七郎が問うと十佐が小さく首をかしげる。

「わからなかったな。気のせいじゃねえか。それより、あれはどういうことだ。どうしてもうやられてんだよ」

「わからん。……が、わかることもある」

「なんだ」

「俺たちと同様、向こうも俺たちのことを知っている」

甲賀の者たちもすでに、こちらを敵として認識しているということだ。自分たちは奇襲を仕掛けるつもりだった。それがもっとも成功率が高いからだ。いま、この磔にされた顔を見て、もはやそれはかなわないのだと思い知った。そう突きつけられた恰好である。

それにしても、と塔七郎は思う。半太夫をあんな目に遭わせるとは。

たとえ誰の顔であれ、あのようなものを見つけて驚かないわけがない。それが仲間のものであればなおさらだ。だがいま自分が感じている驚きはそれだけではなかった。その顔が半太夫のものだったことこそが、自分をもっとも戦慄《せんりつ》させているのだ。

一体どうやって相手は半太夫を倒したのだ。

「おまえだったら奴をあんなふうにできるか」

十佐が訊いてきた。同じことを考えている。顔面を切り取るにはもちろん、そのまえに相手を斬らねばならない。そうしなければできるはずがない。

自分にできたか。塔七郎は自問した。半太夫は忍びのあらゆる面で抜きん出た存在だった。中でも特に体術にすぐれていた。奴なら、たとえ両手両足を縛られていても、腹の筋肉だけで地を跳ね上がり、水中を泳ぎ、木にも登る。口から針を吹き、急所を狙って当て身を喰らわせ、踵や肘や手根で相手の骨を打ち砕く。そういうことの得意な奴だった。剣を取っても一流なのだが、むしろ剣を持つ相手を素手で倒すことを嬉々としてやった。やむをえずよけられない刀も、体のどこでどういう角度で受ければ一太刀ではやられないか知悉《ちしつ》していて、そこへ誘導する術も心得ている。同等の技を持つ相手となら最後は体力勝負になるだろうが、持久力も抜群だったのだから始末に負えない。

「無理だな。できぬ」

正直に答える。

「だよな。そこがまず信じられんところだ」

「相当容易ならぬ使い手がいるということか」

「そういうことになるな。だが、そいつは、そいつだけは絶対に斬らねばならねえぜ」

「ああ。なんとしても倒さねばな」

たとえふたりともが命を落とすことになろうとも、これをやった奴は探し出して殺さねばならぬ。

塔七郎はそう銘記した。

「半太夫は面割りで倒されたわけではないだろう」

面割り、というと顔を縦や横に両断したように受け取れるが、剣法ではさっきのように面をそぎ取るように斬ることをいう。

「殺してから顔をそぎ取ったんだ。なんのためにそのようなことをする」

十佐が訊いてくる。

「見せしめ、というか残りの俺たちを威嚇するためだな」

斬っただけでは飽きたらず、顔をそぎ取った上に木の幹に打ちつける。それには恐ろしいまでに攻撃的な威嚇の意図を感じる。残りのおまえたちも同じ目に遭わせてやる。そういっているに等しい。

「もうひとつ。殺したことを知らしめるだけでなく、どうやって殺したかはわからなくする。それだけ不気味さが増すわけだ。こちらに対してさらなる威嚇になる」

体を持ち去った意味はこう考えられるのではないか。あれではどうやって倒されたのかわからない。それをこちらに知らせぬ、つまり殺法を隠しておくためだ。

「なるほど。さすが塔七郎だ。それにしてもどうして首ではなく顔面なんだ」

たしかにそれは不思議だ。相手を斬った証拠としては首を切って残すのが普通である。顔面を切り取って幹に打ちつけるなど聞いたことがない。

「それはわからんな。相手を見つけたら問いただしたいところだ」

現実的には忍びになにかを白状させるのは難しい。ほとんど無理だといっていい。忍びは、いったんしゃべらないと決めたことは命を賭しても守り通すよう叩き込まれている。

「五郎兵衛と湯葉が気になるな」

「ああ」

半太夫を倒すほどの相手だ。すでにやられている可能性もないとはいえない。

「しかしな。ここから先は怒らずに聞けよ」

十佐が声の調子を変えていう。

「おまえにとっちゃいいこともあるな。半太夫は嫌いだっただろ」

「なにがいいたい」

たしかに好きではなかった。ことあるごとに自分が優位であることを誇示する半太夫は正直煙たい存在だった。だが仲間の死を願うなどとんでもない。塔七郎は十佐を睨んだ。

「ふふ。怒るなといったろう。あいつは桔梗にもちょっかいを出してたぞ」

「なんだと。……それがどうした」

「それがどうしただと？　本心からそう思うなら声に動揺が出ないようにしろ。俺は奴が桔梗に話しかけているのを見たことがある」

「知らなかったな」

「奴もおまえには知られたくなかったろうからな。でも心配するな。桔梗はおまえひとすじだからな」

「この期に及んで馬鹿げたことをいうな。おまえ、仲間が死んだのが楽しいのか」

「いいや、もちろんそんなことはねえ。現実問題として、きつくなったな、この仕事。格段にきつくなった」

言葉ではそういいながらもどこか余裕を感じさせる口ぶりである。

ものごころついたころからの付き合いだ。塔七郎にも十佐の真意がわかる。恐怖を持ってはならない。心に恐怖を飼えば戦いには勝てない。どんな不利な状況に置かれたとしても、冷静、余裕の構えでいなければならない。そうすれば最後の最後に自分の命すら相手に打撃を加える武器にできるのだ。

一介の忍びが後世に名を残すことなどない。どこでどのように死のうが、人知れず塵芥《じんかい》として吹き散らされる運命だ。ならば自分自身の中でいかに納得のいく死に方をするか。突き詰めればそれだけのことになる。塔七郎とて恐怖を感じないわけがない。だがそれに対して己を不感にする術《すべ》も心得ていた。

# 其の四

次の、三人めの死体は、なにかを伝えようとしていた。

前日、鯉霧は里の全員を集め、なんとしても下手人を見つけねばならないと説《と》いた。その中で、敵と相対したらまずなにより仲間を呼ぶことを優先させろと命じた。さらには、やむをえずやられた場合でも、なんとかしてそいつが捕まえられるよう力を尽くせ、とも。

それが効いたのかもしれない。三人めの死者、兵衛《ひようえ》は両手で自分の両目をおさえた恰好で倒れていた。

「目を刺されたり斬られたりしたのではないな」

慎重にその手をどけて、猪狩《いのかり》がいう。猪狩はこの里で治療師のような存在だ。鯉霧と筒賀も兵衛の手の下から現れた顔を見つめながらうなずく。両目はただつぶっているだけのように見える。死因は背中の刀傷だ。内臓まで食い入っている。

「下手人と目が関係あるのか」

鯉霧は腕組みをして考える。目が関係ある。名前に目のつくものなど里にはいない。一体どういうことなのか。

「これはやはり、目をやられた、目に気をつけろといっているのでは」

筒賀がいう。

「そうなのか。この兵衛は目をやられているのか」

猪狩に問う。猪狩が手で陽光を遮《さえぎ》るようにしながら自分の顔を近づけ兵衛の目をためつすがめつする。

「瞳孔が開いておるな」

「それでなにがわかる」

「そういう毒が用いられたのかもしれぬ」

「毒が？　目をおかしくする毒か」

「そうじゃ。目に作用する毒はいくつもある。視野が狭められたり歪んだりしたあげく、幻覚を見たりする。幻覚を用いる術者の多くはあらかじめ相手の目に毒を含んだ霧を吹きかけたりするじゃろう。そういう技が使われたのかもしれんな」

「なるほど、それはありそうなことだな。だが、そういう毒が用いられたとして、それが作用を表すまでには時間がかかるだろう。兵衛はどうして仲間を呼ばなんだのだ。なぜ自分の刀すら抜いておらん」

　これは猪狩も答えられないようだった。なに者かが自分の目になにかを吹きかけたりすれば害意を持っていることは明らかだろう。それがわかってからもほとんどなにもせず無抵抗にやられているのはどういうわけなのか。

　奇妙なことだ。あれだけ注意を喚起したにもかかわらず三人めも同じようにあっさりやられてしまった。

　わかってきたこともある。この相手は自分たちを皆殺しにしようとしているらしい。これまでの被害者たちはほとんど無差別に選ばれたように思われる。そのとき殺しやすい者が狙われたのだ。どういう理由なのかはわからないが、そいつはこの里の者全員を殺そうとしている。

「幻覚を用いる術が使える者を調べても無意味だな」

「隠して修業している者がいるかもしれんからな。このようなことをした以上、それが知られていないと思う者の犯行だと思った方がいい」

「裏切り者がいると決めつけるのはまだ早かろう。もう一度里の中を調べなおすぞ」

愚直なと思われるのは承知の上で鯉霧はいった。自分にはどうしても仲間がやったとは思えない。いや、思いたくないだけなのか。

再びあらゆる場所が探索の対象となった。およそ人が隠れることのできそうな場所で探索の手を逃れたところはなかった。それどころか、人が入るのは無理だと思われるようなところまでほじくり返された。なのになにも発見できない。人が隠れていた痕跡すら見つけられなかった。木の枝まで調べられたあと、再度地面の探索が始まった。

それらがすべて徒労に終わったあと、鯉霧が立ったのはまたしても倒れた者たちの墓のまえだった。

「里の者が殺されるようになってから掘り返したのはここだけだ。隠れるとすればここしかない」

殺された人数が増えたため墓の範囲も広がった。部下たちがそれらを掘り返す。棺桶の蓋の上の土がのけられ、中があらためられる。

現れたのは死んだ仲間の死体だけだった。なに者かがそこに潜んだ跡など微塵も見受けられない。どこか根本から間違えている。それはわかるのだが、ではどうすればいいのか、取っかかりすらつかめない。このままでは探索方の疲労がつのるばかりだ。

一連の殺傷は無差別に行われた。止めるにはなにかしら思いきったことをやらねばならない。

鯉霧はひとり外を歩いていた。しばらくは心ここにあらずという様子だったが、ふと川沿いに来ていることに気づいた。最初の千介の殺害があった辺りだ。

ふたりの若い女が洗濯をしている。桔梗と紋《もん》。鯉霧は腕組みをしたまましばらくふたりの動くさまを眺めていた。

水の流れる音のほか、なんの物音もしない。これが常ならば、女がふたりも寄れば話し声やふざけあう声が聞こえたに違いない。それがふたりとも押し黙って自分のやることに目を落としている。これが里の現状だ。誰もが疑心暗鬼にとらわれている。誰が下手人でも不思議ではないと思っている。罠に一切かからないのだから、もう内部の者による裏切りしかないと思って互いを警戒しているのだ。

「鯉霧どの――」

うしろから筒賀がいった。鯉霧が振り向くとなにやら黒いものを差し出す。

「このようなものが見つかりました」

薄い作りのものだ。大きさは手のひらくらい。全部が黒い羽根――鴉の羽根でできている。それらを円形に組み合わせ、糸で縫い合わせてある。全部で二枚。同じ造りで、明らかに人の手によるものだ。表裏をざっと見てから鯉霧が筒賀に目で問うた。筒賀はうしろに控えている者をまえに押し出す。

「先ほど話したことをもう一度いえ」

九郎という男だ。少し抜けたところがあり、ほとんど農耕にしか使われていない若者である。

「さあ、どうした九郎、おまえを咎めやしない。話してみろ」

「あの、おら、それ、拾っただよ」

「どこでだ」

うながすように筒賀がいう。若者は、しゃべるときの癖なのか、しきりに首を縦に動かしながら口を開け閉めする。

「畑の端っこの、屑の山んとこさ」

「いつだ。いつ見つけた」

「六日めえの朝と、三日めえの朝、それと今朝だ」

いずれも殺しがあった日の翌朝だ。

「屑の山に混ざっていたというんだな」

九郎が大きくうなずく。

「その日以外にそういうものが見つかったことはないんだな」

これにもうなずく。

「おら、綺麗な形だから、めっけて取っといたんだ」

畑の隅にあるゴミ溜めに捨てておけばいずれ火にくべられる。そういう狙いだったのだろう。それを目ざとくこの九郎が見つけてしまった。

「よし、また見つけたら、今度はすぐに持ってこいよ。わかったな。じゃあ戻っていいぞ」

九郎が去っていく。そのうしろ姿を見つめながら筒賀がいった。

「鯉霧どの、こいつは――」

「ああ。目印だな」

誰かが殺しの合図に使った可能性がある。つまりなに者かが夜に殺しが行われることを誰かに告げたか、あるいは、誰を殺すか示す合図だったのかもしれない。いずれにしても、こんな合図が使われたということは、それを送った者と受け取った者がいたということになる。一連の殺しはひとりの手によるものではないのだ。

「これがどのようにして受け取られたかはわからぬ。使ったあとで捨てられたのが見つかっただけだからな」

　鯉霧がいうと筒賀もうなずいた。

　と、そのとき、川にいたふたりの女が急に声を上げた。

「いやっ、なにこれ――」

　鯉霧たちが見ると、川の様子が一変していた。黒い。真っ黒だ。黒い水の中で女たちがもがいている。

「なにごとだ」

　鯉霧と筒賀が川縁《かわべり》へ駆け下った。近づくと様子がはっきりしてくる。なにやら上流から流れてきた黒いものが洗濯していた桔梗と紋の体にまつわりついているのだ。

「おい、こっちへ来られるか」

　声をかけながら上流の方を見透かすと、黒いかたまりがつぎからつぎへ流れてくるのがわかった。

　女たちが体にくっついた黒いものを剝ぎ取りながら岸へと移動する。鯉霧の隣で筒賀が水に手を入れ、黒いものをすくい取った。

「これは、ただの黒い布でござる――」

　筒賀が手に取ったものを見る。たしかにそれは布だった。非常に長い布だ。持って立ち上がってもその端は水中にあり、下流へと伸びている。どれくらいの長さがあるのかわからない。

ふたりの女が岸に上がってくる。その体にまといついているものも同じような黒くて長い布だった。漆黒の布だ。模様もなにもない。

これはなんだ。どういうことだ。一連の殺しと関係があるのか。

鯉霧は黒い布を見ながら考えた。とりあえずいまどうするか決めなければ。思考が頭の中を駆けめぐる。

鯉霧は筒賀にいった。

「下流を調べろ。岸の両側だ。俺は上流を行く」


黒い流れを見ながら川沿いを進む。しばらくすると突然川面から黒いものがなくなった。

里の一番上流にあたる箇所まで誰とも会わなかった。誰かが川から上がってきたような濡れた跡も見当たらない。ここからさらに上流に向かうには峠を越える必要がある。里の外から布の塊を川に投じたのか。

川を泳いでわたり、反対側を下ってもとの位置に戻る。少し遅れて筒賀が下流からやって来た。目が合うと首を微かに横に振る。

「誰かに会ったか」

「いえ」

一陣の風が、濡れたふたりの体から熱を奪っていく。ふたりの女たちはもう立ち去っていた。岸に布の塊が積んである。

「鴉の羽根といいあの布といい、合図である可能性があるな」

「そう思います」

九郎が持ってきた鴉の羽根といまの布とでは黒いという共通点しかない。だが同じ者の仕業である可能性は充分あると思われた。とすれば、今夜誰かがやられる。

「体が冷えるな。ちょっと来い」

筒賀を自分の家に連れていく。


家に入ると火を起こし、濡れた衣類を乾かす。茶を入れた。

「なんでもいい。気づいたことはないか」

筒賀に尋ねる。鯉霧にとって一番信頼している部下だ。無口で愛想もなく、切れ者とはいいがたいが実直で、やれることを確実にこなす。自分と似た者同士だ。

「そいつは里の外から出入りしているように見えます」

「ふむ。しかし出入りしている兆候はまったく見つけられなかった」

「ええ。外から出入りしているように見せかけて、実はずっとまえから内部にいる」

「こんな長期間、どうやって隠れおおせているのだ」

「それはおそらく……信じたくはありませんが里の内部に匿《かくま》っている者がいるのかもしれませぬ」

「それにしても、ことが起きるたびに全部の家を何度も調べたぞ。墓の中まで調べた」

徹底的な探索。それには自信がある。

「その奴がすぐれた忍びなら、誰かが来るたびに移動し続けて捜索をかわすのも無理ではないでしょう」

「なるほど。内通者がいればなおさらそれが可能だな」

誰かが来るのをいち早く察知してあらたな隠れ場所に移る。それを繰り返している。近づく者より上手の者なら不可能ではない。

「やはり鴉の羽根や黒い布は内通者に知らせるための合図だということになるな」

筒賀も首肯した。

「まずそれ以外には考えられませぬ。ですから今宵、ふたたび決行するつもりでしょう」

「それなんだが筒賀、その相手は、俺たちがあの合図を見つけたことを知っているだろうか」

筒賀はすぐには答えなかった。

「わかりかねます。ですが、黒い布はあっというまに流れ去りました。あのとき川にいた女ふたりは知っているわけですが、それをいいふらさぬ限り、ほかの者たちには広まらない。つまり我々の耳には届いていないと考えている可能性もあります」

事実、あの鴉の羽根の合図の方は、そんなものがあったことを知るまで数日も要した。

「ですが一方、現在この里はいわば厳戒態勢といえるでしょう。先ほどの女たちも、黙っているより我々に知らせる可能性の方が高い」

「それもそうだな。変わったことがあれば知らせろと全員にいってある」

「その点からすると、相手は合図があったことが知られてもかまわないと思っているのかもしれません」

「そうだな。これまでの殺しが完全にうまくいったためにより大胆になったのかもしれん。だが、やはり不思議な点がある。そ奴がかなり腕の立つ者だというのはもうわかっている。それがどうして毎回、ああして誰かに合図を送る必要があるのだ。危険を冒して合図を送る必要がどこにある。そ奴はおそらく、ひとりでこれまでの全員をやすやすと斬り捨てたに違いない。ふたりがかりで殺した死体はなかったからな。全員ひと太刀でやられている。わざわざ仲間に知らせる必要があるのか」

「わかりかねますが、なにかしら我々の知り得ぬ理由でもって知らせる必要があったのでしょう。そこがこちらのつけ入る隙になるかもしれませぬ」

「今夜動きだす者がいるとすればそれが内通者で、そこから下手人本人にたどり着けるかもしれないということだな」

「そうです。ですがこちらにも弱みがあります。誰がその裏切り者なのか全然絞り込めていない。里の全員を見張るわけにもいきませせぬ」

「いいや、その点は大丈夫だ」

ほかの誰にも聞き取れないような小声で話し合っていたふたりだったが、鯉霧は一層声を低めた。

「今夜やることをいう。俺とおまえだけでやる。いいな――」

鯉霧は、頭に浮かんだばかりの方法を話して聞かせた。

# 其の五

「なあ、俺はまだ信じられんが、伊賀者が俺たちを斬りに来るというのは本当なのか」

のどかな山の風景が広がる。どこかで炭焼きが行われたのか、空気に香ばしい匂いが混じっていた。

「なんだい。望月様のお言葉が信じられないってのかい。江戸の服部半蔵さまからの命令だ」

「そういうわけじゃねえ。ただ、そんなことがどうして起こるのかまるでわからねえからさ」

茂った林の中だ。男女の会話は、たとえすぐそばを通る者がいても聞こえない。

「理由なんかいいんだよ。あたいたちはいわれたことをやればいいのさ」

そういいながらも、女——紫真乃とて理由を考えないわけではない。いや、これまでだって無意識のうちに仕事の目的や理由を考えてはきた。それはその後に起きた情勢の変化などで納得がいくことばかりだった。その点、今度のは違う気がする。自分たちと同じ、幕府配下の伊賀者を迎え撃ち、これを殺せという。前代未聞の仕事だ。

「相手の五人の名前もわかってる。まるでこりゃ——」

男——奢京太郎が言葉を切る。

「なんだよ。こりゃなんだっていいたいんだい」

紫真乃は相手のいいたいことがわかっていた。向こうの五人の名前が知らされている。ということは向こうに対してもこちらの五人の名が知らされているのだ。まるで五対五の決闘、勝ち抜き戦、自分たちにそんなものをやらせようというのか。

甲賀忍者を統括する頭領望月仙水《せんすい》のところに服部半蔵配下の伝令が来たのは知っている。半蔵は伊賀の総元締めであると同時に幕府の忍者全部を統括する。

その意図が知れない。

甲賀衆は徳川家に正式に取り立てられたのこそ関ヶ原以後のことで伊賀に遅れは取っているものの、永禄五（一五六二）年にはすでに家康が三河西の鵜殿長照《うどのながてる》を攻めたときに雇われた経歴がある。つまり非公式にはそれなりの長い付き合いがあるのだ。まして以降は決して贔屓《ひいき》目でなく伊賀にひけを取らない仕事を請け負ってきている。

なぜ、なんのために五人同士で果たし合いのようなことをしなければならないのか。

忍びに思考は必要ない。ただ上意を忠実に遂行すればよろしい。それは建前だ。忍びとて人の子。まして命を張ってのこととなればその理由を知りたくなるのは道理である。

陣場半太夫、塔七郎、五郎兵衛、十佐、湯葉――この五人を殺さなければ自分たちに明日はないという。味方の麩垣将間の提案で京太郎が紫真乃と組むことになった。紫真乃からすると経験の浅い京太郎を押しつけられた形だ。

ふたりが見張っているのは甲賀に入ってくる峠道のひとつだ。ここを越えれば自分たちの領地である。

「おい。あれ」

物思いに沈んでいた紫真乃は京太郎の声で我に返った。なに者かが下の道を歩いて来る。伊賀の方角からやって来る。

まだ遠い。だが視線は釘付けになった。もとより相手五人の顔など知らない。武士ではない忍びは、誰何《すいか》したところで名乗るとは限らない。いや、まずまともには名乗らないだろう。

怪しければ斬る。よほど完全に疑いが晴れなければ、ここを通る忍びは全部斬ってしまおう。紫真乃はすでにそう決めている。

少しずつその人物が近づいてくる。男だ。若くはない。商いでもするように行李《こうり》を背負っている。足取りを注視した。

「どう見る。忍びか」

京太郎が訊いてくるのを無視して見つめ続ける。男の足の運びからしてかなりの健脚であることがわかる。ただ、忍び特有の歩き方はしていない。それは本来のものなのか、あるいは隠しているのか。緊張が高まる。これ以上近づけば、相手も忍びである場合、自分たちの存在に気づく可能性が高い。

「疑わしきは斬る」

「よっしゃ」

ずっと見張り続けで京太郎も痺れを切らしていたらしい。隠しようもなく声が弾む。

「丁度いいや。ここからならあの小屋が近い。あれを使おう」

相手方が甲賀へ入ってくる。自分たちはそれを迎え撃つ。その有利な点はなんといっても地の利だ。

それを生かさぬ法はない。

「――おやおや、これは珍しい。旅のお方、こんな山奥になんぞ御用かな」

道の脇から現れた男に話しかけられ、五郎兵衛は立ち止まった。

「はあ、これは地元のお方で」

「ええ。お見受けしたところ、なにやらお荷物をお持ちのようだが」

「これは売り物でして」

「ほうほう。これはついている。いえね、暇にあかせて散歩に出てみただけなんですが、珍しい品物を拝ませていただけそうだ。どうです。どんな物をお売りなのか少し見せていただけませんか」

「はあ、ここででございますか」

「いえいえ。こんな道端ではなんでしょう。ここを少し行った先に我が家がありますから、いえ、とんだあばら屋ですがね、よろしければそこでひと休みされては如何《いかが》でしょう」

「はあ、そうですか。では、疲れも出たことですし、少しだけお言葉に甘えさせてもらいましょうか」

「ええ、ええ。そうこなくっちゃ。で、売りものはどんなもので」

「主には女ものの簪《かんざし》、ほかには櫛《くし》なども」

「ほっほう。これはますます僥倖《ぎょうこう》だ。いえね、そういいますのも、当方、えっへへ。こう見えても女房持ちでしてね。ええ、珍しい簪でも見せてもらえればもう普段角をとんがらせてばかりのあいつも、きっとそりゃもう目を飛び出させんばかりにして喜ぶに決まってますよ。今日は本当についている」

男が五郎兵衛のまえに回り込み、ひょこひょこした歩きで山道を先導し始めた。うしろから見ると、両肩の盛り上がった筋肉は隠しようもない。つづら折りの細道を幾段か上ったあと、脇にあるさらに細い道に誘《いざな》う。

「こちらですこちらです。ええ、足もとにお気をつけなさって。はは、さすが諸国を廻られているだけあってずいぶんと健脚でいなさる。ええ、もうすぐでござんすよ」

五郎兵衛に顔を見せながらうしろむきに軽々と歩き続ける男の方こそ驚くべき健脚の持ち主らしかった。突き出した岩の角や木の根を、見ることなしに避けて通る。腕も足も、全身の筋肉が発達していた。両脇の木々は鬱蒼と茂り、上の方からのしかかるようにたわんでいる。なににもまして視野の狭められる場所だった。

歩いている道の角度が変わる。わずかな平地があり、そこからは緩やかな下りとなった。高い木々に囲まれているため、角度の違いを伝えてくるのは自分の足の感覚だけだった。日の光も遮られ、全体が緑灰色だ。時の経過すら止まったように思えるような場所だった。

どれくらい歩いただろう。小屋らしきものが見えてきた。

「あそこです。ええ、物好きだって思われるでしょうね。こんな山奥の、さらにまた奥にわざわざ住まなくてもよさそうなものをと。えへへ、それは承知の上でござんすよ。山奥で生きるというのもなかなかおつなもので」

近づいてみると、小屋は比較的新しい造りだった。大きめの戸がついており、奥行きもありそうだが、それがどれくらいあるのかは両脇にびっしり生えた樹木によって見通せない。

「おおい、帰ったぞ」

喜作《きさく》と名乗った男が声を上げて戸を引き開けた。五郎兵衛も中をうかがう。思ったとおりだ。縦に細長い造り、俗にいう鰻《うなぎ》の寝床というやつだ。木々に囲まれているせいで幅が取れないのかもしれない。このような山中で平らに設置できる場所を確保するのも大変だったろう。

奥にひとりの女が座っている。左横の天井近くに小さな明かり取りが開いているだけの薄暗さのせいで顔がよく見えないが、まずまず身なりの整った綺麗な女だ。

「客人を連れてきた。茶を出してくれ」

「まあ珍しい。こんな山奥へようこそ」

女が立ち上がり挨拶をしてきたので五郎兵衛も頭を軽く下げる。所帯者が住むにしては品物の少ない部屋だ。そう思いながら喜作にすすめられるまま草鞋を脱いで上がる。

「さあさ、遠慮なさらず奥へどうぞ」

喜作が座布団を持って奥の上座へと誘う。仕方なく五郎兵衛はそれに従った。

「こんな場所に住んでいますと滅多に他所《よそ》からの人にもお目にかかれませんで、あなたは物をお売りになりながら諸国を廻ってらっしゃるんでござりましょ。さぞかし興味深いお話がありますこってしょうな」

「いえいえ。お耳を喜ばせるようなおもしろい話などとんと――」

粗茶です、といいながら盆に載せた湯飲みを持ってきた女が喜作にいう。

「あんた、お話のまえに表に出してある干し椎茸取ってきてくださいな」

「おうよ。ではちょいと失礼。ぜひぜひしばらくこちらでお骨休めをしてらしてくださいな」

そういって喜作は戸口へ向かい、出ていった。女とふたりになった五郎兵衛はどこか気詰まりな感じで湯飲みを手に取る。

「さぞ喉もお渇きなことでしょう。いくらでも召し上がってくださいな」

五郎兵衛が湯飲みを口にあてがい、それを傾けるのを女がじっと見つめていた。飲み込むふりをして舌下に溜めておく。

待っていても男が戻ってこない。仕方なく五郎兵衛は自分のつづらから簪を出して並べた。

「まあきれい。これはどこのものでございますか」

「これは長崎で――」

「あら、では南蛮」

女が手に取り、しげしげと眺める。五郎兵衛は見ぬようにしながら女の全身を観察する。いまにもなにかをしそうな緊張を孕《はら》んでいるのがわかる。手刀か膝か。こちらがわざと隙を見せればわかるかもしれぬ。

小屋の外を鳥が鳴きながら通りすぎていく。笛のような鳴き声が真下を通過していく。

戸の向こう側から男の声がした。

「おうい。両手が塞がってる。戸を開けとくれ」

「はあい」

女が簪を置き、戸口へ向かって小走りに駆けていく。五郎兵衛は音を立てずに茶を吐き出し、女の挙措《きょそ》を見つめた。特にその足、ふくらはぎを。それは戸まであと一歩というところで一気に引き締まり、大きな跳躍を予感させた。五郎兵衛も立ち上がってあとを追うように床を蹴る。なにかはまだわからぬ。わかってから動きだしたのでは遅いことは間違いなかろう。

一枚きりの戸は女の体当たりであっけなく外側に吹き飛んだ。あらかじめ立てかけてあるだけになっていたのだ。すぐそばに屈《かが》む男の姿があった。奢京太郎が小屋の下側に両手をかけている。

「よっしゃあ」

戸が飛ぶと同時に京太郎の両肩の筋肉が盛り上がった。小屋の戸口側が一挙に持ち上がる。持ち上げながら奥に押し込んでいく。小屋の床板が地面をこする大きな音が響いた。

小屋は崖の縁に建っていた。それも空中に半分以上も突き出た恰好で、建っているというより置かれているのだ。小屋の両側にびっしり生えた灌木《かんぼく》のせいで正面からその立地を見抜くことはできない。普段は両脇から突きだした杭に綱がゆわえられ、大木に結びつけられている。それをいま、外へ出た京太郎がほどいてきた。中にろくな家財もなく、軽い板で作られた小屋は京太郎ひとりの力で容易に持ち上げられるのだった。

相手も忍びだ。常人より素早く動くと想定せねばならない。だから女――紫真乃が飛び出すか飛び出さないかのうちにもう小屋は崖の縁を越えて落ち始めていた。

「それ、思い知ったか伊賀者め」

大きく傾いた小屋が崖の縁をこすりながら落ちていく。そのとき、開け放しの戸口からなにかが飛んできた。

「うっ」

全力で外へ飛び出した紫真乃は着地するなり振り向いた。小屋はあとかたもない。なにもなくなった崖の縁を越えてなにかが飛んできた。それが紫真乃の右足の甲を貫き、地面に縫いつける。続けていくつもの同じものが崖の下から飛んでくる。空中でうなりを上げながら向きを変え、まるで生きもののようにこちらへ向かって飛んでくる。足を引こうとして激痛に顔をゆがめた。場所を知られれば狙われる。声を出さぬよう唇を噛む。

手裏剣は足を完全に突き通っている。つかんで引き抜いた。それ以上あらたなものは飛んでこない。相手は小屋とともに落ちていったらしかった。

「京太郎、大丈夫か」

まえでしゃがんだままの背中に声をかける。返事がない。痛む右足に力がかからぬよう這い寄るようにしてそばにいく。喉に手裏剣の刃が深々と刺さっていた。

「京、太郎――」

京太郎は両目を見開いたまま死んでいた。もはや手の施しようもない。普通見るものよりふたまわりも大きな手裏剣だった。四つの刃が恐ろしく長いのだ。こんなものを急所に受けたらひとたまりもないだろう。着物の裾をつかんだ紫真乃の方へ京太郎の体が倒れてきた。

おのれ、なんて奴……。紫真乃の顔に血が上る。相手の力量を見誤った。小屋ごと宙に放り投げられながらこんな攻撃を仕掛けてくるとは。

思わず立ち上がろうとし、忘れていた痛みがぶり返してよろけそうになる。畜生、足に力が入らない。

相手が生きているかどうか確認し、とどめを刺すべきなのは重々承知だ。だがこれではとても無理だ。

畜生め。生きていたらただじゃおかない。この仇《かたき》はきっと取ってやる。

仲間の死体をそのままにはできない。紫真乃は痛む足に鞭打って京太郎の体を引きずり始めた。

# 其の六

「半太夫の首ではなく顔面だけを残したわけは、もしかすると体を持ち去ったわけと同じなのかもしれん」

塔七郎と十佐は木々に囲まれながらまだ陣場の死について考えていた。

「どういうことだ」

「相手の技の痕跡が首から下のどこかに残った。それをこちらに見られると必殺技がどんなものか悟られる可能性がある。それで顔面だけ残すことにしたのだ」

「忍び特有の考え方ってわけだな。でもな、現実に考えりゃそう簡単にはうなずけんぜ。半太夫ってのは小細工が通用するような相手じゃねえだろう」

それはたしかだ。やはり正攻法の剣法で打ち破ったのか。

「待てよ。ふたりがかりで斬ったことがばれると思ったのかもしれんぞ」塔七郎がさらにいう。

「どうしてそれがわかっちゃまずいんだよ。俺たちがやってるのは武士の果たし合いじゃねえ。どんなやり方でも相手を倒しさえすりゃいいんだ。俺は斬った跡なんざいくら見られてもかまわねえがな。それによ、相手が複数いたら、半太夫ならそれなりの対応をしただろうぜ。それだけでむざむざ斬られやしねえよ」

十佐はてんで気に入らないという顔だ。

「おまえの弱点だぜ、塔七郎。なまじ頭がいいから考えすぎるんだ。最初の方がまだましなんじゃねえか」

「必殺技の痕跡が残ったという方か」

「そう。独特の武器による傷跡が首に残ったとすりゃ、ほかの敵にはそれを見せねえようにするかもしれねえ」

「独特の武器で不意打ちか。あり得るな。半太夫は普通に斬り合っても簡単に倒せる相手じゃないからな。どんな相手だろうと、そいつにも怪我を負わせるくらいのことはやったに違いない。この点についてはあらためて検討するとしよう。もうひとつ気になることがある。五郎兵衛と湯葉の手掛かりがなにもないことだ」

「そうだったな」

ふたりのうちのどちらか、あるいは両方が半太夫より先にあの廃寺へ着いていたとすると、やられてしまった可能性も高い。だがその場合、半太夫の顔面以外、一切の痕跡が残されていないのが不思議だ。

また、半太夫殺害のあとで自分たちよりまえにあの場にたどり着いたとすると、なにかしら目印を残してもよさそうなものだ。そういうものが見当たらなかった。

忍びには、仲間だけに通じる目印がある。あたりの木や草、石や地面にでも、仲間以外の者には自然にできたとした思えないような合図の目印を残す。現に、先ほどの短いあいだに塔七郎は自分が来たという跡を残してきている。もしも今後、五郎兵衛や湯葉が通りがかれば必ず気づくはずだ。

「俺たちより遅いということはあるかな」

「あんなに長く霧に閉じ込められていた俺たちよりもか。ちょっと考えられん――いや、同じ霧に閉じ込められていた可能性はあるか。いやいや待てよ。ならばもう来ていなければおかしいぞやはり」

それらどれでもない。とすると、あとひとつだけ考えられるのは――。

「半太夫が待ち合わせ場所を教えたのが俺たちふたりだけだった――」

「まさか。なんのためだ。どうしてそんなことをする」

「わからん。だがそれだとこの状況を説明できる」

五郎兵衛と湯葉はあの寺のことを知らされていない。だからいまだ現れないのだ、と。

「ふん。また理屈をこねてやがるな。そんな言葉の遊びみてえなもんをいつまでいじくってたって仕方ねえさ。まだやられてなきゃふたりには会える。そうしたら確かめてみりゃいい。それだけのことだろ」

そのとき、寺とは反対の方角から、誰かがやって来るのが見えた。塔七郎たちはしゃべるのをやめて見守る。男がひとり、笠をかぶり、錫杖《しゃくじょう》を手に揚々と歩いてくる。頭はめずらしい総髪にしている。一見して忍びの歩きかたではなかったが油断は禁物だ。塔七郎たちがいる林のそばまで来ると、大きな切り株が目に入ったようで、そこへ腰を下ろして笠を頭から取った。ふところから竹筒を取り出すと口をつけて喉を潤し、ふーっと大きくため息をつく。そのまましばらく呆けたように座っていた。

ただの旅の者か。それとも――。

「これは不思議な気分だ。まわりには誰もおらぬのに、ひとりきりでいるという気がせんのはどうしたことか。すぐそばに誰かがいて、こちらをじっとうかがっているようだ」

そんなことを辺りはばからぬ大声でいった。そのあけっぴろげなさまに塔七郎は狐につままれたような気になった。十佐を見ると、いまにも吹き出しそうな顔をしている。それで決まった。

すぐ目のまえにふたりがふわりと降りても、男は格別驚いたりはしなかった。

「ほう、やはり誰かがいなすったか。それもふたりも。おぬしらは――いや聞くまい。さぞかし重要な任務を帯びているようだ。いやいや邪魔をしてすまぬ」

太い眉に大きな目。一見して意志の強そうな面構えをしている。こちらふたりを見てもなにも動じないところといい、ただの旅の者でないことは明らかだ。立ち居振る舞いからして忍びではない。

「俺は由井与四郎《ゆいよしろう》と申す。兵学を学んで諸国を見て廻っている。おぬしらはさしずめ、この辺りの者なのであろうな」

「いかにも。だが、兵学を学ぶものがこのような山中になんの御用がおありかな」

塔七郎は尋ねた。

「この世が嫌になってな。しばし人里離れた土地を巡ってみたくなったのだ。おぬしらも島原の乱は知っておろう」

意外なことを切り出してくる。

「俺はそれに参加しておったのだ。もちろん幕府側の浪人隊のひとりとしてな――」

幕府側の、というところでこちらを見る。ここがどういう土地なのか知っているのだ。由井与四郎はふたたび竹筒を傾けて喉を潤す。

「――浪人はどちら側にも余るほどいたよ。なにしろ幕府が諸侯を潰しまくったお陰で食えない浪人が巷《ちまた》に溢れたからの。幕府は大名を潰すばかりで禄を離れた浪人たちになんの救助策も取らない。そうこうするうち幕府の体制が固まり、天下泰平の基礎ができあがってからは、浪人たちは世に出る機会も希望もなくなり、みじめに貧窮し、落魄《らくはく》していくばかり。そうした者たちが、戦が起きたのを幸い、仕事にありつこうと全国から集まったのだ」

何度も人に話した内容らしい。なめらかに、ちょっとした名調子で語り続ける。

「みんな古びた武具を身につけていてね、恰好がばらばらだった。いざ戦いになると、どちらがどちらかわからなかった。でも全員必死だった。これが自分にとって最後の機会であることがわかっていたからさ。少しでも目立って、手柄をあげて諸将の目に止まり、職を得ようと頑張り続けていた。

ところがね、そんな浪人たちに対して、あの伊豆守信綱《いずのかみのぶつな》という奴はまったくもって言語道断の仕打ちをしたのさ。俺はそのときの生き残りでね。あれがいかにひどいことだったか、聞いてくれる人があるなら誰にでも語っているんだ。

知恵伊豆なんて呼ばれているあの男こそ、そもそも大名とり潰し策の中心人物だ。つまり自分の政策のせいで人が溢れていることは重々承知なわけさ。

一方、相手側の切支丹たちの勇猛果敢な戦いぶりに幕府軍が手を焼いていたのも事実だ。そこで伊豆守が考え出した戦法があった。先陣として浪人隊を送り込んで城に火を放ち、そのあとから鉄砲隊を送り込んで敵を殲滅《せんめつ》する。こういう方法だ。幕府側で生き残っていた浪人たちが集められ、隊を組んだ。

そうして城に突っ込ませ、火を放ったまではよかった。だがね、そこまでだったんだ。信綱はね、そうやって突っ込ませた浪人隊ごと鉄砲隊の餌食にしたのさ。うしろから撃ちまくったんだ。溢れかえった浪人を減らす一挙両得の策だと思ったんだろう。俺はなんとか命からがら逃げ延びた」

「そりゃひでえめに遭ったな」

十佐がいう。塔七郎は思いついたことを尋ねた。

「おぬしはその戦に関わった者たちを探しているのかな」

与四郎が顔のまえで手を振る。

「いやいや、そんなことをするいわれがどこにある。俺は、使われた者に対してはこれっぽっちも恨みなど感じていない。恨みがあるとすれば伊豆守に対してだけさ。

いま俺はね、このいやな世の中がどうにかならんもんかと思って旅をしておるのさ」

「旅で答えが見つかるもんかね」

十佐が茶化すようにいうと与四郎が自分の胸を叩く。

「もう幾分かなすべきことがここで固まりつつあるよ」

「おもしろい話を聞かせてくれた代わりに忠告させてもらおう」

塔七郎は与四郎にいう。

「この辺りからは早々に立ち去られるがよい。いらぬことに巻き込まれたくなければ」

「ふむ。わかった」

「では、さらばだ」

与四郎のまえからふわりと姿を浮かせ、そのまま木々の間に消える。十佐があとに続く。もう少し話していたかったのか、十佐は口を尖らせていた。


「十佐、ちょっと調べておきたいことができた。少し暇をくれ」

「いいが、なんだ。甲賀とのことに関わりがあるのか」

「あるのかどうかはまだわからん。調べの結果次第だ。明日の朝までには戻る。悪いな」

「ああ。べつにいいけどよ。おまえがいないあいだにひとりやふたり斬っといてやるよ」

# 其の七

崖下に吊り下がった状態で五郎兵衛はしばらく上の様子をうかがっていた。どうやらこれ以上の攻撃はないようだ。死にものぐるいで投げた分銅つきの投げ縄がうまく小枝にひっかかってくれて命拾いをした。上に向かって投げた手裏剣が当たったかどうかはわからない。だが、なんらかの手応えは感じた。

それにしてもな——。縄をたぐりつつ思い起こす。小屋ごと持ち上げて谷底に投げ落とそうとするとは。そんな殺害法は聞いたことがなかった。床が斜めに持ち上がり始めたときにはさすがに慌てた。とんでもない発想をする奴だ。下を見る。岩場ではじけ、ばらばらに飛び散った小屋の残骸が見えた。それを眺めながら、このような山中でしか生まれない技だなと思う。もしもあのまま落ちていたら、あとで見た者はさぞ不思議に思ったことだろう。砕けた家の残骸と、刀傷などない死体。なにが起きたのかすぐにはわからないに違いない。

助かったのは鳥のお陰だ。あのとき、鳴きながら飛んでいく鳥が、自分の真下を通りすぎた。もしかすると自分は空中にいるのではないか。その想像にひやりとした。それがあったために女が飛び出そうとしたとき咄嗟《とっさ》に自分も対応できた。

よし、たとえどれほどひもじかろうと、もう山で会った鳥を捕って喰うのはやめよう。

崖をそのまま上ってまっすぐ顔を出すのは危ないと思われたので、ぶら下がったまま体を振って横に突き出た根につかまる。そこから手掛かりとなるひび割れなどに沿って斜めに移動していった。

ふと背中に視線を感じた。上からではない。自分のうしろ、広い空間の向こう。離れた山のどこかから。

崖の側面に貼りついたまま五郎兵衛は首を巡らせた。途端に陽光に目が射られる。細めた目で向こう側の斜面を見つめる。——いた、あそこだ。

全身黒ずくめの忍者らしき者が高い木の枝からこちらを見つめていた。こちらは無防備な背中を晒してしまっている。だが、たとえ弓矢であっても正確に狙える距離ではない。それに殺気は一切感じられなかった。ただたんに枝の上に立ってこちらを見つめているだけである。

——今回の敵である甲賀者ではないのか。五郎兵衛は相手を知る手掛かりがないかとさらに目を細めて観察した。逆光で見にくいことこの上ないが、どうやら相手は顔も隠しているようだった。なに者なのかさっぱりわからない。

殺気を感じさせないことといい、自分が有利な状況を利用しようとしないことといい、どうやら攻撃される心配は無用らしい。どういうわけであのように距離を保ったままこちらを見つめ続けるのか。

考えても答えは出ない。五郎兵衛は崖を斜めに上っていった。

崖の上に顔が出せるようになると、少しだけ顔を上げて、最初に小屋があった辺りを見やった。なにもない。誰も残っていない。それで一気に上に出た。地面に血が残っているのが見つかった。投げた手裏剣のどれかが相手に当たったらしい。

向こう側の山の斜面を見る。もう木の枝には誰の姿もなかった。

さっきのくノ一は唯一の女である紫真乃だろう。男の方の名前はわからない。ふたりとも若かった。ここにいればすぐにも仲間が来るに違いない。五郎兵衛は辺りの気配を確かめつつ移動し始めた。人の歩きそうな箇所を避け、木々の間に立ち入る。

ここなら安全だろうと思われる場所まできて、落ち葉で自分の体を包み、しばしの休息を取ることにした。もう歳だ。昔のように動き続けることはできない。こんな老いぼれをまだこのような過酷な任務に選んでくれた頭領に感謝したい気持ちだった。里でなにもせずに老いて朽ち果てるのなどまっぴらだ。戦って戦って戦いながら死にたい。自分はそういう人間だ。そのためにさまざまな技や術をみがいてきたのだから。

できれば編みだしたすべての技を誰かに伝授したかった。もうそれは適わぬかもしれぬ。

ひとりの若い女の姿が脳裏に浮かんできた。桔梗――。

まっすぐな奴だ。五郎兵衛は寝そべりながら顔に笑みを浮かべる。桔梗は古くから伝わる術に異様なほど興味を示した。五郎兵衛もそのいくつかを手ほどきしてやった。そのときの嬉々とした表情が思い浮かぶ。

まだまだひよっこだ。まともに習得できた技はなきにひとしい。

それに、桔梗には忍びとしては致命的といっていい欠点があった。あまりに素直で真っ直ぐすぎる。それは忍び――くノ一としては決して褒められた特質ではない。世を斜めから見る視点や物事の裏を透かし見ようとする力が足りない。いまのままでは狡猾《こうかつ》な忍び同士の戦いには到底入っていけぬ。

もしも自分が生きて帰ることができたなら、桔梗には女ならではの技を見つけよといおう。男にはない、女だけの技。それがどういうものかは自分で悟らねばならない。あの情熱があればそれを見つけることも無理ではないだろう。

周囲に意識を配りながらのゆるやかなまどろみの中、五郎兵衛の頭にふたたび先ほどの小屋が浮かぶ。

おもしろいことを思いついた。相手があのような手でくるなら、こちらもそれを逆手に取ってやろうではないか。

この辺りでは準備できない。俺が潜伏していると思って敵が探しにくる恐れがある。よし、日が落ちたら移動して仕掛けを作るのに適当な場所を見つけよう。

さっきのふたりのうち、少なくともひとりはまだ生きている。ふふ、年季の入った伊賀者がどれほどの奇計を思いつくか、目にものを見せてやるぞ。


甲賀方のくノ一、紫真乃は奢京太郎の死体を隠すと、怪我を負った右足を引きずりながら退却した。湧き水が流れている岩場にたどり着くと痺れるほど冷たい水で傷口を洗い、綺麗な布をきつく巻き付ける。しばらく休んでいると、水面になに者かの影が映った。

「麩垣――」

針金のような強《こわ》い毛を逆立たせた男――仲間である麩垣将間だった。

「足をどうした」

「伊賀者にやられた」

紫真乃が経過を話す。魃垣が腕組みをして聞いた。

「京太郎がやられたのだな。ふうむ。その男、おそらく五郎兵衛という忍者だな。あとの者はもっと若いはずだ」

「死んだかどうか確かめられなんだ」

「生きているさ。どれ、京太郎の死体を埋めがてら、ちょっくら見てきてやろう」

「待て。あの者は自分が殺《や》る」

行きかけた魃垣にいう。鋼《はがね》色の頭髪の角度が変わる。

「その怪我だ。無理するな。伊賀の五郎兵衛というのはちっとは名の知られた奴だぞ」

「すぐに治る。いや治す。だからあの男を殺るのは少しだけ待っておくれ」

いわれるまでもなく相手の力量を見誤った結果だ。自業自得というほかない。だが自分はこうして生きている。ならばどうあろうとあいつだけは倒さずにおくものか。京太郎の石仏がごとき死に様が頭に甦る。

「わかった。そうまでいうなら好きにするがいいさ。だが倒されるときもひとりだぞ」

将間が口の端を持ち上げながらいう。

「のぞむところ」

# 其の八

黒い布が大量に川を流れた日の午後。

筒賀との話を終えた鯉霧は頭領、東善鬼のもとへ出向いた。

「頭領――」

家の外から声をかける。しばらくして返事があり、上がるよう指示された。

東善鬼は奥の部屋で座っていた。

「頭領、ほかの里へ一時退避してはいただけませぬか」

鯉霧は頭を下げてそう切り出した。

「このままでは頭領の身に累が及ぶ可能性もあります。ふたりほどつけますから伊賀のほかの里へ逃れておかれ――」

「必要ない」

みなまでいわせずにそういい放つ。

「そ奴の目的がこの命なら、どこへ逃れようともいずれ追ってくる。それにだ鯉霧、俺は皆を見捨てて逃げた男だと思われるなら死を選ぶ」

「しかし――」

「しかしもなにもない。俺はこの件をおまえに任せたといった。結果がどうなろうとその責は俺が負う。おまえが考えるべきは俺のことなどではない。そやつを見つけだして倒すことだ」

「はっ」

「おまえがやられたら皆で死ぬまでだ。行け」

会見が終わった。外に出て歩きだした鯉霧の眉間に深い皺が刻まれる。頭領の言動に含まれていた諦観に内心動揺していた。

――頭領はなにか知っている。この一連の殺しについてのなにかしら、原因に関することを知っている。それなのになにもしようとしないのはなぜだ。おまえがやられたら皆で死ぬまでだだと。どうしてあんな投げやりなことをいう。

……わからん。問いただしたかったが、行けといわれた以上、それ以上は訊けなかった。ただ、犯人が誰かまでは知らないのだ。それは間違いない。それがわかっていたら自分に対しこのような無為な命令はしないだろう。

奇妙だ。こんなことははじめてだ。里の者たちが次々と殺されていく。その原因についてなにかしらつかんでいるにもかかわらず、ただ自分に対し犯人を捜して倒せというばかり。知っていることをすべて話してくれたなら、それだけ相手に近づける機会も得られようものを、それはいってくれない。

長年自分が仕えてきた善鬼のやることではない。なにか、よほどの事情があるのだ。この自分にも話せないような。

胸に込み上げる苦い思いには暗い予感がともなっていた。頭領はもしや、自分たちが滅んでもいいと思っているのか。だから形だけ自分に命じて犯人を見つけるふりをしながら、その実《じつ》放置する方を選んでいるのではないか。

信じ難いことだ。だがそうとでも理由をつけない限りこの状況を説明するのが難しいのも事実である。

虚空を睨むようにしながら歩く鯉霧はしかし、自分のそうした疑念を抑えつけた。自分はなにをするなともいわれていない。むしろやれといわれているのだ。だったらやってやろうではないか。この一連の殺しの下手人を見つけだし、そ奴がたとえ誰であろうとなぶり殺しの目に遭わせてくれよう。このようなことをした罪がどれほどのものか、その身に思い知らせてくれる。必要とあれば頭領にもいうことを聞いてもらう。この件については自分に一任されているのだ。

その方法もほぼ固まった。ふたたび筒賀を呼ぶころには、鯉霧の顔に不敵な笑みが浮かんでいた。やって来た筒賀は黙って耳を近づけ聞く姿勢を見せた。鯉霧は頭領との話を伝えた。

「頭領は犯人のなにかしらを知っていなさるな」

聞き終えた筒賀がいった。

「おまえもそう思うか」

「下手人の正体はおそらく我らの知っている者でござろうな」

それには同意せず鯉霧はこれからのことを切り出した。

「今宵が勝負だ。いいか。俺とおまえだけでやる。ほかのものは入れぬ。そこで、いまだ姿を見せぬ相手について、いま一度検討しておこう。

一連の殺しについてどうにも気になることがある。殺し方の変化だ」

「最初の殺しのことでござるな」

さすが筒賀はものわかりがいい。

「そうだ。あれだけがほかと違うところがある。ほかの死体はすべて一刀のもとに斬り捨てられただけなのに、あれだけが川に投げ込まれたのだ。千介の死体はあおむけに川につかっていた。あのつかり方は決してみずからやったことではない。千介を殺した者がやったのだ」

「ええ。斬られた本人がみずから入っていったなら、まずうつ伏せで見つかるでしょうからな。下手人がわざとそんなことをした。水に入ったのは本人の意思で、その体をあとから引っ繰り返したのだとしても同じです。それはわざわざ行ったことになる。――思うに、水につけることでなにかを隠そうとしたのではないでしょうか」

「ふむ。水につけることでどのようなことを隠す。血が流れていることは切り傷から明らかなのだから、それを隠す必要はないぞ」

「斬ったことや殺したことではないなにか。それはきっと、やった者にとってそれなりに重要なことだったのでござろう」

うなずける。斬り捨てただけで充分なのに、危険を冒してわざわざ川に投げ込んでいるのだ。そうする必然があったとしか思えない。

「一体どんな理由があり得ると思う」

「わかりませぬがたとえば、相手の体に、水で流れてしまうような染料で目印がつけられていたとか」

「目印？　なんのために」

「それはたとえば、一番先にやる相手が決められていて、それが千介の体ないしは着物にでもつけてあり、その順を間違えないようにした」

「ふむ。そうなるとやはり、目印をつけた者と斬った者のふたりいたということになるな」

「ええ、例の黒い布も同じことを示しています」

「殺されたほかの者たちにはなんの目印もなかったぞ」

「そうですね。無理に理由をつけるとすれば、最初が千介であることは是非とも重要なことだったのだが、あとはどんな順序でもよかった、となりますか」

「それはあまりうなずけんな。殺してしまえば皆同じだ。特に順序があったとは思えん。ただ、おまえがいった、水につけることで消せる痕跡という考えは気になる。根拠はないがその点は当たっている気がする。ほかになにかないか」

「熱を使ってなにかをしたのだとしたら、その痕跡を消すために水につけるということも考えられます」

「熱？　それはどうかな。死体が見つかったのは朝だ。そのまま放置したところでとうに冷めてしまっていただろう」

あおむけで上半身だけ川につかった状態で見つかった千介の死体。その意味するところは容易に見いだせそうになかった。

「なあ筒賀、俺はあの千介の死体に、この一連の殺しのなにか重要な点が隠されているような気がして仕方ないんだ。やった奴もそのことに気づいていて、ふたりめからは同じことをしなくなった。そういう気がする」

最初にやった殺しに下手人の特徴が出る。それは忍びの世界に限らずしばしば見られることである。いくつもの殺しを行う場合、殺人者もそこから学んでいく。より効率よく、より痕跡の残らないやり方を身につけていく。だから最初の死体の状態にこそ、その下手人の特徴が色濃く残っているものなのだ。今度の一連の殺しでも、ふたりめ以降のものからは、ただ見事な腕前だという以外なんの特徴もない殺し方になっている。ひとりめと同じ者の手によるとは思えないほどだ。

「最初の殺しとそれ以降のものとで、やった者が違うのでしょうか」

「かもしれん」

その場合、下手人がふたりいるということになる。

「ひとつ思いついたことがある。あとでもう一度千介の死体をあらためてみよう。

そこで今日これからのことだがな――」

筒賀に語る鯉霧の声が一層低くなった。

まだ日の明るいうちに鯉霧たちは行動を開始した。筒賀とふたりで各戸をまわり、全員に向かってこういった。今日これから明日の朝まで決して外に出ないように、と。例外は認めない。外に出ているのが知れれば命を失うことになる、とも。

全部で十九戸。そのひとつひとつを回って全員の顔を見ながら直接話す。頭領の家にも行った。女房のすえと一緒に話を聞いた善鬼は言葉を挟むこともなく従う意を示した。

話がすんでその家の戸を閉めると、戸板に糸を張った。少しでも開ければ必ず切れてしまう極細の糸だ。同じものはそう簡単には入手できない。これで、命令を破った者があれば必ずわかる。

今宵こそ勝負だ。鯉霧は武具の手入れにも余念がなかった。

# 其の九

十佐と別れた塔七郎はひとりで峠を越え、勝手知ったる伊賀の山中に入る。懐から出した香を焚《た》き、風上にまわって座ると笛のようなものを取り出してそれを口に当てた。普通の人には聞こえないその音色を、聞き分ける者が来るのを待って。

またしても同じ感じがした。遠くから誰かに見られているような。

辺りに注意を払う。はっきりしない。非常に微妙だ。かなり離れたところか。あるいはこちらの気のせいかもわからない。自分の神経が立っていることもたしかだ。

待つことしばし。やがて草をかき分けて現れたのは、まだあどけない子供だった。着物とは思えないほど粗末な襤褸《ぼろ》を身にまとい、髪は伸ばし放題なのをうしろでひと括りにしている。一族で山に住んでいるサンカの子供だった。普段は人を避け、一族の者以外とは口もきかない。かつて動物の罠にかかってもがいているのを偶然通りがかった塔七郎が助けた。それ以来、ふたりは時折会うようになった。請われるままに剣法の初歩も教えてやった。

「アケ、これをある場所に届けてもらいたい」

塔七郎が懐から小さく折りたたんだ紙を出してわたす。そして目的の場所を詳しく教えた。

「──その木の洞《ほら》の内側に、切り込みの入った丸石が置いてある。その下にこれを入れてきてくれ。わかるな」

アケと呼ばれた子供がうなずいて受け取る。

「それからは毎日、その石の下を見にいってくれ。そうして、べつな紙に入れ替わっていたら持ってきて、今度はあの木の洞に隠しておいてくれ」

赤黒く日焼けしたアケが大きな目で塔七郎を見上げる。

「あんちゃん、死ぬんか。もう会えねえんか」

挑むような真剣な顔つきだ。気配など一切出していないつもりだが、なにかを感じ取っているらしい。こういう、自然の中で生きている者は独特の洞察力を持っている。特に、人や獣の恐怖を嗅ぎ分ける力を。

「死ぬつもりなら頼まんさ。さあ、行ってくれ。頼んだぞ」

子供が木のあいだに消える。塔七郎はそのあとをしばらく見つめ、それから自分ももと来た方へ歩きだした。

あの由井与四郎と名乗った男の言葉が引っかかっていた。それはもしかすると今度の任務のわけと関係があるかもしれぬと直感したのだ。それで一応調べてみることにした。

忍びの世界は腕前だけがすべてではない。知り得たこと、知見が大いにものをいう。なにも知らずに行動するのとそうでないのとでは、生きのびる率に違いが生じることはいうまでもない。選ばれた甲賀者を消す。しかも相手は自国にいる者たちだという。奇妙な任務だ。なぜそのような仕事が半蔵を通して自分たちに下されることになったのか。

アケにわたした手紙は仲間にしか判読できぬ文字で書かれている。それは幾人かの手を経て最終的には玄也《げんや》という伊賀者のところへたどり着くはずだ。江戸詰めをしている伊賀者である。江戸にいればいろいろなツテが使えるだろう。玄也が調べてわかることなら、答えが得られるはずだ。

それを受け取れるまで自分が生きていればだが。

子供にまで弱気を見抜かれた。仕方ない。相手には半太夫をあっさり倒したほどの者がいるのだ。簡単に勝てるはずがない。五郎兵衛と湯葉もすでにこの世のものではないかもしれぬ。自分が無事任務を果たして生きのびられる見通しは半分もないだろう。これがなんのための戦いなのかわかっていれば、またやる気も違ってくる。中途半端な気の持ちようが一番危険だ。

半太夫を斬った相手に思いを馳せる。あのように相手の顔面を剝ぎ取って木に打ちつけるなど言語道断の所行だ。たんに任務を果たす者のやることではない。まるで強い恨みでもあったかのような印象を受ける。あるいは腕前の誇示、または自分たち残りの伊賀者たちへ恐怖を植え付けようという意図があったのか。ともあれ尋常なことではない。

歩きだしてふと気づいた。先ほどまでの、誰かに見張られているような感じが消えている。やはりあれは気のせいだったのかもしれぬ。塔七郎はひとつ手を打ったことで自分の心のわだかまりが消えたのだろうと判断した。いまやったことはよいことだったのだ、と。


約束した場所に十佐はいなかった。あちこち捜してみると、なんとあの由井与四郎という兵学者とまたしても話し込んでいた。与四郎という奴も、こちらの警告を無視したのか、いまだこんな場所で道草を食っているのだった。

「――おぬしはこれまで出会った中でも一番腕が立つな。ときがときなら、相当出世したであろう」

与四郎が十佐の剣の腕を褒めている。と、いうことは――。

「おう、戻ったか」

気配を感じたふたりが振り向く。赤い顔をしていた。どこから手に入れたのか徳利がそばにある。

あきれた塔七郎が咎めるようにいった。

「こんなところでなにをしている。おまえ、手合わせでもしたのか」

「まあな。この御仁もなかなかのもんだぞ。なんだっけ。どこそこ流だといったっけ」

「兵学は楠木《くすのき》流だ。かの楠木正成《まさしげ》の流れを継ぐ我が師、石川主税助《ちからのすけ》が始めた流派だ」

「はっはっは。どうだ塔七郎、そんなの聞いたことねえだろう。兵学ってのにもいろいろあるそうだぜ」

赤い顔をした十佐がいう。隣の与四郎もご機嫌らしかった。

「兵学は甲州流、越後流、氏隆流などが一般的だ。だがどれもな、孫子、呉子をもとにしている点では変わらない。まあ俺の楠木流の特徴をひとことでいえば、古くさい戦場での駆け引きなどより主として経世済民を説くところかな」

「むずかしいこたあいいよ。それより、おまえのその恰好は反幕を地でいってるな。武家諸法度を書いた奴が見たら口から泡を吹きそうだぜ」

たしかにそれはいえる。塔七郎もうろおぼえでしかないが、改訂された武家諸法度には服装の規定が厳しく定められていたはずだ。いま与四郎がだらしなく身にまとっている紫袷などというものは特に、みだりにこれを着るべからずとされているものではないか。

「紀伊の帯刀《たてわき》からきつく咎められたことがあるよ」

「なんと、直接か」

おどろいて塔七郎が問う。紀伊の安藤帯刀といえば世に名高いこわもての老職で、御三家の紀伊頼宣《きいよりのぶ》ですら頭が上がらないと聞く。

こやつ、とんだ喰わせものかもしれん。あるいは本物の大人物なのか。

「ああ。正直いって会ったのはほんの瞬間だけだ。いきなりうつけものと怒鳴りつけられただけのことだよ」

混ぜっ返すようなことをいうのでますます本当の話かどうかわからない。

「はっはっは。斬ってやったらよかったじゃねえか。なあ塔七郎、こやつ、けっこうできるぞ。さっき手合わせしたが、どうしてどうしてそこらの暇人の腕じゃねえ」

十佐がいうのだ。本当だろう。その十佐の手が徳利に伸びた。

「酒はそれくらいにしておけ」

「また。うるせえ奴だな。おまえこそ仕事を放りだして女のところに戻ってやがったくせによ」

「いい加減にしろ十佐」

「女はいいものだ。本当にいいものだぞ」

与四郎がいう。

「俺は酒と女のどちらかを断てといわれたら迷いなく酒の方を選ぶな」

「本当か」

「ああ本当だ」

「じゃあこの三人の中で酒派は俺ひとりか。すけべえふたりに呑んべえひとりか。参った参った。こりゃろくでもない組み合わせだ」

げらげら笑う十佐の手から猪口《ちょこ》を奪い取る。

「いま襲われたらひとたまりもないぞ。これ以上呑むなら助けてやらん」

「ふん。おまえの助けなんぞいるもんか。そっちこそ、俺の助けなしでやっていけるのか」

塔七郎は与四郎の顔を見た。顔つきはとろんとしているが目はしっかりしている。

「ひとつ聞きたい。おぬしは島原に行ったそうだが、そこで忍びを見たか」

「ああ？　うん、忍びか。そうだな。話には出たよ。城から兵糧《ひょうろう》を盗み出したのは甲賀者だとか」

「それはたしかか」

「どうした塔七郎。島原のことなんぞ聞いてどうする。おまえ、耶蘇教に知り合いでもいたか」

酒臭い息をしながら十佐がいうのを無視して与四郎に目で問う。

「――たしかかといわれても、誰とどういう話をしていたときに聞いたものかとんと思いだせぬな」

「その、忍び者の誰かの姿を見たか」

「見たかもしれんが、はっきりとはせんな。少なくとも、自分は忍びでございとばかりに黒装束で身を固めた者はいなかった」

「しかしおぬしは当時あそこにいて、大勢の人間に出会っている。それは間違いないな」

「それは――まあな」

「与四郎どの、見たところおぬしは暇そうだ。これからしばらくおつきあい願いたいな」

「ははは、なんだ、やっぱりおまえも一緒に呑みてえんじゃねえか。わけのわからねえ御託《ごたく》を並べてねえで、さっさとそういったらいいんだよ。なあ与四郎、こいつは昔っからこういう奴でな。なにをするにもまず屁理屈が必要なんだよ」

「俺がお役に立つというならつき合ってもよいが、どう見てもおぬしらとは性質、というか資質が違うようだ。一緒に行っても足手まといになるだけだと思うが」

「いや、なにも一緒に戦ってもらおうというのではない。いくつか見てもらいたい顔があるのだ。そのためにつき合ってもらいたい」

「顔とな。ふうむ。どういうことなのかわからぬがおもしろそうだな。それに、こうして出会ったのもなにかの縁だ。わかった。この与四郎、つき合わせてもらおう」

## 其の十

江戸に戻ってきた鴉という名の忍者がまっすぐ半蔵のもとへ向かった。現在の五代め服部半蔵の居場所を知る者は少ない。伊賀者ですらほとんどが知らない。だが存在することは知れ渡っている。この鴉をつうじて方々にその命が下されるからだ。

夜の暗がりの中、瓦屋根の上を軽々と進む鴉は、昼間のように目が見えるようだった。半蔵の居場所が知られていないわけは、彼が普通の人間には到底想像もつかない場所にいるせいでもあった。

近習の者に来たことを伝える。ややあって中に通され、半蔵のまえに出る。

「ご苦労だった。事はうまく運んでおるか」

「はっ。すでに五人同士の果たし合いは始まってございます。ただ――」

「ただ、なんだ」

「伊賀の里の方の殺しがもう始まっております」

「なんだと。それは本当か」

「はっ。すでに数人の者が何者かの手によって殺されましてございます」

「ふうむ。これはまさか、命令を取り違えたか」

「行って頭領を問いただしてみまするか」

鴉の進言に対し、半蔵はしばし口をつぐんでいた。やがて声を出したとき、そこには独特の苦みが加わっていた。

「まあよい。結果的には同じことだ。ただ、事がどう運ぶか、注視する必要はあるな」

# 其の十一

鯉霧が人より抜きんでているところがあるとすればそれは耳だった。里の全員に外出禁止を発したこの夜、外に出ているのは自分と部下の筒賀だけのはずだ。鯉霧は目をつぶり、風の音と虫の声の合間を縫って聞こえてくるはずのものを待ちかまえていた。真夜中の暗闇に溶け込んで、ひたすらときが刻まれるのを待ち続けた。

ふと耳がなにかを捕らえた。土塊《つちくれ》が崩れる音。ごく微かなものだ。鯉霧は地面に耳をつけてみたよりはっきり聞こえてくる。北の方角だ。体を起こし、移動を開始する。相手はやはり、どこか土の下に潜っていたようだ。はやる気持ちを抑えつつ、足音を最小限にして進み続ける。やがて出たのは里の墓場だった。一度ならず二度までも掘り返した場所である。闇の中、並んだ卒塔婆が、骨だけになった巨大な指を思わせる。立ち止まり、いま一度耳に神経を集中させた。やはりここだ。いまにもなにかが地中から出てこようとしている。

小さな土塊が持ち上がり、転がり落ちる。土埃とともに手先が、肘が、そして遂に相手が顔を現した。黒装束だ。暗さで顔は見えない。

信じられないのは出てきた場所だった。そこは幾度となく掘り返した場所――最初の被害者、千介の墓だった。

「なぜだ。どうしてそこから出てくる」

聞こえたのだろう。半身を露わにした相手が鯉霧の方を向いた。

「ふふふ、不思議か。何度も掘り返していたからのう。おまえの狙いは決してはずれてはいなかったぞ――」

声音をおぼえさせまいというのか、ことさら低められた擦《かす》れ声で嘲《あざけ》るようにいう。

「俺はな、おまえの仲間の棺桶の、そのまた下に隠れていたのさ」

暗闇の中でふわりと体が宙に浮く。そこから手裏剣を投げつけてきた。鯉霧も地を蹴る。

相手の手裏剣をかわしながらこちらも投げる。黒ずくめの男がふっと闇に溶け込むように消え、離れたところに現れる。尋常ではない動きだ。鯉霧は、自分の命がすでに風前の灯火《ともしび》であると悟った。

突然、鯉霧の背後からなにかが飛んできた。黒ずくめが宙返りをしてよける。弓矢だ。筒賀が走ってきた。

「遂に現れおったわ」

「こ奴の仲間が知れました。糸の切れた家が――」

筒賀がいい終わらぬうちに相手が手裏剣を投げてくる。ふたりは左右に飛んで離れた。刀を抜いた鯉霧は相手に向かって一気に走った。六尺もある長い刀だ。それを真横に一閃させる。相手が腹をへこませてよける。筒賀が矢を放つ、なんと相手はこの闇の中でそれを左手でつかみ取った。体を左右に振ったかと思うと、今度は完全に闇に溶け込んでしまう。筒賀が駆け寄ってきた。ふたりは背中合わせになって互いの背後を守る体勢になった。どこに現れる。両目をめまぐるしく左右に振る。

「誰の家だった」

「それが、信じられないことに——」

そのとき、なにもないはずの真上から大きななにかが降ってきた。ぶつかった筒賀の体が縦に裂けてしまう。あまりのことに鯉霧はうしろへ飛び退《の》くしかできなかった。刀を下に向けた恰好で相手が宙から降ってきたのだ。一体どうやってやったのかわからない。朽ちた大木が根元から折れるように、筒賀の体がゆっくり倒れていく。暗闇の中でわっと広がった血の臭いに鯉霧はみずからを鼓舞させた。うなり声を上げながら走る。それをいなすように相手が飛び上がった。鯉霧も続けて飛び上がりながら刀を振り回す。あってもよさそうなはずの手応えが感じられない。間一髪で相手に動きを読まれているのだ。それを知ったとき、頭に熱い感じが走った。

地面に降り立ったとき、足腰に力が入らなくなっていた。自分の頭から噴水のように血が噴き上がっている。正面の、手を伸ばせば届きそうなところに相手が降り立った。もはや必要ないと思ったか、刀を鞘に入れている。そのとき雲が動いたのか、空から星明かりが降り注いだ。黒ずくめの相手の顔が白い光に照らされる。鯉霧の全身に悪寒と痙攣《けいれん》が走った。

「こっ、この化け物め――」

堪えきれずにどっと倒れる。その瞳の光が消えかける瞬間、駆け寄ってきたもうひとりの姿がかろうじて映った。

化け物が素早く顔を隠す。それが鯉霧の瞳に映った最後の絵だった。

# 第二章

# 其の一

山の尾根に沿って作られた小道を、ひとりの修験者が歩いていた。編み笠をかぶり手には錫杖を握っている。踏み分けられた細道を上る歩みに疲れは見られなかったが、その袈裟《けさ》も脛当ても埃にまみれていた。

修験者の進む先の藪が揺らいだ。複数の入り乱れた足音が聞こえてくる。修験者は足を止め、すばやくそばの茂みの中へ身を隠した。草のあいだから目を凝らす。

小道へ飛び出してきたのは男だった。見たところ三十くらい、背中に子供を背負っている。男の子らしかった。すぐあとから二、三人の男たちが躍り出る。

「待ちやがれ。逃げられるわけがなかろう」

追ってきたひとりが男の肩をつかむ。子供を負ぶった男はよろけ、地面に膝をついた。

「俺はなにも知らぬ。このまま見逃してくれ」

「だめだだめだ。騙されんぞ。手間をかけさせずに戻るんだ」

それは無謀な逃亡にしか見えなかった。子供を背負ったまま逃げ切れるはずがない。懇願もむなしく引き立てられた男が子供もろとも、もと来た方へ引っ張られていく。

男たちの姿が消えると、修験者は茂みから出てきた。

しばらく道沿いに歩く。やがて立ち止まり、しばらく佇んでいた。

ええい、これは情報集めのためだ。あんな子供なんぞ関係ない。

男たちが消えた方角に向きを変え、藪の中へ分け入っていく。


藪を越えた先にはやはり集落があった。いくつかの家が並んでいる。貧しい集落であることはひと目見れば明らかだった。畑作と狩猟でなんとか暮らしているのだろう。

修験者が集落の中へ入っていっても誰も姿を見せなかった。切り出した木材が積んであるのが見えたので、そこまで歩いて腰を掛ける。錫杖を置き、経を唱え始めた。

しばらく唱えているとあちこちから人の姿が現れた。不思議そうな顔で修験者を見つめている。やがてごく自然に周囲を取り巻く形になった。

修験者は経を唱えながら、笠の編み目を通して人々の顔を見回した。子供を連れた者もいるが、集まった中に先ほどの連中は見当たらない。

唱え終えると、それを待っていたかのように老人がまえに出た。

「見事なものでございますな。旅のお方で」

「左様。少々道に迷ってしまってな」

修験者、湯葉は編み笠を取った。

「――ほう。女の修験者とははじめてお目にかかりますな」

髪はうしろのひと束を除いて男のように短くしてある。奇妙な風貌をした女修験者、湯葉は村の長《おさ》と称するその老人の家に招待された。歩きながら、自分を取り巻く人々を油断なく観察する。その動き、歩き方。少なくともこの中に忍びはいないと判断する。体のこなしを見れば、修業をした者かそうでないかは瞬時にわかる。

逆もまた真なりだ。この中に忍びがいれば、自分がくノ一であることは知れてしまう。ここは甲賀の山中だ。忍びがいない村落もあるだろうが楽観は禁物である。

長の家でしばしの休息を得る。茶で喉を潤し、しばし自分が廻った播磨《はりま》の国の話などを披露する。湯葉には目付としての経験があった。

仏壇に経を唱えたところでその家の二階に休むことを提案され承諾した。歩きづめだったのでさすがに疲れをおぼえていた。段を上り部屋に入ってひとりになると旅装を解いて足を伸ばす。すぐに仮眠を取ることにした。

夕餉《ゆうげ》の支度ができたと告げられ、それを家の者と一緒に取る。それが終わるとふたたび部屋に戻って横になった。

ふと目がさめる。もとより忍びは熟睡などしない。辺りに神経を張り巡らせたごく浅い眠りしか取らぬよう鍛えられている。そのため屋外だろうと眠ることができる。いま自分を起こしたのはどこかの声だった。それも悲鳴。押し殺したような悲鳴がたしかに聞こえてきた。老若男女いずれのものかまではわからない。湯葉は身を起こして明かり取りの窓に近寄った。それは部屋の上の方に開けてあり、月の光でうっすら照らされている。手を伸ばしてようやく届く高さだ。

　また聞こえる。なにものかの悲鳴。苦痛に耐えているようなうめき声ともとれる。不穏な気持ちを起こさせるに充分だった。湯葉は今度は部屋の襖の方へ向かい、外をうかがった。もう寝静まっているのか、家の中からはなにも聞こえてこない。頭から薄い針のようなものを引き出すと、それを襖のあいだに差し入れる。少しだけ力を入れ、襖をこじ開けるようにする。

　微かな抵抗を感じた。針を上下させる。あった。一番下のところに髪の毛のような細い糸が張ってある。ここを開けて外に出れば知れる仕組みが施されているのだ。湯葉は襖を元通りに閉め、窓の方へ戻った。

　自分が出ていくかどうか疑いを持たれていることも含めて、この里でなにが行われているのか気になる。

　湯葉は窓の下の壁にぴたりと手のひらを押しつけた。

　明かり取りの窓は、斜めになればなんとか両肩が出る幅がある。湯葉はそこから首を出して辺りをうかがった。隣の家のまえに誰かが立っている影が見える。見張るような立ち方だ。やはり普通に下から行けば見咎められる。

　湯葉の上半身が窓の外へ出た。下を見るとそれなりの高さだ。だがこちら側に人はいない。湯葉の体が下へ折り曲がった。そのまま壁をつたい降りていく。速度こそゆっくりだったものの、なんの道具も使わず、自分の手足だけで垂直の壁を下っていく。窓の穴から全身が現れ、その体がヤモリのように地面まで這い降りた。その間、まったく音がしない。

地面に着くと隣の家の壁のところまでも四つん這いのまま進み、そちらを上り始めた。指先、手のひら、爪先、それらが表面のどんな小さな手掛かりをも探り当て、取っかかりにするのだ。そちらの壁の上の方にも同じような窓が開いている。そこまでいくと、慎重な動きで内部をのぞき見た。暗い内部だった。明かりがない。動きはないようだった。しばらく目を凝らして観察を続ける。男がひとり、柱を背に座っている。柱に両腕と胴を縛り付けられた状態だ。目を閉じている。あのとき子供を背負っていた男らしかった。顔がかなり腫れている。子供は、と見回すと、向こう向きで横になった小さな体が見えた。腕ごと胴体をぐるぐる巻きに縛られている。

しばらくそのまま内部を見つめていた。死角になった部分に特に注意を凝らす。ほかに人はいないようだ。湯葉は窓から体を滑り込ませた。

先ほどと同じ要領で床に降り立つ。縛られた男は少しも動かない。子供も、もののように転がっていた。いずれも微かな寝息を立てている。

縛られた男の腹に右の拳を当て、活を入れる。外の見張りに気配を気取られないよう、それほど強くはやらない。一度めでは男の眉が寄っただけだったのでもう一度やる。

男の口からふうっと息が洩れ、目が開いた。薄ぼんやりした視線が自分に気づいて大きく見開かれる。頭を短くした見ず知らずの女がすぐそばにいたのだから当然の反応だろう。湯葉は男の口に手を当て、声を出さぬよう身振りで示した。男の顔はやはり醜く腫れ上がっていた。片方の目はほとんど開かない。開けた口からは乾いた血の臭いがした。

男がうなずいたので手を離す。

「あ、あなたは――」

「通りがかりのものだ。しばらくまえに悲鳴を上げていたな。おぬしはどうしてこのような目に遭っておる」

「わ、わたしの一家が金《きん》を隠していると思われているのです」

「金」

男が小さく首肯する。その動きすら痛みを伴うらしかった。

「わたしの子が――」といって目で捜す。湯葉は子供が転がされている方向を示してやった。そばにいると知って安堵のため息をつく。

「――転がして遊んでいた石に金が含まれていたことがわかりました。それで、里のものたちが、わたしら一家が金を掘り当て、その在処を隠していると思ったのです」

「それは本当のことなのか」

「石に金が含まれていたのは本当です。ですが、わたしはそれがどこから出てきたものなのかまったく存じません。あの子は生まれつき言葉の話せぬ子で、訊いてもどこから拾ってきた石なのかいうことができません。わたしら一家は代々山で狩猟をして暮らしてきました。金など見たこともありません。ですが里の者たちは人が変わったようになってわたしたちを責め立て、ついに妻をなぶり殺しにしてしまいました。わたしは子供を連れて逃げようとしたのですが、捕まってしまい、こうして縛られているのです」

「甲賀に金とは聞いたこともないが」

「ええ。わたしにも信じられませぬ、一体全体、なにがどうなっているのか」

「おまえの話、嘘ではないだろうな」

「もちろんでございます。どのみち、あなたになにを話したところで明日には殺されるのでしょう。不憫《ふびん》なのはあの子です。わたしらがいなくなったらどんな目に遭わされるのかと思うと――」

食いしばった歯のあいだから声とも息ともつかないものが出た。泣いているらしい。流せる涙は涸れてしまっているらしかった。

「ふむ、わかった。ところでもうひとつ訊きたいことがある。おぬしは次に挙げる名前の者を知っているか」

麩垣将間、藪須磨是清、紫真乃、奢京太郎、李香――。言い終わると男が応える。

「奢京太郎というのは北の里出身の若者です。あとの名前は知りません」

「どんな奴だ」

顔を腫れ上がらせた男は、こちらがなぜそんなことを尋ねるのか疑う気力も失せているようだった。

「肩幅の広い、馬鹿力の男です。ですが京太郎は先ごろ死んだと聞きました」

「ほう」

早くもこちらの誰かが倒したようだ。

「どんな死に方だった」

「はっきりとは知りませぬが、なんでもむやみと大きな手裏剣でやられたとか」

ふっ、五郎兵衛だ。湯葉も見せてもらったことがある。非常に刃の長い手裏剣。充分すぎるほど必殺の武器だ。あのおやじが自分でこしらえた。投げさせてもらったこともあるが、狙いどおりに当てるには相当な鍛錬が必要だと思われた。

「ほかの四人はまったく知らないのだな」

うなずいた男のそばを離れ、湯葉は子供に近寄った。暗い中、転がされている寝顔を見つめる。規則正しい寝息が小さな体を上下させている。

なにもいわず、湯葉はその場をあとにした。ふたたび壁を這い上がる。

下の方で男の首ががっくりとうなだれるのがわかった。

なにをするにしても、もう少し様子を探る必要がある。

外に出た湯葉は地面まで降りると、見張りがいるのとは逆方向に進んだ。人の気配がないか探りながらも、脳裏にひとりの子供の姿が浮かんでくる。

二吉《にきち》——。

湯葉には里に、自分の子供のようにかわいがっていた二吉という者がいた。やはり拾われてきた子で、向こうもよくなついた。ねえちゃんねえちゃんと、どこへ行くにもついて歩くほどだった。その二吉が半年まえ死んだ。足の裏に刺さったトゲが原因で、高熱を出して寝込み、看病の甲斐《かい》なくあっけなくあの世へ旅立ってしまった。

（ちょうどいまのあの子供と同じくらいの大きさだった——）

——いや、いまはそんなことを考えている場合ではない。それはわかっている。使命を帯びてこの甲賀へ潜入しているのだ。やらねばならぬことがある。

だが、という反対の気持ちも浮かぶ。今度の任務はなんのためなのかわけがわからない。それに同じ使命を帯びた者がほかに四人もいるのだ。すでに五郎兵衛がひとり倒したらしい。ここで自分が少しばかり時間を食ったところでどれほどの違いがあろう。

各家の配置と偏《へだた》り、道幅と坂の角度、里全体の造り、罠が仕掛けられているとすればどこか、一時的に逃げ込める場所はあるか――自分の目が逃亡に必要な情報を頭に送ってくる。それらをしっかりと刻みつけ、寝静まった通りを進む。両手足をついたその動きはトカゲそっくりだ。

その動きがぴたりと止まる。向こうに誰かいる。驚いた。視覚でとらえるまでまったく気づかなかったのだ。

相手との距離は十間以上ある。一軒の家のすぐまえに立ち、こちらを向いている。男だ。刀は帯びていないからただの農民のように見える。ただ、その放つ気が普通ではなかった。なにも発していない、なにも感じられないのだ。これはどういう相手だろう。

月明かりだけでは相手の表情まではつかめない。もっと近寄って確かめたいという気と、気をつけろ、これ以上近づいてはならない、という相反する思いが湯葉の心の中で交錯する。

男はたしかにこちらを向いている。なのに視線すら感じないのだ。ひとりで立っているのだから気を失っているわけでもあるまい。もしや自分の感覚の方が狂ったのか。

金縛りに遭ったようにじっと相手をうかがう。やがて、男の体にほんの少し、じっと見つめていなければわからないほどの微かな動きがあった。体が前後に揺らめいたように見えた。

あっ――。

湯葉の見つめるまえで、男の首に一直線になにかが走った。なにか黒っぽいものが首から下に流れ落ちる。それとほぼ同時に、男の首が下に落ちた。湯葉は本能的にうしろに飛び退く。なにが起きたのかわからない。首を失った男は切り口から血をしたたらせつつ地面にまっすぐ倒れ込んだ。いくら目を凝らしても近くには誰もいない。いや遠くにも、どこにも人の姿がない。

これはなんだ。どうしたことだ。

一瞬の早業で斬ったのか。いや信じられぬ。どんな早業だろうと、自分の目がまったくなにもとらえられぬなど信じられない。切っ先もなにも、刃物のきらめきすらなかった。大体、やった者はどこにいるのだ。

倒れ方、音、倒れたときの質感はまぎれもなく実体のある本物の人だ。決して人形などではない。両手を地面につけたまま、湯葉の思考が目まぐるしく駆け巡る。

幻術なのか。これほど見事な幻術を使う者がこの里にいるのか。

湯葉の知る限り、大概の幻術使いはあらかじめ辺りを煙や蒸気で覆ったりする。そのため見えるものは霞んだり歪んだりする。いま見たものにはそういう曖昧《あいまい》なところがまったくなかった。まずい。どんな術なのか知らないが、このまま見続けていると、自分が相手の術中にはまる危険がある。

確かめたい気持ちを抑えつけて湯葉は視線を切り、もと来た方へ戻り始めた。

# 其の二

紫真乃の足の傷は順調に治っていった。三日たつと、走れるまでになった。ただ、まだもとのようには踏ん張りがきかない。真剣勝負の場では一瞬の遅れが命取りになる。相手の腕前はかなりのものだ。気があせって仕方なかった。

将間の奴、待ってくれるという約束を一応は呑んだようだが、どこまで守るか知れたものではない。もしも偶然にでもあの五郎兵衛と出くわせば、間違いなく勝負を挑んでいくだろう。そうなるまえになんとか自分が仕留めたい。

今日も紫真乃は森の中を駆け、木に登り、枝から枝へと飛び移って足の回復具合を確かめていた。得意の縄術の訓練にも余念がない。もとより邪魔な枝木の多い山中で取得した技だ。どんなに木が密集した場所でもそれなりに威力を発揮する。紫真乃の投げる縄は枝を利用して行き先を変え、屈曲しながら狙った獲物をどこまでも追う。縄の先端部には鉤がついたものもあり、少しでもかかったらもう逃がさない。鉤には毒を塗ることもある。とらえた相手をぐるぐる巻きにして吊るし、下に巨石をぶら下げて体の太さを半分ほどに絞ってやったこともある。ふたつに裂いたこともある。重さが等分になるよう、綺麗に八つに分けてやったこともある。

縄の腕前は一段と上がったような気がする。もう戦う力はまえと同じかそれ以上だ。弟分だった京太郎をあっさり殺された怒りが怪我の回復を早めた。

紫真乃はあの日以来の偵察に出かけた。


雨が降ってきた。見るまでもなく、あのとき京太郎が投げた小屋のあとにはなにもなかった。すでに雑草が生い茂り、崖の縁を隠している。紫真乃は草を踏み分けて進み、下をのぞいた。壊れた小屋の残骸が雨に濡れそぼつばかりだ。紫真乃は心の中で京太郎の冥福を祈った。

さて、あ奴はここからどこへうせたのか——。

考えるまでもなく体が反応した。脇に飛び退くと、それまで立っていた場所に手裏剣が突き立った。

あの、刃のやたらに長い手裏剣だ。

「ふっふっふ。毎日待ちくたびれたぞ」

あのときの行商人、いや五郎兵衛の声だった。さては、こちらが出直してくるのを毎日見張っていたと見える。

こちらこそ手間が省けたというものだ。紫真乃は懐の縄に触れながらほくそ笑んだ。

ただし、声がしただけでどこに潜んでいるのかわからない。突き立った四つ刃の手裏剣は小刀と違って投げた方向をうかがわせない。

「どこにいるんだい。臆病者」

「どうやら足を怪我したと見えるの。もうひとりの馬鹿力はどうした」

上の方から声がした。茂った木のどこかにいる。上を向くと容赦なく目を打ってくる雨の中、紫真乃は意識を集中させた。もっとしゃべらせねば。

「むこうでおまえを待ってるさ」

血の跡は見ただろう。死んだことを知っていていっているのだ。

「そうか、おまえの方が若干うすのろではなかったということだな」

わかった。あそこだ。今度も考えがまとまるより早く体が動作に移った。懐から出した分銅付きの縄が空中で広がったかと思うといきなり棒状に変化して飛んでいった。密集した茂みに槍のように突き刺さる。

手応えがない。雨に混じって葉が散り落ちてくるばかりだ。すぐに縄をたぐり寄せ、第二弾を少しずらした場所に飛ばす。間髪容《い》れず第三弾。

「ふははは。なにをやっている。猿でも探しておるのか」

相手の嘲笑はやはりその辺りから聞こえてくる。どういうことだ。こんなふうに余裕で軽口を叩けるはずはないのに。

次の瞬間、地面すれすれになにかが飛んできた。咄嗟に足を開く、あの手裏剣が股の下を抜けていった。今度は投げてきた方向がわかる。そちらへ向けて鉤のついた縄を繰り出した。なにかが弾けるような音が響く。腕ほどの太さの枯れ枝が一本むしり取られてきた。相手が移動する音がする。すぐに追いかけた。

それにしてもさっきの声は――。

大きな楢の木の脇を通ったとき、幹の下の方に拳大の洞が開いているのが見えた。もしやと思って屈み、その暗い穴をのぞき込む。なんと、その朽ち木は内部が大方空洞化しているのだった。ためしに穴に向かって「あーっ」という声を出してみると、はるか上の方で自分の声が出るのが聞こえてきた。そういうことだったのか。上の方の穴は自分で開けたのかもしれない。危ない危ない。勘違いからもう少しでやられるところだった。

大分遅れを取ったが、見失ってはいなかった。立ち上がって目を凝らすと五郎兵衛の姿が木々のあいだを抜けていくのが見える。

ふん、やはり歳だ。てんで鈍足じゃないか。紫真乃は追い始めた。

これほど時間を無駄にしたのにまだ姿が捉えられる。たしかに速くはないはずだった。なのに追いつけそうで追いつけない。紫真乃が懸命に走っても距離が一向に縮まらないのだ。不思議な感覚だった。もう少し近づかないことには縄が使えない。まるで向こうは、こちらの武器の最長到達距離を知って走っているかのようだ。おのれ。自分はこの山岳地帯で鍛えられた者だ。あんな年寄りに負けるわけがない。

突然五郎兵衛が向きを変えた。ゆるやかな下り坂を転げるような勢いで駆けていく。紫真乃も逃してなるものかと追いすがる。あと少し、もう少し近づければ奴を捕まえられる。

密集した木々のあいだを抜けるとふたたび向きを変え、五郎兵衛はさらに走り続ける。紫真乃がそこまでたどり着いたとき、ちょうど五郎兵衛が向こうにある小屋に入り込むところだった。

(はて、こんな場所に小屋などあったか)

木こり小屋のような簡素な木造の建物だ。紫真乃はあらためて周囲を見回した。勝手知ったる山だとはいえ、すみずみまで記憶しているわけではない。慎重な足取りで近づいていった。

まずは裏側を確かめなければ。紫真乃はいったん小屋を遠巻きにするような方向へ動き、小屋のうしろ側に廻る。木に飛び上がり、枝づたいに移動して小屋のうしろ側が見えるところまで来た。見る限り、うしろ側に出入りできるような戸口はない。

あ奴、まさかこの自分の縄術を知っていてこんなところに隠れたか。

小屋の中ではいうまでもなく縄は使いにくい。距離に関係なく必殺の武器として使用できる腕前だが、遠心力の使えない室内ではやはり威力が落ちる。

「どうした。恐くて入ってこれぬか」

あおるような五郎兵衛の声。それが紫真乃の闘争心に火をつけた。獣のような速さで小屋の正面に戻ってくると、懐から鉤のついた縄を取り出し、ほとんど振り回すこともなくそれを戸に叩きつけた。音を立てて戸板に縄が食らいつく。それを力任せに引っ張った。戸板ははじめわななくように痙攣していたが、力をかける方向を変えると悲鳴のような軋み音をさせて外れてきた。それを脇へ跳ね飛ばし、一歩まえに進み出る。窓のない内部は暗かった。その決して広くない奥に、五郎兵衛らしき影が鎮座しているのが見えた。

「丁度いい。そこをおまえの棺桶にしてやろう」

トゲのついた縄が一直線に小屋の奥へ伸びていく。それが影をとらえた。とたんに力が伝わってくる。かかった相手も引っ張っているのだ。紫真乃は体ごと小屋の方へ引き寄せられた。予想外の力だ。

踏ん張りをきかそうとして、怪我をした方の足に力を入れた途端、痛みが全身を貫いた。思わず眉間に縦皺が寄る。

「力が入らぬだろう。そら、入ってこい」

五郎兵衛の声に不気味な響きを感じ取った。この小屋にはなにかある——。

（まさか、同じ仕掛けでやり返そうというのか）

——いや、それはない。こんな場所に崖がないことはわかっている。

ここはいったん仕切り直した方がいい。そうやって縄から手を離そうとしたとき、なんとも奇妙な感覚が右手を覆っているのに気づいた。非常に微妙な、とらえようによってはやさしいといえるような感覚。右手の自由がきかない。手を開けない。

つかんでいる縄の周囲で、なにやら細いものが乱舞するように回転している。自分の右腕が、つかんでいる縄ごと細い糸でぐるぐる巻きにされている。見たこともないような細い糸だった。その量は見るまに増えていく。縄に沿って、螺旋《らせん》のように回転する糸が次から次へと送り込まれてくるのだ。ただでさえ雨で濡れていて振りほどきにくい糸に、すでに指も動かせないほど巻きつかれていた。

紫真乃は左手で懐から小刀を取り出し糸に斬りつけた。何本かが切れる。だが糸はあとからあとから巻きついてきた。また切る。さらに巻きついてくる。糸はそれほど強いものではない。ひたすらしなやかで、なにより量がすさまじい。いくら斬りつけてもきりがなかった。

ずるずると小屋の中へと引き込まれていく。引いているのは人間業とは思えない容赦ない力だ。少しも抵抗できない。なんということだ。あの年寄りにこんな力があったとは。

その力の源は、小屋の中に入って目にすることができた。

自分が人影だと思って縄を放ったものは人間大の丸太だった。周囲を削って人型のように凹凸がつけられている。それが紫真乃の縄を巻き付けたまま、回転しているのだ。

丸太の足もとに当たる部分を見る。そこで奇妙な仕掛けが動いていた。いくつもの木でできた歯車が嚙み合い、静かに回っている。本物の五郎兵衛がその横で糸車のようなものを回していた。

「知っていたか。歯車を組み合わせれば組み合わせるほど速度は遅くなるが力は増すということを」

それはいま、事実として紫真乃の頭に刻みつけられた。こ奴、こんなものをこしらえていたとは。

自分が治療に専念していた時間が、相手にこのようものを作る余裕を与えてしまった。

小刀を投げつけようとした左手にべつな縄が絡みついてきた。

「無駄なことだ。おまえなどにまだまだやられるこの俺ではないわ」

嘲りを含んだ低い声。その目は冷たい殺気に溢れていた。

## 其の三

塔七郎はアケと約束した場所にやって来た。頼みごとをしてから二度めになる。前回はまだなにも届いていなかった。

自分たちはまだ甲賀者に出くわさない。といってみずからおおっぴらに出歩くのも考えものである。自分が出かけるたびに、十佐はあの与四郎と酒を飲むに決まっているが、ある程度それは致し方ないだろう。

目的の木が見えてきたとき、ふと不吉な予感にとらわれた。思わず立ち止まって辺りをうかがったが、いつぞやのような見られている感じはない。

木の洞に手を差し入れ、洞の内側に手をすべらせる。すると、右端の方になにかが触れた。内側から細杭で留められているものがある。塔七郎は杭を引き抜き、留められていたものを引き出した。それは手紙だった。

開いてみる。仲間以外には読めない伊賀文字で書かれた手紙はまさしく自分が出したものに対する返事だった。

読み進む塔七郎の眉間の皺が深まっていく。

## 其の四

もはや一刻の猶予もない。湯葉はそう判断した。ここにはなにやらあやかしの術を使う者がいる。そ奴が倒すべき相手のひとりとは限らないが、この里は相手の土地だ。いったん外に出た方がよいに違いない。

　そばに誰もいないにもかかわらず首を切り落とされた男。その残像が頭を離れない。威嚇か誇示か牽制か。術者の気配も表情も、姿すら見ることができなかったのだから、その意図は計り知れない。いまは不気味さと不吉さだけが心の大部分を占めてしまっている。

　逃げだすことだ。

　自分だけ、身ひとつで逃げた方がいいことはいうまでもない。そんなのは子供でもわかる理屈だ。なのに湯葉の体はさきほどの家の壁をよじ上っていた。よじ上って窓から入り込み、なにも変わっていない内部を見る。男が柱に縛り付けられ、子供が転がったまま寝息を立てている。男の両目は閉じられていたが、ときおり苦痛を感じるのか、目元に皺が寄る。

「おい、走れるか」

「えっ」

　そばまで寄って声をかけると、男が目を見開いた。

「どうなんだ。逃げられるかと訊いている」

「はい、なんとか――いえ、なんとしてでも」

　湯葉は懐から出した小刀で男の縄を切った。縄が落ちると男は自分の両腕をさすり、ふたたび顔をしかめた。

「どうした」

「い、いえ。平気です。ですがどうやってここから出るのでございますか」

「おまえは子供の心配をしていればいい。表にいる見張りはひとりだけだ。さあ子供を背負え」

子供の縄も切る。男が抱き上げて背負っても、子供は目を覚まさなかった。無邪気な顔でぐっすり寝込んでいる。

「わたしについて来るのだ。できるだけそばを離れるな。よいな」

子供を背負った男がうなずく。湯葉はその表情を見て大丈夫と踏んだ。小刀を手に持ったままゆっくりと戸口へ向かう。男がついてくるのがわかった。

戸板に手をかける。見張りがどこに立っているかはわかっていた。

いきなり戸を引き開け、ほぼ同時に外にいた男の首に斬りつける。

「うっ」

大きな声を上げることもなく見張りがくずおれる。その脇を抜けて外に出た。

人のいない通りを立ったまま走り抜ける。湯葉とすれば四つんばいになった方が人目につかない自信があるのだが、子連れが一緒では意味がない。

里の出口の辺りにも見張りはいなかった。子供を背負った男のことを考えて速度を落とす。

あっけないほど簡単に外に出た。ほっとしたものの、そのまましばらく進み続ける。やがてもともと自分が歩いていた道に出たことがわかった。そこをさらに進み、男の息が上がってきたのを見計らって休みを入れることにした。

「かたじけのうございます。あなたさまには命を救っていただき、返す言葉もございません――」

途切れ途切れの息の合間に礼をいおうとする男を制し、辺りの気配をうかがった。ほんの微かだが、どうも誰かに見られているような気がする。月明かりだけでは遠くまで見透かすことはかなわぬが、この気配は決して気のせいではないと思った。里の方から追ってくる者はいない。それははっきりしている。ではどこから誰が見ているのか。

しばらくして、気にしても仕方がないと思うことにする。かなり距離があることはたしかだし、相手が攻撃してくる様子もない。

さて、ここからどの方向へ進むか。ここはまだ先ほどの里から近すぎる。足を休めながらどうすべきか考えていた。すると、いま感じている微かな気配とはべつな、はるかに強い気を放つものが近づいてくるのがわかった。

――まずい。これは只者ではない。湯葉の全身がさっと緊張する。近づいてくる者はあっというまに距離を詰めてきた。獣のように木々のあいだを縫ってやって来る。そちらもこちらの気配を察したようだ。動きが緩くなり、止まった。

「ふうむ。生きていたか。それにしても十佐といいおぬしといい、どうしてこうも余計な者を連れたがるかのう」

真上から声がした。したたり落ちるように地面に降り立つ者がいた。

「塔七郎――」

仲間であることがわかって湯葉の緊張が解けた。

「――なに、五郎兵衛が敵の奢京太郎を倒したというのか」

湯葉の話に塔七郎が感心したようにいった。

「だが、こちらもやられた。半太夫がな」

「なんと、それは本当か」

「ああ。誰にやられたのかはわからんがな」

半太夫の顔面が切り取られ、木に貼り付けられていたというのを聞いて湯葉の背中に戦慄が走った。

「敵にも相当な奴がいるってことだ。ところで訊くが、おぬしは半太夫から待ち合わせ場所を伝えられていたか」

いいえというふうに湯葉が首を振ると、塔七郎が今度はそばにいる男と子供の方を見てどういうことなんだという顔をした。湯葉がこれまでの経緯《いきさつ》を簡単に話す。案の定、塔七郎の表情が厳しいものに変わった。

「どういうつもりだ。いま任務の最中なのはわかっておろう。軽率なことは控えろよ」

「わかっている。だが、あたしはどうしてもこの親子を捨て置けなんだのだ」

「あ、あのう。私どもはこれで。ここまで助けていただき、どうもありがとうござ――」

男がいうのを手を上げて制する。

「逃げるあてはあるのか。ここでおまえたちふたりだけになれば明日にもまた捕まって連れ戻されよう。少なくとも甲賀を出るまでは一緒にいるんだ」

湯葉がいうのを男は頭を下げて聞いた。塔七郎があきれた顔で見ている。

「おぬし、まさかその子供に情が移っ――」

「黙れ、それ以上いうな。わかっている。責任は自分が取る」

睨みつけると塔七郎も黙った。

「塔七郎、おぬしの方こそどうしてこんな場所を通った」

「俺と十佐はまだ敵の甲賀者に出会わんのでな。交互に偵察をしている」

塔七郎が急に中腰になって身構えた。

「どうした」

「誰かに見張られている」

塔七郎も感じたのだ。では先ほどのはやはり気のせいではない。

「少し待っておれ」

音もなく塔七郎の体が闇の中へ消えた。

しばらくすると塔七郎がひとりで戻ってきた。

「どうだった」

「逃げられた。こっちが追いだした途端にすごい速さで退却していった。戦う気はないらしいな。だがいたことはたしかだ。そ奴がいた場所があたたまっていた」


「――あいつ、遅いな」

小屋の中で寝転がりながら十佐がいう。正面であぐらをかいている与四郎が応えた。

「敵と出会ったのではないか」

辺りを見回ってくるといって塔七郎が出ていってから半刻以上がたつ。

「まあそうかもしれんが、それにしても遅いよ」

「まさかとは思うが、もしや――」

「大丈夫だ。奴はやられんさ。――おっと、帰ってきたな。それにしても、連れがいやがる」

十佐のいったとおり、小屋の戸を開けて入ってきたのは塔七郎だけではなかった。湯葉と見知らぬ男がいる。男の背には子供までいた。

「なんだなんだ。おい、酒がまずくなるじゃねえか」

「また呑んでたか」

「いやこれからだ」

「どうした与四郎」

塔七郎が声をかける。与四郎はあらたに入ってきた者たちに目を釘付けにしたまま唖然とした表情を浮かべていた。

「――い、いや。女の修験者とははじめて出くわしたのでな」

「おい湯葉、おめえ、仕事そっちのけで子連れと夫婦にでもなったのか」

「馬鹿なことをおいいでないよ」

「疲れただろう。くわしい話は明日だ。もう寝た寝た」

翌朝、いち早く目をさました塔七郎が小屋から出て朝日を眺めていると、横に与四郎が立った。

「どうした」

「おぬし、俺にいったな。島原で知った顔を見たら教えろ、と」

「あの男がそうか」

与四郎がうなずく。塔七郎にはもう、あの湯葉が連れてきた男が忍びでないことがわかっていた。与四郎はまだなにかある顔をしている。

「なんだ。全部いえ」

「……いや。よくわからん。俺はこれまで、わりと人の顔をおぼえる方だったのだが、自信がなくなってきた」

塔七郎の目が細められる。

「――まさか、あの男、死んだはずだとでもいうのか」

「いいや。そうではない。……まあ忘れてくれ。到底あり得んことだ」

そういって塔七郎のそばから立ち去っていった。

## 其の五

丸二日がたった。自分ひとりでやるといっていたが、さすがに捜しに行かぬわけにもいかなくなった。まったく、ちょっとほかで術の仕込みをやっていればすぐにこれだ。

魃垣将間は紫真乃の行方を捜し始めた。

まずは京太郎が倒された周辺だ。その場所へ行き、辺りを入念に調べる。やがて折られたばかりの枝や人が草を踏みしだいて走った跡を見つけ、それを追っていった。

——おや、あんなところに小屋が。

丘の中腹、少し平らになった辺りに見慣れない小屋が立っている。将間はしばらく遠巻きに観察した。人がいる気配はないと察すると、用心しながら近づく。

造られてから日がたっていないことは明らかだった。周りを見てまわる。小屋には戸口がひとつあるきりで窓もない。

戸口を開けようとしてみた。固く閉ざされている。だがそれを動かそうとしたとき、隙間から人の匂いが漂った。将間の眉間に皺が寄る。生きている者の放つ匂いではない。

将間は刀を抜き、戸板の隙間に差し入れ、こじ開けようとした。二、三度力を込めると、戸板がきしんで手まえに倒れてきた。かんぬき代わりに戸を押さえていた棒も転がり出てくる。途端に内側にこもっていた臭気が体にまとわりついてくる。

顔をしかめながら中をのぞき込んだ将間は刀を鞘に戻しながら溜めていた息を吐いた。

小屋の中には紫真乃がひとり、あおむけに倒れていた。

確かめるまでもなくとうにこと切れている。用心しながら小屋に入り込んだ将間は紫真乃の死体に近づき、ためつすがめつした。どこにも刀傷が見当たらない。床には血も落ちていなかった。

死体をひっくり返し、着物を剝いだ。やはりどこにも切り傷が見当たらない。死に至るような打ち傷の跡もない。首の前面にいくつか擦り傷が見られるくらいだ。それらは致命傷とはほど遠い。さらに、体中どこの骨も折れていないこともわかった。

死に顔を観察する。胸を押して、死体の口から洩れる空気の匂いを嗅いだ。たんなる腐臭以外なにも嗅ぎ取れない。少なくとも自分の知る類《たぐい》の毒は用いられていないようだ。

不思議な死にざまだった。どうやって死んだのか見当がつかない。閉じられた小屋の中でひとりきり、さしたる傷もなく死んでいるのだ。まるで年寄りによくある、心の臓が勝手に停止したかのようである。

だがそんなはずはない。間違いなくこの紫真乃は伊賀者に倒されたのだ。おそらくは五郎兵衛という忍者に。でなければ、こんな小屋の中に閉じ込められているはずがない。

そしてこの有り様《よう》は、と考える。あとからこうして死体を発見する者に対する挑戦だ。どうやって殺したのか、真相を見いだしてみよといっているのだ。

腐臭を気にもせず、将間はあらためて死体の細部を観察した。やがて手指の爪に異常なところがあるのを発見した。

紫真乃の両手の爪の先がことごとく潰れたように擦り減っていた。指先の皮膚も擦り剝けんばかりに傷《いた》んでいる。爪のあいだに、かすかながら木屑らしきものも詰まっていた。

死体の右手を取り、肘の部分で上に折り曲げた。指先を首の辺りに届かせるようにする。指の間隔がぴったり合う。首の引っ掻き傷は紫真乃がみずからつけたものらしかった。

(他人から攻撃を受けた跡がない)

将間は紫真乃の死体を持ち上げ、小屋の外に運んだ。それからひとりで中に入り、内部を観察する。内部のどこにも指の傷に該当する部分が見当たらなかった。

「ずいぶんとちょこざいなことをやってくれたものだの」

そうひとりごちる将間の顔はどこか嬉しそうだった。針金のような頭髪の下にある顔が興味で輝いている。これをやった者、五郎兵衛という忍者は思いのほか自分と似通ったところがある。ほとんど同類といっていい奴だと思った。

ようし、この謎、解いてみせるぞ。

そしてこの俺こそが五郎兵衛、貴様にとって最後の相手だ。

将間は小屋の外側を調べ始めた。相手の意図からすれば、かならずどこかにあるはずだ。詳細に調べるうち、ようやくそれらしきものを見つけた。小屋の戸口の近く、地面すれすれのところに髪の毛のような糸が這っている。それは途中で切れていた。自分が戸口をこじ開けたことがわかる仕組みだ。遅かれ早かれ、それをたしかめに五郎兵衛は現れる。

将間はにやりとした。奴の使った仕掛けの秘密を解き、罠にかかったと見せかけて反対に罠にかけてやる。

奇計に関してはどちらが上か、この将間がとくと教えてやるぞ。

切り出した木を削り、それを組み合わせてようやくふたつめが出来上がる。五郎兵衛は汗を拭いながら小屋の出来映えを眺めた。

よし、短時間で造った割によくできた。これでもうひとりおびき寄せてやろう。うまくすれば、ひとりずつ全員やっつけてやる。怠けものの十佐あたりがなにもしないでいるうちに全部終わらせて驚かせてやってもいい。仲間内で、自分はそろそろ忍びとしては終わりだと思われていることを五郎兵衛は知っていた。

小屋はまえに使ったものと大差ない。大事なのは立地だ。どこにどのように置き、まわりを含めてどう見えるかが勝負を決める。

条件に見合った場所にはすでに仕掛けが施してある。小屋を造ったのはそのあとだ。あとは細かい細工をして仕上げるばかりである。

いまごろはあのくノ一の死体も見つかっていることだろう。どうして死んだのかさぞかし首をひねっているに違いない。いくらひねったところでそう簡単に見抜けるはずがないと自負していた。あの紫真乃というくノ一の最期が浮かぶ。


「――どうする気だ」

暗い小屋の中、捕らえられ、縛られた紫真乃がわめくようにいった。捕らえるのに使った歯車などの仕掛けはすでに取り払われ、外へ持ち出してあった。

「仲間のことをしゃべってもらおう。生き残っているものの風貌と得意技だ」

「ふん、見損なうんじゃないよ。そんなことしゃべるとでも思っているのかい」

相手も忍びだ。命を捨ててもしゃべらないことはわかっている。

「では仕方ないな。やることはひとつしかない」

「さっさとやりな。地獄の底で待っっててやる」

口の減らない女だ。いずれにしても自分の仕事はこ奴を含めた相手の五人を倒すことだった。

「さあ、どうなんだ。やるのかやらないのか」

わめきながら紫真乃が縛られた右手の紐をほどこうとしている。五郎兵衛はそのいましめを、わざと解けるように縛っておいた。あと少し時間を与えれば、ほどいて飛びかかってくるだろう。五郎兵衛は不敵な笑みを見せた。

「おまえ程度の者を倒すのに、これ以上手をわずらわせるまでもない。俺は退散することにする。ではさらばだ。地獄へでもどこへでも行くがいい」

そういうと微かな動作をする。五郎兵衛の体が持ち上がった。紫真乃がびくりとして身を引く。小屋の天井の、五郎兵衛の真上に当たる一辺二尺ちょっとの四角い部分だけが上に跳ね上がった。五郎兵衛の体がそこから外へ飛び出す。

同時に、紫真乃の身をあらたな衝撃が襲っていた。

二日まえ、小屋に戻って最後の仕上げを施しておいた。それは主に、次に現れる獲物を引っかけるための装飾である。

それにしても、と五郎兵衛も頭の中に引っかかっていることを思いだした。あの勇んで出かけていったはずの半太夫は一体どうしたのだ。甲賀に来てから影すら見えない。ほかの者たちは最初からそれほど派手な動きはしないだろう。だが奴はべつだ。あいつは人一倍手柄に賢《さと》い。差を見せつけるようなことをいつも画策している。なのにまったくなにもしていないかのようである。相手の忍者たちに、半太夫と相対したとか戦ったなどの痕跡すらうかがえない。これはまったくもって不思議なことだった。

お陰でこうして自分の力を発揮できる機会が得られたわけだが。

半太夫の方がやられたなどとは考えない。あり得ないことだからだ。あいつをそう簡単に倒せる者がいるとは思えない。かなりの腕利きが少なくとも二、三人、束になってかからねば太刀打ちできないはずだ。普通の侍などでは十人集めようと二十人集めようと奴の敵ではない。あっさり皆殺しにしてしまうだろう。

半太夫は決断が早く行動も迅速だ。その上仲間にすら忌避されるくらい冷徹な男である。戦う相手には、自分より完全に上手だと見せつけてから殺す。

――今度の任務にはやはりどこかおかしなところがある。思えば、はじめから不穏な空気があった。任務の内容を聞かされたときには自分も首をかしげた。これまで、どれほど人道に反していようと、半蔵の、ひいては幕府の命令とあれば疑問を差し挟まずに行動してきた。外様や譜代の大名のさまざまなアラを探し、あれば幸い、なければでっち上げて取り潰す計略に影となって荷担してきた。それが二度と戦乱の世に戻さない、徳川体制を確立し世を安定させる目付の役割と割り切ってきたからだ。

その結果、大名側の者がどんな悲惨な目に遭おうと見て見ぬふりをしてきた。

五郎兵衛も大名の改易に関わってきた。もっとも多く利用したのは武家諸法度にある一国一城令、及び居城の無断改築の禁止令である。大名は本城だけを残して残りの支城の廃棄を命ぜられた。そして本城にせよ、石垣ひとつ、瓦一枚の修復さえ幕府の許可を得なければならなくなった。これくらいならいいだろうという補修箇所を目ざとく見つけて注進する。水漏れ箇所を塞いだだけで潰された大名家がいくつあっただろう。

家政紊乱《びんらん》もよく使った。城主一族の風紀の乱れ、主従の対立、もめごとの兆候ありなどと報告し、お家断絶に持ち込む。やがて福島、蒲生、加藤といった有力な大名が取り潰されていくころになると、ほかの大名たちはすっかり萎縮したのか、ただ幕府の怒りを恐れ、その命に唯々諾々《いいだくだく》と従うばかりの存在と化していった。

今度受けた命令はそうしたものとは根本から違う。同じ役目を担ってきた甲賀者と戦えという任務の意図がまるでわからない。あの慎重で思慮深い塔七郎など、顔には出さずともさぞかし頭を悩ませていることだろう。

この命令の意味が自分にわかる日がくるだろうか。

## 其の六

「ねえちゃん、ねえちゃん――」

額に玉の汗を浮かべた二吉が目をつぶったまま両手を上に伸ばす。湯葉はその手を握った。

「どうしたの。ねえちゃんはここにいるよ。しっかりおし二吉」

上に伸ばされた手が突然力を失って下に落ちる。苦痛の表情を浮かべていた二吉の目がうっすら開いた。

「ねえちゃん」

「二吉。目がさめたのかい」

「ねえちゃん、おれ、もうだめだ」

「なにをいうんだい。だめって、そんなわけないじゃないか。また元気になるんだよ。ほら、水をお飲み」

湯飲みに汲んだ水を飲ませようと、二吉の首のうしろに手をやった湯葉はその熱さに慄然となった。

「おれ、恐いよう」

二吉の顔が泣くように歪む。体の水分はすべて汗になってしまったのか、涙は出てこなかった。湯葉は熱い二吉の顔を胸に抱いた。

「死んじゃだめよ二吉。ねえちゃんをひとりおいていかないで。ねえ二吉――」

はっと目がさめる。炭焼き小屋の内部だ。また二吉の夢だ。何度見ればすむのだろう。手を顔に上げるとやはり涙を流していた。それを拭ってから周りをうかがう。みんな眠っているようだ。湯葉は半身を起こして隣に眠る親子を見た。

男の方は体を横向きにして寝入っている。その向こうで子供が口を開けて眠っていた。暗い中、湯葉はしばしその寝顔に見入る。

似ている。いや、似ていない。顔ははっきり違う。だがやはり似ている。あの、かわいかったあたしの二吉そっくりな寝顔だ。あの愛らしい口もと、まん丸な顔。ああ、できることならこの胸に抱きしめたい。

その気持ちを抑えつけた湯葉は立ち上がると音を立てずに小屋の外に出た。少し下ったところに川の支流がある。そこまで飛ぶような足取りで進むと、冷たい水で顔を洗った。

顔を拭って立ち上がると、そばに立つ者がいた。

「おい湯葉、おめえまさか、あのふたりの面倒をずっと見続けるってんじゃなかろうな。ゆるされねえぜ、そんなの」

十佐だ。湯葉は鋭い目で睨みつけた。

「へん、あたしに指図するつもりかい。この呑んべえが」

「俺はいくら呑んだって誰の足手まといにもなっちゃいねえ。おめえが妙な未練を断ち切れねえってんなら、代わりに俺が斬り捨ててやってもいいんだぜ」

「そんなことはさせるもんか。やろうとしてみな。喉笛を食いちぎってやるから」

「ほう、そこまで入れ込んじまってるのか、あのガキに。ただのガキじゃねえか。どうして放っちゃおけねえ」

「あんたには関係ないよ。あの子はかわいそうな子なんだ。ここで放りだしたら間違いなく殺されちまう」

「おめえこそ関係ねえことに首を突っ込んでるじゃねえか。おめえの弟分が死んだのは知ってる。だがそれとこれとはまるっきりべつものだろうが。それともなにか、あのふたりと一緒になって自分の乳を飲ませてえとでも――」

大きな音がして十佐の顔が横を向く。張り手を喰らわせた湯葉はすぐに距離を取った。

「下卑たことをおいいじゃないよ、この唐変木《とうへんぼく》。それ以上いうと容赦しないよ」

湯葉は両手がつきそうなほど低い姿勢、独特の戦闘態勢を取った。

「やる気か」

「待ておまえたち」

ふたりのあいだにふわりと塔七郎が入る。

「十佐、いってよいことと悪いことがあるぞ。先に戻っていろ」

「ふん。またしても口うるせえ先生のお出ましか」

十佐が去っていく。塔七郎が湯葉の方を向いた。

「おまえもムキになりすぎだ。十佐とて悪いと思っているのがわかったろう」

それはわかっていた。あいつがかわしもせずに自分の顔を叩かせるはずがない。

「寝ながら泣いておったな」

塔七郎が片手を流れに差し入れ、すくって飲んだ。

「二吉の死がつらいのはわかる。だがいまは任務の最中だ。それも殺し合いのな。余計なものはなるべくない方がいいのは――」

「わかってる。ちょっとひとりにしてくれないかい」

少しのあいだ湯葉の顔をうかがっていたが、やがて塔七郎も姿を消した。湯葉は地面に尻をついた。膝の上に顎をのせる。自分とて年季の入った伊賀者だ。くノ一ではもちろん、忍びとして誰にも負けない自負がある。自然とため息が出た。どうすればよいか、そんなことは誰に聞かずともわかっている。わかりきったことだ。任務に、戦いに余計なものが入り込む隙間などこれっぽっちもないことなど。

「――でも、このあたしの気持ちはどうなるんだい」

そんなふうに、もののようにあっさりと切り捨てられない。いとおしいあの子の顔。

鳥たちが鳴きだすまで、湯葉はそのままじっとしていた。

「なにっ、おめえが伊賀の里まで送っていくだと」

十佐の頓狂な声が上がった。湯葉の申し出に対してである。それは小屋の中で全員に対して行われた。

「ふたりを連れていって伊賀の里で面倒見てもらえるようかけあってくる。もともと、あんたたちと出会わなきゃそうするつもりだったんだ。文句ないだろう」

「わかってるのか。そりゃ命令を無視した行動だぞ。頭領がゆるしてくれるとでも思ってんのか」

「重々承知の上さ。あとでお咎めでもなんでも受ける。頭領だってこの親子の話を聞けばわかってくれるさ」

どうするという感じで十佐が塔七郎の顔を見る。塔七郎も軽くため息をついた。

「だめだといってもやるつもりだろう」

湯葉がうなずく。そのうしろで男が恐縮したように正座している。

「とんでもねえことです。わっしらなんぞのために、そんなことをしていただくには及びませんで。ここまで助けていただいただけでも充分すぎることでございます。どうかここで――」

「ほうれ、本人が放り出してくれといってるじゃねえか。いい歳こいて駄々をこねてんのはおめえなんだぞ」

「うるさいねえ。あんたは黙りな」

塔七郎は十佐にやめろというふうに手を上げながら、ふと奥に座っている与四郎の顔が気になった。我関せずという感じで着物のほつれを繕《つくろ》っている。どうも、湯葉たちが加わってから口数が極端に減ったようだ。

「どうしてもそうするというなら、気の済むようにしたらいい。だが、必ず戻ってくるんだぞ」

「いわれるまでもないよ。このあたしを誰だと思ってるんだい」

反抗的なものいいだが、明らかに嬉しそうな顔になった。

「甘《あめ》えなあおめえは。半太夫だったら絶対ゆるさねえだろうぜ。口先だけじゃなく本当にあの親子を斬ったかもわからねえ」

外でふたりきりになると、十佐が塔七郎に文句をいってきた。

「俺たち全員の咎《とが》になるだろうぜ。それに、国境辺りは鵜の目鷹の目で見張られてる。見つからずに逃げ切れるとは思えねえ」

「それはそうかもしれん。だが、さすがに俺たちまでつき合うわけにはいかん。自分でいいだしたことだ。湯葉がなんとかせねばな」

「ふん。五郎兵衛のとっつぁんが頑張ってるってのに。とっつぁんの爪の垢でも煎じて呑ませてやらにゃあな」

「その点じゃ俺たちも大差ない。なにせまだひとりもやっつけてないんだからな」

湯葉たち三人はいったとおりに出立することはできなくなった。子供が熱を出したのだ。湯葉の豹変ぶりがすさまじかった。まるで死んでしまうとでもいわんばかりの介護ぶりである。川から水を汲んできて額の手ぬぐいをこまめに替え、反応のない子供に話しかけたり歌を歌い聞かせたりする。その献身さはどこか鬼気迫るようなところがあって、ほかの者の言葉などなにも耳に入らぬ様子だった。

「ったく、ガキひとりに腑抜けにされちまいやがって」

「まあそういうな。あれも女なのだ」

苦虫を噛み潰したような顔の十佐、仕方ないという顔の塔七郎、むっつりと押し黙った与四郎が新たな敵を求めて偵察に出る。

## 其の七

一見、小屋はそのままらしく見えた。紫真乃を倒してから丸三日がたっている。五郎兵衛は樹上から遠巻きに見張っていた。

やがて地面に飛び降りると、戸口のすぐ近くへ寄る。目印の糸の様子を見るためだ。すぐには見つからない。土をかぶってしまったのか。五郎兵衛の指が土にめり込む。と、それを待っていたかのようになにかが襲ってきた。用心していた五郎兵衛は横向きに転がって逃げる。襲ってきたものが小屋の戸にぶち当たった。すさまじい勢いだ。戸板がはじけるような音を立てて内側に吹き飛んでしまう。それはひと抱え以上もある巨大な木の根だった。どこから飛んできたのかわからない。体に当たれば致命的な衝撃を受けただろう。

「やっと戻ってきたな。待ちくたびれたぞ」

どこからともなく声が呼びかけてくる。

「五郎兵衛だな。京太郎と紫真乃の仇、取らせてもらうぞ」

どこだ。どこから話しかけている。五郎兵衛は五感を研ぎすませて全方向を見やった。すでにいまでのふたりよりも強敵だとわかっていた。

なにかが微かに動く音が五郎兵衛の耳に届く。危ない、と思うが早いが地面から飛び上がっていた。そこへ数本の手裏剣が刺さる。力のあるものの仕業だ。少しでも反応が遅ければやられている。降り立った場所でもう一度跳ねた。新たな手裏剣が飛んでくる。

「ふふふ。歳は取ったがなかなかだのう。だが、いつまで続けられるかな」

五郎兵衛が降り立つ場所、降り立つ場所へと次々に手裏剣が襲ってくる。あまりの素早い攻撃によけるのが精一杯で、こちらから仕掛けることができない。跳ね続ける五郎兵衛の息が上がってきた。

「どうしたご老体、もう限界か。この程度でくたばられてはやりがいがないのう」

最後の声の響きが地面すれすれから聞こえたような気がした五郎兵衛は、懐から取り出した黒い玉を放った。それは三間ほど飛んでから草むらに転がり込み、破裂した。火薬玉である。その煙の中で起きあがった影に対し刃の長い手裏剣を放つ。硬い音がしてそれは倒れた。硬すぎる音だ。人体ではない。身代わりの丸太だ。だがそのうしろで上に飛んだ者がいる。五郎兵衛も並行するように飛び上がった。右手で手裏剣、左手でトゲだらけのマキビシ、普段から舌下に含んでいた吹き矢を飛ばしながら。それぞれが時間差を持って相手を襲う。

総てがよけられるはずがなく、相手が抜いた刀で手裏剣を受ける。吹き矢は首を曲げてかろうじてやりすごしたものの、マキビシが肩に刺さった。こちらも、相手の投げた手裏剣が脇腹をかすめる。

鋭い痛みが脳天まで突き抜けた。

「さすがは多彩な技を習得しとるのう」

枝の上で向かい合った相手が肩からマキビシを払い落としていう。針金のような髪が逆立った赤ら顔の男だった。麩垣将間だとみずから名乗った。

「名前は聞いたことがある」

「それは光栄だな。公平にいって、おぬしの名の方が有名だ」

「おぬしはなぜ、我らが殺し合いをするのか、その理由を知っておるか」

五郎兵衛は将間に訊いた。

「知らんな。そんなことに興味はない。忍びは命令を全うするまでの存在じゃ。あっ、逃げるか」

将間がしゃべりだすと同時に五郎兵衛は地面に飛び降りて駆けだした。

「逃がすものか」

今度の相手は腕がいい。五郎兵衛は自分が作った仕掛け小屋まで一気に走った。うしろから飛んでくる手裏剣を、空気が切り裂かれる音をたよりによけ続ける。

このままでは追いつかれる。それで五郎兵衛はときおりうしろに向けてネズミを放った。回転しながら疾走して破裂する小さな爆弾だ。含まれる火薬の程度はわざとまちまちにしてあり、花火程度にしか破裂しないものも、人の足を吹き飛ばすほどのものもある。いまも大小様々な爆発が五郎兵衛のうしろで起きていた。相手も簡単には距離を詰められないはずだ。

自分の罠までもう少しだ。この勝負ももらったぞ。

そのとき、ななめ前方に気配を感じた。目を向ける。いた。ああ、あれは。あのときと同じだ。崖からぶら下がっていたときと。あのときと同じような黒い奴が向こうから見ている。

それは前回と同じく全身黒ずくめの忍者だった。谷を隔てた向こうの山にいる。高い木の枝に立ち、腕組みをしながらこちらを凝視しているのだ。

追いついてきた将間もその姿に気づいたらしかった。五郎兵衛のうしろから大声が飛ぶ。

「手出しは無用だ是清。こ奴は俺の獲物じゃ」

是清。そう聞こえた。ということはあれも甲賀者だ。藪須磨是清。倒さねばならぬ五人のうちのひとりである。五郎兵衛はその真っ黒な姿をもう一度見た。顔を完全に隠しているので、べつな姿で現れたらわからないだろう。

——おや、と思う。まえ見たときとどこかが違う。左肩のうしろに刀の柄が出ている。まえはたしか逆だったのではないか。では別人か。体型はほぼ同じに見えるが……。

待て。そんなことよりいま大切なのは将間を確実に倒すことだ。それができなければ次はない。

入り組んだ尾根を横目に見ながら走り続ける。向こうにようやく自分が造った小屋が見えてきた。

# 其の八

子供の熱が下がり、湯葉が親子を連れて出ていくことに決まった。人目を避けるため暗くなってから出発する。目を覚ました子供は自分のことが協議されていたことを知ってか知らずか、きょとんとした顔で辺りを見回していた。父親は体を洗いに川へ行っている。この隙を幸いとしてか、湯葉が子供に近づいた。塔七郎は偵察に出かけている。

「おねえちゃんが安全なとこまで連れてってやっからね。安心おし。わかるかい。おりこうだねえ」

その父親が駆け込んでくるまえから、中にいたほとんどのものが異変に気づいていた。

「大変です。里の者たちがこちらへ登ってきます」

駆け込んできた父親が息を切らせながらいった。十佐が訊く。

「何人だ」

「およそ七、八人といったところです。ここは絶対に見逃さないでしょう」

辺りで唯一、人が隠れられる場所だ。いうまでもないことだった。

「どうする」

与四郎が自分の刀を引き寄せていう。

「まずは足手まといな者から外に出しとくか」

湯葉が黙って小屋の奥へ向かい、戸口と反対側の壁の一角を叩いた。ぽっかりと丸く穴があき、くり抜かれた木が向こう側へ落ちる。この小屋を使うと決めたときから作っておいた逃げ道だ。忍びなら誰もがやる措置だった。そこからまず父親を外へ出し、次にその穴から子供を父親に手渡す。

「おめえも外に出ておけ」

「いや、拙者は戦うぞ」

侮辱するなというふうに与四郎が応じる。そうじゃないと十佐がいった。

「こんな狭い中で人数がいると、存分に刀が振るえねえ。湯葉、おめえももう行け」

穴をくぐりながら湯葉が十佐にいった。

「必ず戻ってくるよ」

「んなこたわかってるよ」

「おい、七、八人もいるというぞ。本当におぬしひとりで大丈夫か」

「ははは。心配してくれるのか。その言葉だけありがたくいただいとくぜ」

大勢の足音が聞こえてきた。


「ほう、あやしい小屋があるのう」

「数日人が隠れるのにちょうどいい」

「いるかもわからねえ。みんな、気を抜くなよ」

男たちが散開し、ゆっくりと小屋に近づいてきた。

「おうい、誰かいるか」

続いて戸を叩く音。

「誰もおらんよ」

「これはおかしなこと。誰もおらんと返事をするおぬしは誰じゃ」

「地獄の閻魔《えんま》じゃ。死にとうなくばこの場を立ち去れい」

「ええい、ふざけた奴がいる。愚か者め。泣きごとをいっても知らんぞ」

戸を蹴る音が響き、戸板が内側に倒れ込む。小屋の中にひとりの男が胡座《あぐら》をかいて座っている。

「誰じゃおぬしは」

「だから地獄の閻魔じゃといっておろうが。舌を引き抜かれたいか」

「なんだと。怪しい奴。おまえ、ここに親子を匿《かくま》っただろう。隠しても無駄だ。いまどこにいるかいえ」

「やかましい。しゃべれるうちに早う帰れ」

「こいつ、痛い目に遭わんとわからんらしい。おい、みんな、こいつを引きずり出せ」

どやどやと数人の男たちが躍り込む。何人かはすでに刀を抜いていた。十佐の刀はまだ鞘に入ったまま床に転がっている。

「てめえ、俺たちを只者だと思うなよ」

「それは悪かった。山猿の群れかと思ってた」

一触即発の気がここまで高まっても、まだ十佐はなにもしない。男たちの手が届くところにいながら、組んだ腕をほどこうともしなかった。

と、そのとき、小屋の上からなにやら小さな音が聞こえた。ごく小さな音だ。中にいる者のうち十佐だけがそれに気づき、舌打ちをした。

「いらぬいらぬ。余計なことはするなというに」

「なにをわけのわからん独り言をいっておる。おい、こやつは気が触れておる。死んでもかまわぬから外へ引きずり出して打ちすえ、知っていることを残らず吐かせてやろう」

もうひとつ音がした。今度ははっきりとした音だ。なにか硬いもの同士がぶつかるような音。さすがになん人かがおっという感じで上を向く。その瞬間、その者たちの首は胴体を離れていた。あっというまに小屋中が真っ赤な血で染まる。

「うっ、うわっ」

残りの者たちが悲鳴を上げて飛び上がった。自分たちも血みどろになっている。なにが起きたのかさっぱりわからない。なにしろ、目のまえの十佐が全然なにかしたようには見えないのである。先ほどからずっと同じく胡座をかいて座っているだけだ。それなのに——。

飛び上がった三人の足が床につくまえに、その者たちの首も飛んでいた。取れた首が勢い余って横壁に当たる。床に落ちても目を見開いたまま、どうしてこんなに目が回るのか不思議に思っているような表情を浮かべている。残りはふたり。もう考えもなく戸口に殺到する。血で足がすべり、互いがぶつかった。手をついて起きあがり、狂ったように外を目指す。

その目的どおりに外へ出られたのは、ふたりともやはり肩から下だけだった。首を失った体はそれでも二、三歩外へ飛び出し、折り重なるように倒れ込んだ。

「邪魔をするなといったろう」

出てきた十佐が大声で怒鳴る。邪魔な首を蹴っぽった。そのまえに塔七郎がふわりと降り立つ。

「邪魔ではない。おまえを助け――」

「だからそれが邪魔だというんだよ。おめえはわざとらしいんだ。俺があんな奴ら相手に助けなんぞ要るわけねえだろう」

刀を拭っている。ということはまぎれもなく使ったということだ。与四郎が駆けてきながら首を振った。

「どういうことだ。なにが起きたのかさっぱりわからん。おぬし、一体どうやってこれほどの人数を斬った」

「豆腐みてえな奴らだったのさ。おめえにだってできたよ」

満更でもない顔だ。

「あーあ。血だらけだ。俺も川に行って洗わなけりゃな。ったく、着物の替えを持ってきてねえってのに。これじゃ本物の敵と出会うまえに風邪をひいちまわあ」

そういいながら川への道を下っていく。

「あの十佐、凄腕だとはわかっていたが、想像を絶する使い手だな。まるで魔神だ」

与四郎が腕組みをしながら感心していた。塔七郎が小屋の屋根に飛び上がり、自分が投げた独楽《こま》を回収した。

十佐の濡れた着物が乾くまで、三人で焚き火をしてすごすことになった。ふんどし姿の十佐は口寂しそうだが酒はとうになくなっていた。

「無駄な殺生をしたぜ。本当の相手はまだひとりも斬ってねえってのに」

十佐が藁を嚙みながらいう。

「おぬしらは、命令によって誰かの命を狙っているんだな」

与四郎が応じた。

「しかし見るところ、相手の顔などは知らぬらしい」

これは特に不思議なことではない。会ったことがなければ顔など知るはずがない。これまでもそういう初対面の相手を斬ってきた。

「そして塔七郎、おぬしは相手の中に島原の乱に参加していた者がいるかどうか知りたいといった——これはどういうことかな」

「そいつは俺もわからねえ。なあ、どういうわけだ」十佐も尋ねる。

塔七郎は懐に手を入れ、折りたたまれた紙を取り出した。

「俺は江戸詰めをしておる玄也に手紙を送って問い合わせた。今回の件の背景についてわかることがあればと思ってな。そうして帰ってきた返事がこれだ。この中で李香という甲賀者が島原にいたことがわかった」

「なるほどな。で、その李香というのはどんな奴なんだ」

「そこまでは玄也にもわからなんだ。歳もなにもわからん。甲賀者はもともと、俺たちより秘密に徹しているのが多いだろう。こ奴も自分のことは徹底的に隠してきたようだ。仲間にしたところで、どういう術を得意とするかまでは知らんだろうな」

「ふうむ。ここまで尋ねては僭越《せんえつ》至極だが、つき合ってきた仲だ。ゆるしてもらおう。しかるにおぬしらは、どういう理由で相手を倒すのか知らされずに送りこまれてきた。塔七郎はそれを知ろうとしているわけだな」

「ほう、おまえやっぱし頭いいな」

「褒《ほ》めてももう酒はないぞ」

「おい塔七郎、こいつは信用していいと俺は思う。あの不思議な話も聞かせてみたらどうだ」

「どっちの話のことだ」

「まずは最近の方からだな。こいつ、常人が気づかないようなことをいうかもしれん」

「拙者が人ではないような言い草だな」

「褒めてんだぜ。そこらのドングリじゃねえといってるんじゃねえか」

薪がはぜる乾いた音が響く。それを背景に、塔七郎はまず、湯葉から聞いた不思議な話を与四郎に聞かせた。

傍に誰もいないのに、立っていた男の首が突然落ちた。それは決して人形などではなく、ちゃんと血が流れ出たという。

「そんな話は訊いたことがないな。幻覚の類《たぐい》ではなかろうな」

「それはなかったという湯葉の話を信用するしかないがな。そういう方向で考えるよりほかない」

「ふうむ。ただ俺はいまその話を聞いて、どうやってやったかということよりも、なぜそんなものを湯葉に見せたのかという方に興味が湧くな」

「なぜ？　つまりわざわざ誰かがそれを湯葉に見せたというのか」

「そうとしか思われん。そんなことをするには、いずれそれなりの工夫なり仕込みなりが必要であろう。ほかに見ている者はひとりもいなかったという。ならば湯葉に見せるためにやったと考えるほかないのではないかな」

「湯葉があてがわれた居室から抜け出して歩き回っていたことが知られていたということか」

「それではおかしいか」

「おかしくはない。だが、そうだとすると、抜け出していたことがわかっていながらなにもしてこなかったのが気になるな」

塔七郎は腕組みをした。

「やってるじゃねえか。そういう不可思議を見せるってことをよ」

「十佐よ、それも不思議だぞ。なぜそのようなものを見せる」

「話がひと回りしてもとに戻っちまってる」

「いや、俺がいっているのはだ。湯葉が伊賀者であることに気づいていたにもかかわらず、不可思議なものだけを見せて、あとはなにもせず逃げるにまかせたというのが不思議だということだ。逃げたのが湯葉ひとりだけであれば、逃げるのはわけないことだったろう。だがそのとき湯葉はあの親子を連れていた。それにしてはあまりに簡単に逃げおおせたとは思わぬか」塔七郎が十佐に向かっていう。

「……相手がわざと逃がしたってのか」

「そういう可能性もあったのではという気がするのさ。理由はわからんがな」

「あの父親が李香だというのならわからなくもねえがな。残りの伊賀者のところまで案内させて一網打尽にしてやろうってな。でもあいつは忍びじゃねえ」

塔七郎は与四郎の顔を見た。口を半開きにしたまま、一心になにかを考えている様子だ。目は開いているものの、あきらかにここではないどこか架空の場所を見つめている。そんな状態でありながらも、自分が注視されていることには気づいたようだった。手のひらを向けた形で片手を上げる。

「……待ってくれ。もしや——いやそんなはずはない。たんなる錯覚だ。いやしかし……」

「なんだよ。どうしたんだ。いってみろ」十佐が声を荒げる。

「いや、俺はもしかすると、とんでもない思い違いをしていたのかと思ったのでな。だが冷静に考えればあり得ぬことだ。だが、もしも万が一そうだとすると——」

「てめえ、さっき褒めたばかりなのになんだ、そのいじいじした態度は。はっきりしやがれ」

「わかった。いおう。一度話したように、俺はたしかにあの者たちを島原で見たのだ」

言葉を切った与四郎が塔七郎と十佐の顔を見つめる。

「いまなんといった？　あの者たち？　親父の方だけじゃないのか」

「そう。あの者たちだ。あの親子」

そういわれてようやく十佐も目を見開く。

「なんだと、本当か。だって島原は何年まえだよ」

「だからあり得ないといっているのだ。島原は五年まえだ」

「ガキなんて似たようなもんだ。違うガキだったんだろう」

「いいや、俺は見たんだ。城に入っていったとき、あの子供がなん人もの女に囲まれているのをな。顔もはっきりおぼえている」

そう話す与四郎の顔は真剣そのものだった。

「――そうだ。兄弟だったんだ。な、そうだろ。ならそっくりだって不思議じゃねえ」

「その子供もたしか、口も利けずひとりでは歩けないと聞いた」

それに、と塔七郎は与四郎の言葉に内心で継ぎ足した。子供が兄弟で別人だったのなら、そのときあの年齢だったもうひとりはどうしたのだ。死んだ?

「年齢までふくめて、つまり大きさまでふくめてそっくりだというのか」

「ああ。まったく瓜ふたつだ。不気味なほどそっくりだ。親の方はたしかに歳を取っている。だが子供はまったく変わっていない」

あらっ、坊や、見ための割にずいぶん重たいのねえ。湯葉がそんなふうにあやしていなかったか。

ここまでくればもう答えはひとつしかない。

「塔七郎――」

十佐の顔もこころなし青ざめていた。塔七郎はうなずいた。

「うむ。俺たちの目が節穴だったんだ。間違いない。李香という忍者はあの子供の方だ」

「いや、しかし――」

　いいだしっぺの与四郎が手を上げる。

「あんな五歳程度の子供が、おぬしらと対等にわたり合う忍者だというのか。俺にはとても信じられんぞ」

「おそらくあれは子供ではないんだ。なにか成育において問題があったのか。それはわからんが、ときに普通に成長しない人間がいるのはおぬしも知っておろう。あ奴は自分のその特性を生かしてわざとなにもできぬ子供のふりをしていたんだ。歩くところすら見せない。ならば忍びだと悟られる心配もないだろう。一切しゃべらなければ実際には歳取った者であることも知られずにすむ」

「じゃあいま湯葉は――」

「敵ふたりと一緒にいるということになるな。もっとも実質ひとりみたいなものだが」

　父親と称している男はたんなる運び役だ。そいつがあの李香を運ぶ限り、忍びだとばれずにすむ。

　裸の十佐が立ち上がり、火に炙られている着物を手に取った。袖に手をとおしながらいう。

「こうしちゃいられねえ。俺が追いやったみてえなもんじゃねえか」

「どの道を行ったのかわからんぞ」

「伊賀へ行くといっていたんだ。見つけ出してやるさ。おっと、おめえらまで来ることはねえ。ここで待ってろ。大丈夫、俺ひとりで行ってくる」

　着物を身につけ刀を差す。

「考えてみたらよ、湯葉がやられていようといまいと、やることはおんなじだ。李香という野郎を追いかけて斬る。あんなガキ、まっぷたつにしてやるぜ」

十佐がひとりで駆けていった。

「奇態な者がいるものだ」

与四郎はまだ信じられないという顔をしていた。

「あいつらが敵だったとすると、おぬしと十佐の外見などの特徴は敵に知れ渡ってしまったのだろうか」

「そういう連絡を取っている素振りは見せなんだが、わからんな。奴らが仲間と接触すれば、いずれ知られることだ。それにしても、はじめに湯葉の話を聞いたとき俺もおかしいと思ったんだ。もっと深く考えるべきだった」

「親子を連れていたにもかかわらずあまりに簡単に逃げおおせたということだな」

「ああ。あれはわざとだったんだ。敵の特徴を探るためのな。そこで聞きたいのだが、おぬし先ほどこういったな。あの子供を見たとき、女たちに囲まれていたと。それはどういうことだったのか詳しく話してくれるか」

# 其の九

五郎兵衛が走っていく先に見たことのない小屋を見つけた麩垣将間は、予想どおりの展開に内心にやりとしていた。ただの鬼ごっこではつまらんと思っていたところだ。そうこなくてはな。

五郎兵衛の速度がそれとなく落ちる。疲れてきたのか。そうではあるまい。こちらに距離を詰めさせる腹なのだ。それに乗ったと見せかけるため将間は足を速めた。

見たところ前方にある小屋は紫真乃が死んでいたのとそっくりだった。五郎兵衛がそこへたどり着き、正面の戸を開けて中に駆け込む。将間は足を停めた。

「よう造るのう。感心するぞ。おぬしは大工か。世が戦国だったらさぞかし引く手あまただったろうに」

戦国時代は城造りがもっとも盛んだった。分裂独立した者たちが我も我もと城を建てたからだ。秘密の逃げ道やら吊り天井やらの仕掛けも巧緻を極め、腕のよい職人ならどこへ行っても仕事に困らなかった。いまやそうしたものを幕府が目の敵《かたき》のように潰し、壊しまくっている。秘密のある建物を持つこと自体、反逆と見なされるご時世だ。

小屋の戸が中へ誘うかのように半開きになっている。あれだけ走ったのだ。すぐに返事はできないのだろう。五郎兵衛の声がするまで時間がかかった。

「無駄口を叩くとはおぬしも怖じ気《おけ》づいたか。さあ、かかってくるがいい」

戸口の正面には立たぬよう迂回しながら、木々に囲まれた小屋を観察する。側面に回り込み、特に壁の下側に目を向けた。それからひらりと木の枝に飛び上がり、小枝が覆い被さるようになっている小屋の上を調べる。

将間の笑みが一段と大きくなった。滑るように小屋の天井の上に降りる。低い声でいった。

「五郎兵衛、俺はな、おぬしの残した謎を解いたぞ」

効果を確かめるように間をあける。相手は沈黙していた。

「閉めきられた小屋の中で倒れていた紫真乃の傷のない死骸の謎、刃物も毒も使われていない不思議な死体の謎だ。やるな。さすがだと褒めてやる。おまえも、あの京太郎に小屋ごと崖から落とされそうになって、復讐してやろうと思ったんだろう。それであのような奇怪な小屋を造った。その小屋を使って紫真乃の命を奪ったのだ。

紫真乃が死んだのは、あいつが倒れていた小屋の中ではないな。おまえはふたつの小屋を造り、死体を移動させたのだ。どうしてそう考えたか教えてやる。

紫真乃の両手の爪が傷んでいた。爪が裂け、指先から血が流れていた。なのに、あいつが倒れていた小屋の内側のどこにも血の跡がない。引っ掻いた跡も見当たらない。つまり紫真乃が死んだのはあの小屋の中ではなかったということだ。

実際に死んだ場所はもう存在しない。そうだな。少なくとももはや見ることは適わない。そういう仕掛けだ――」

小屋の屋根の上でしゃべりながら将間は下の気配に気を配っていた。いまのところなんの反応も感じない。石のように気配を消して、こちらの言動に耳を傾けているらしい。

「――紫真乃の傷だらけの指先、自分の首を掻きむしった跡、致命傷の見当たらない体。これらすべてを満足させる答えはひとつしかない。

おまえは最初におびき寄せた小屋ごと、紫真乃を地中に埋めたな。

いまいるこの小屋もそうなっておるんだろう。小屋ごと沈める大きな落とし穴だ。歳のくせしてひとりでよう掘ったのう。茂った枝のせいでちょっと見にはわからんが、小屋を吊している綱もちゃんとある。下にある草はもとから生えているように見えるが、おまえが集めたものだ。そういう小屋に相手をおびき寄せ、自分だけ脱出すると同時に小屋ごと穴に落として上から土をかぶせ、完全に埋めてしまった。紫真乃はすぐには死ななかっただろうが、大量の土で覆われた壁や天井を打ち破ることはできん。やがて息ができなくなり、錯乱状態になって壁や自分の首を引っ掻いた。むごい殺し方だな。おまえは充分にときがたってから土を掘り返して死体を運び出し、べつな小屋の中に横たえた。小屋から小屋への移動だから死体は土まみれにはならずにすむ。そうやってのち、次の獲物を待ち伏せしていたわけだ。この俺も同じ手でやっつけようとな。

どれどれ、ほう。ここが一部はずれるようになっておるな。ここからおぬしだけが上に抜け出る仕掛けか」

屋根の上に丸く切れ込みの入った箇所を見つけ、そこを足でとんとんと踏む。

「自分だけ飛び出し、また素早く蓋をする。あとは土が重しになってくれる。五郎兵衛、俺はそんな手にはかからぬぞ。覚悟しろ。苦労して作ったこの宙吊りの小屋が、おまえが自由でいられる最後の場所だ――」

口を開けたまま、将間はふと、いやな予感が心に沸き上がるのを感じて言葉を停めた。この感じ、自分が間違ったことをやっているときにそっくりだ。だが、といま一度小屋の上に延びる綱を見る。当たっているはずだ。俺の考えは間違っていない。だったらこのいやな感じはなんだ。

自分の小鼻が勝手に動いた。微かだが、たしかにキナ臭い匂いをとらえた。まずい。相手の気配から意識が離れてしまった。将間の体が中に浮くのと、小屋の天井が下から持ち上がってくるのがほぼ同時だった。

最初、小屋はみずから伸び上がってくるような動きを見せ、次の瞬間、大きな音を立てて爆発した。将間は自力で屋根を蹴って飛び上がったものの、あとから襲ってきた爆風の強さに巻き込まれ、きりきり舞いしながら木々の間を吹き飛ばされていった。下の方に顔が向いたとき、五郎兵衛らしき姿が横ざまに飛び去っていくのが見えた気がした。

大きな木の幹に体ごと叩きつけられ、枝を折りながら落下する。地面に落ちたあとも斜面に沿って転がり続ける。そのうちに伸ばした手の先でようやくなにかをつかんだ。鋭い葉の縁《へり》で手のひらが切れたのがわかる。その痛みが気を失うのを防いだ。

体の動きが停まったあとも、しばらくじっとしていた。脇腹が痛む。触って確かめると、一カ所、肋《あばら》が陥没している箇所が見つかった。息を吸いこもうとすると割れるような痛みが走るが死ぬほどではない。ほかは手も足も大丈夫だった。ゆっくり起きあがり、つかんでいた草を離す。

――ちといい気になってしゃべりすぎたか。五郎兵衛の奴、俺が話しているあいだに逃げだす手を考えたな。相手に気づかれてしまっては同じ手は使えない。それでとっさに火薬に点火して吹き飛ばしたのだ。もう少しで先に昇天してしまうところだった。

そんなことを考えながらもにやりと笑みを浮かべる。将間も忍者だ。命へのこだわりはあまりない。長生きしたいなどとは露ほども思わないし、老人になった自分など想像もつかない。体のあちこちが痛んだが楽しくて仕方なかった。こういう相手と相まみえるのをずっと待っていた。待ち望んでいた。頭を使って戦う相手。体術だけが売り物の能なしばかりの忍びの中にあって、あ奴はまさに貴重な存在だ。間違いなくこれまで出会ってきた中でもっとも自分と戦い方が嚙み合う相手といえる。将間は地面をぴしゃりと叩き、勢いよく立ち上がって斜面を上っていった。


――ふむ。やはりそうか。

崖を上りきった将間はまず、五郎兵衛らしきものが飛んでいった方へ足を向けた。しばらく歩くと、そこに奇妙なものが落ちている。煤《すす》にまみれ、ところどころ燻《いぶ》っている木だ。五郎兵衛の着物を着せられている。道理で飛び方が不自然だった。トカゲの尻尾と同じ技だ。目立つ方向へこれを飛ばし、本体が逃げるのを助けたのである。本体はどこへ逃げたのか。

小屋があった場所へ戻る。見事になくなっていた。吊していた綱が焼き切れたことで落とし穴に落ちたのだ。穴に近づく。三尺ほど下に小屋がすっぽり収まっていた。大きさも深さもよく計算されている。

見事に天井だけが吹き飛んでいた。四方の壁にはほとんど損傷がない。見つめる将間の全身にあらためて戦慄が走った。自分が屋根にいたため、五郎兵衛は爆発の力が真上を向くよう設置した。気づくのがほんの少し遅ければ黒焦げになっても不思議ではなかったのだ。それだけではない。小屋が落とし穴に落ちたことで上に向かう爆風の威力も多少なりとも減殺《げんさい》されたはずだ。五郎兵衛にとっては皮肉なことだが、仕掛けがあったせいで将間が命拾いしたことになる。

はっはっはっと今度は声に出して笑った。骨折した脇腹が痛む。かまうものか。

なんという得難い敵だろう。この俺のために世に使わされたような奴だ。こうなればこの将間、どこまでもおまえの相手をさせてもらうぞ。

ほかの奴なんかにわたしてなるものか。是清にはもう一度念を押しておこう。五郎兵衛は俺の獲物だ。俺だけの敵だ。

奴の息の根を止めるのは俺を措《お》いてほかにはいないのだ。

# 第三章

# 其の一

鯉霧が殺されたあとも里での殺戮《さつりく》は止まらなかった。三日おきくらいにまとまって二、三人が殺される。そういうことが繰り返された。

もう誰も下手人を捜そうとしない。頭領の東善鬼は自分の家にこもったまま姿を見せなかった。女房のすえだけが用事をしに外へ出るのだが、むっつり押し黙っていて口がきける雰囲気ではない。住人がなすすべもなく倒されていく中、里を捨てて逃げだす者が続出した。

紋は気が気でなくなっていた。ある決意を秘め、幼馴染みの桔梗のところへ行った。

「ねえ桔梗、あんたはここを出ないの」

屋内で繕《つくろ》い物をしていた桔梗が手を止めて紋の方を見る。

「だって誰も守ってくれやしないじゃない。これ以上ここにいたら、自分が殺されるのを待つようなもんだわ」

「あんたは行くあてがあるの」桔梗が逆に尋ねてくる。

「訪ねてみようかってところはある――」

嘘だ。顔が下を向く。里の外にいる知り合いなんて、寝たことがある幾人かの男たちだけ。行商人、刃物の研ぎ師、どれも住み処《か》も名前も知らない。血のつながりなんて紋にとってはたんなる言葉でしかない。天涯孤独なのはめずらしくもないけれど。

「ねえ、あたしと一緒に行かない」

とにかくこれ以上ここにはいられない。みすみす殺されるのを待つようなものだ。あてもなく出ていくならひとりよりふたりの方がいいに決まっている。だが今度は桔梗が目をそらした。

「おれはだめだ。行けないよ」

「塔七郎を待っているからでしょ。あの人なら大丈夫だよ。目印を残しておけばいずれそれを辿ってきてくれるよ」

紋のこの言葉にも桔梗はいい顔はしなかった。紋は上がり口に腰を下ろす。自分とたいして違わない育ちなのに、この桔梗の一途さというか頑固さはどこからくるのだろう。ひとりの男を延々思い続けるなんて自分にはとうてい考えられない。一生縁のない考えだとしかいいようがなかった。ただ、それにしても——。

「ねえ桔梗、ここんとこあんたおかしいよ。塔七郎がいなくなってからだ。どうしたっていうの。これまでだって塔七郎は長いこと出かけてたことがあるじゃないか。そんときはそんなふうじゃなかったよあんた」

桔梗が返事をしないので横座りの姿勢のままにじり寄って袖口をつかむ。

「なにをひとりで思い悩んでんだい。あたしにもいえないのかい」

つかんだ手を左右に振り、かきくどくようにいった。それでも桔梗は目を合わせてこない。紋は手を離して立ち上がった。

「いいよ。わかった。あんたがそういう態度ならあたしひとりで行くよ。じゃあさよなら——」

うしろを向いて立ち去ろうとすると桔梗の声がした。聞こえたのが気のせいかと思えるほどの小さな声だった。

「考えてることがあるんだ」

「えっ、なにを」

「どうしてみんなが殺されていくのかってこと」

「ちょっと待って。どういうこと。そのわけがわかるっていうの」

戻って先ほどと同じ体勢になった。袖をつかむ手にはさっきの倍も力が入る。桔梗がこちらを向く。その目に決意の色があった。

「これから頭領の家に行く。あんたも一緒に来なよ」

桔梗が立ち上がったので紋もつられた。


頭領の家のそばまで来たとき、女房のすえと出会った。自分の方へ向かってくるふたりをじっと見つめてくる。先を行く桔梗がなにもいわないので紋も黙っていた。

「上がらせてもらいます」

桔梗がそういってすえの傍らを通りすぎる。紋はすえの口が開きかけたのを見た。が、結局声を発しなかった。戸を叩いて桔梗がいう。

「桔梗と紋です。上がらせてもらいます」

戸を開けて中に入る。紋は背中にすえの視線を感じながら続いた。

奥にある一室で東善鬼はひとり座っていた。入ってくるふたりの方を見ようともしない。「頭領、お願いがあってきました」

桔梗が両手を下につく。紋もうしろで同じようにした。

「頭領、あの半蔵さまからの命令を最後まで遂行なさるおつもりでしょうか」

しばらくなにも起きなかった。やがて、そっぽを向いていた善鬼の目が桔梗の方に動いた。

「なんだと」

「どうか、やめていただきとうございまする。これ、このとおり、この桔梗、お願いしに参りました」

そういうや床に額をこすりつける。あわてて紋もまねをした。そのままじっとしている。桔梗はいったいなんのことをいっているのだろう。推しはかろうにも紋の頭の中に材料が見当たらない。

「——もう遅い」

ここでは絶対服従の頭領。その善鬼から怒鳴りつけられることを予想していた紋は、頭の上に降ってきた善鬼の言葉に自分の耳を疑った。いや、その内容が理解できたわけではない。正直、これっぽっちもわからない。いい方の弱々しさに慄然としたのである。

「ですが——」

「おまえがなにを、なぜ知っているのかは知らん。だがもう遅いのだ」

「でも頭領、おれは——今度ばかりは従えませぬ。こんなことがあってよいとも思えませぬ」

桔梗の声が揺れている。泣いているようだ。わからない。なんだろう。

「おまえがわけを知る必要はない。我らはそういう存在なのだ」

「では頭領は引き続きただ従うというのですか」

善鬼は返事をしない。

桔梗が立ち上がる。首はうなだれたままだった。紋も遅れて立ち上がる。力なく部屋を出て行く桔梗。紋は後ろ髪を引かれるような思いを抱きながらも、付き従うよりほかどうしようもない。

戸口から外に出る。すえの姿はどこにも見えなかった。


「ねえ、これからどうするんだい」

無言で歩き続ける桔梗に紋は話しかけた。頭領となんのことを話していたのかはわからない。ただ、その結果が不首尾に終わったことくらい理解できる。桔梗が口のまえに指を立てたのでそれ以上はしゃべらなかった。桔梗の家に入るまでふたりは黙りこくって歩き続けた。

「あんたはここを出ていった方がいいよ」

「桔梗――」

さっきの話し合いで桔梗の中のなにかが変わったのだ。それはわかる。けれど……。

「ねえ桔梗、あんた、なにを知ってるんだい。あたしを連れていったってことは、あたしに教えてもいいってことじゃないの」

桔梗が黙って首を横に振る。

「そうじゃないよ。おれは頭領に対して、ほかにも知ってる者がいるんだってことを見せるためにあんたを連れてった。それだけさ。知らない方がいい」

「あんたは残るの」

訊かなくともわかることをいってしまう。ほかにいうことが見つからない。

「伊賀のほかの里に行って事情を話せば受け入れてくれるところがあるよ」

「……わかったわ。落ち着き場所が決まったら教える。だからあんたもきっと来てよ」

桔梗は紋の目を見つめるだけで返事をしなかった。その目を見ながら、紋は胸が締めつけられるような気がした。

# 其の二

「――天草の乱というのは喧伝《けんでん》されているような宗教戦などではない。実際には藩主松倉氏に対する百姓一揆だったのさ」

焚き火のそばで与四郎が塔七郎に話していた。

「たしかにあそこを守っていた者たちはみな口々に切支丹の宗門を守るための戦いだといっていた。俺は直接会ってはいないが、天草四郎というのは、上津浦《こうつうら》のママコスというイルマンがその誕生を予言した『神の使い』だといわれていたし、戦っている者たちは旗印や馬標にこれ見よがしに十字の印を掲げていた。それにあの、宗教に入れ込んだ者たちの死を恐れぬ戦いぶり、『死ねば天国へ上れる』という歓喜の表情なども、あれが宗教の、信仰のための戦いであるように見えた。

だがそれらはあくまで表面だ。実際あの場にいた俺の印象は、あれはどこまでいっても百姓一揆にすぎないものだったよ。

なにせ当地の松倉氏の政治はひどかったなんてものじゃないんだ。高六万石の土地から倍の十二万石を無理矢理取り立て、払えないとか少しでも抵抗する者は邪教者としてどんどん処刑していった。幕府が禁教令を厳しくしていったことを盾に、まさにやりたい放題のことをやっていたんだよ。そうやって、もう死ぬしかないというところまで搾り取られていった領民たちが、隠れて信仰していた切支丹の奉教者と結びつくのも無理ない話さ。内容はまるっきり一揆なんだ。

そういうわけだから、原城にたてこもった者たちの多くはたんなる領民たちだ。戦い方なんぞろくに知っちゃいない。そこへ、全国からこれまた生きる途《みち》を失って集まってきた浪人たちが加わったことでなんとか組織が維持されていたにすぎない。

浪人たちは守り方と寄せ手方の両方にいた。わんさかいたよ。虫の大群みたいだった。俺が行ったときにはもう戦いは終盤に差しかかっていたから幕府の寄せ手の方に加わったんだ。正直、そのときはまだ事情がわかっていたわけじゃない。いろんなことを知り、どちらに理があるか判断できるようになったのはあとになってからだ――」

知っていたら天草側についていたといわんばかりの与四郎の言い草だった。そうであったなら、いまごろこうして人に話をすることなどなかったろうと塔七郎は思う。

「幕府が危機感を抱いていたのもたしかだ。切支丹たちの勇猛果敢な戦いぶりからは、ともすると寄せ手が押され気味になる場面も多かった。もしもここで敗れるなどということになれば、いまはおとなしくしているものの徳川憎しと思っている大名たちが一致団結して反旗を翻《ひるがえ》さないとも限らない。それに現場の問題として、浪人たちにはどちらにつこうという明確な意思を持たぬ者も多かった。なんのゆかりもないのに争乱に乗じて漁夫の利を得ようとする者や、将来を悲観し、徳川に一矢《いっし》報いて死なんと思っている者もいた。いまは寄せ手にいても、状況に応じていつなんどき城方へ寝返るかもわからない。だから幕府はそれなりの人物を送り込んできた――」

「知恵伊豆か」その人物への恨み節は一度与四郎から聞かされたことがある。知恵伊豆、豆州、松平信綱。いま老中をしているその人物は、いわば自分のはるかな上役といえる。

「そう。信綱さ。巷に浪人をさんざ生み出しておきながら、それを虫けらのごとく扱った奴だよ。まえにも話したよな。寄せ手であったにもかかわらず、俺も危うくうしろから撃ち殺されるところだった。

話を戻す。ここでようやくおぬしのことにも関係してくる。そのころ俺はまだまだ世間知らずだったから、伊豆守が用いた最初の手は見抜けなんだ。だがおぬしたちのような者たちと出会ったいまではははっきりわかる。奴は忍び、甲賀者を密かに城中へ放ったのだ。さきほどもいったとおり、相手はしろうと集団だ。果敢さと命知らずだけで戦っていた。だから裏の戦いにはとことん弱かったんだな。城中に入り込んだ忍びたちが密かに兵糧を運び出していたんだと思う。俺はそれを直接見たわけじゃないが間違いない。相手方の勢いが目に見えて落ちていった。そしてたびたび上からの、つまり信綱の命令で、倒れた敵の腹を切って確認するということが行われるようになった。そうしてついに、敵の兵の胃から草や麩《ふすま》が出てくるようになったとき、総攻撃の命令が下ったんだ。もう相手方に食い物はないという判断だ」

塔七郎は黙ってうなずいた。決して耳新しい話ではない。戦国時代にはよく使われた手だ。城にこもって戦う側は、なにを措いても兵糧を守らなければならないのである。

「俺があの親子を見たのはもう戦いの終盤。城に攻め入ったころのことだ。といって、当時親子だと気づいていたわけじゃない。近くにはいたものの、子供の方は切支丹の女どもに囲まれていて、まるで天草四郎と関係ある者なのかと疑うくらい大事に扱われていた。多くの女が下にも置かないかまいようで、水を飲ませたり看病したりとな。この子だけは助けてやってくれと泣きながら敵方に身を投げ出す者までいた。まるで、ちょうど――」

「湯葉のようにな」

「ああ、そうだ。何年もたっているのだし、同じ人物なはずがないのに、目のまえのあのときとそっくりな光景に俺は異様な思いがしていたんだ」

「子供はそのあとどうなった」

「わからん。混乱にまぎれてしまった。そのあたりからは例の信綱の裏切りもあって、俺も仲間を助けたりするのに大わらわだったからな」

「そして遠く離れたこの甲賀でふたたび出会った」

「そう。同一人物だとはいまだ信じられぬ。本当の話だとすると、忍びにはなんと不気味な者のおることよと思うよ。――いや、気を悪くせんでくれ」

「構わんさ。忍者なんて普通の人からすれば多かれ少なかれそのようなものだ。

女たちを自分の意のままに操る――どうやらそれがあの李香の術なんだな。城の内部に入り込んで女たちをたぶらかし、兵糧を盗み出しやすくした。ひそかに毒を入れて喰わせるくらいのこともしたのだろう。今回だって、もしも俺たちが同じひとつの水瓶から飲んでいたりしたら危なかった」

「なんということだ。やはり斬っておけばよかった」

「それはあの湯葉がゆるさなんだよ。すっかり虜《とりこ》にされてしまったからな」

「湯葉と、追っていった十佐は大丈夫だろうか」

「わからんな。十佐が追いつくかどうかだ」

そうはいったものの、塔七郎は内心、湯葉は自業自得だと思っていた。どんな事情があったにせよ、忍びとして、みずから相手の術中にはまってしまったのは恥ずべきことである。十佐が追いつくかどうかはともかく、自分で切り抜けるよりほかない。

十佐は、結果がどうあれ戻ってくるだろう。李香が、正体に気づいていない湯葉はともかく十佐を倒すとは考えられない。

「ところでこの機会だ。今回もおぬしの知恵が相手の正体を見破るいいきっかけを与えてくれた。今度はこちらの話を聞いてくれるか」

「まえにふたつあるといっていたうちのもうひとつの方だな。あまり買いかぶられても困るが、おもしろい話ならば歓迎だ」

塔七郎は仲間の半太夫の顔面が木に貼り付けられていた話をした。

「なんと、顔面が切り取られて貼り付けられていた——またずいぶんとすさまじいことをされたものだの」

「ああ。だが考えてみれば、首を切るのとどれほどの違いがある。すさまじく感じるのは滅多にないことだからにすぎぬと思わぬか」

「——なるほど。それもそうだ。たしかに首はありふれておるな。顔面を切り取る——敵はわざわざそんなことをしておぬしらに見せつけたわけだな」

塔七郎はうなずいた。何度その理由に思いを巡らせただろう。もしかするとたいした理由などないのかも知れぬ。だがどうしてもふとした折りに考えるのをやめることができなかった。

「十佐はどういっている」

「あいつはものを考えない。ひとりずつ斬っていきゃ誰がやったかわかる。わかったらそいつに訊けばいいとさ」

「半太夫というのはそれほど凄腕だったのか」

「ああ。疑いの余地はない」

「おぬしらのあいだでさらに抜きん出ておるなどというのがどれほどの腕前なのか、俺などには想像もつかんな。しかし、その点がひとつ、あることを示唆《しさ》しているのではないかな」

「なんだそれは」

「つまりだ。いわゆる示威というか脅しだな。おまえらの中で一番の腕の者をこうしてやった、という。そうやって勝ち目がないと早々に悟らせ、おぬしらの意気を喪失させる狙いだ」

それは自分も考えたと塔七郎はいった。そうだとしても不思議な点がある。

「相手は半太夫をあっさり倒すほどの腕前だ。ならば残りの者に対するそんな示威など必要あるまい。五人全員を倒せと命令されているのだ。下手な警戒心を植え付けるより黙って片付けていく方が簡単だろうし、それ以上のはったりなど、誰にとってもまるで必要ないだろう」

「……それもそうだな。しかし、いまさら訊くが、その顔は本当に半太夫という者の顔だったんだろうな。切り取った皮だけの顔ともとの顔では、そっくり同じかどうかわかりにくいのではないか」

「それは間違いようがない。俺たちも信じられなかったから間近でじっくり見た。あいつには顎の右側に古い刀傷があったんだが、それもそのままだった」

「ふうむ。では間違いなく半太夫だったのだな。ところで、その場所は半太夫が指定した待ち合わせ場所だったそうだな。その場所が相手に知られていたということか」

「あるいは、半太夫が先に着いていたのを、相手が見つけたのかもしれん」

「おぬしと十佐だけにいっていた場所なんだな」

「そうだ。事前に誰かに洩れていたとは考えにくい。それに、そうだったとすれば俺と十佐が行ったときに、敵の誰かが待ち伏せしていてもおかしくない。少し見張られているような気がしたが、はっきりせん。襲ってくる者がいなかったことからして、半太夫を斬った者も、そこがこちらの待ち合わせ場所だとは知らなかったと思えるがな」

「そうか。知っていれば一網打尽を狙って全員で待ち伏せすることもできたのだからな。しかしそうするとまたしても奇妙なことにならんか。おぬしたちの待ち合わせ場所だと知らなかった者がなぜ、半太夫の顔面を木に貼り付けたりしたのだ。わざわざそんなことをしても、下手をすればおぬしたちの誰ひとりとしてそれを見ずに終わったかもしれないではないか」

そうだ、そこだと塔七郎は思った。なかなか言葉にならなかった違和感の正体。少なくともその一部だ。やはり与四郎は切れ者だ。話してよかった。

・待ち合わせ場所だと知っていたから顔面を貼り付けておいた。だがそれならなぜ自分たちを待ち伏せしていなかったのか。

・待ち合わせ場所だと知らなかったならなぜ、こちらが見るあてもないのに労力を使って顔面を切り取り、木に貼り付けたりしたのか。

いずれにしても不思議な点が残るのだ。

「ところで塔七郎、おぬし、女はいるのか」

唐突にいわれて我に返る。脳裏に桔梗の顔が浮かぶ。

「なぜそんなことを訊く」

「これは悪かったな。ただ、おぬしの堅苦しいところを治すには女が一番ではないかと思ってな」

「俺はそんなに堅苦しいか」

「まあな。つくづく、おぬしとあの十佐はよい組み合わせだと思うよ。まるで俺の仲間の金井と丸橋みたいだ。いや、すまんな、知らぬ者のことをいってもわけがわからんだろう。ときに理に傾きすぎるおぬしと、理を信ぜず情に走りがちの十佐はまるで両極のようでいて同じものの両面のようにも思える。おぬし、十佐がなぜおぬしのまえでは必要以上にぞんざいな口をきくかわかっておるか」

「なに、俺のまえで？　十佐は誰のまえでもああであろう」

「まあな。もとから豪放磊落《ごうほうらいらく》、傍若無人なところはあるだろう。ただ、おぬしのまえだと普段に倍してそういうところを見せる。あれはな、塔七郎、おぬしに心配をかけたいのさ」

「いう意味がわからんな」

「いいや、おぬしだって薄々感じておるはずさ。十佐は間違いなくおぬしが好きなのだ。男色とかそういう妙な意味ではないぞ。おぬしのまえでわざと危なっかしいところを披露することで気にかけてもらいたがっておるのだよ。飼い犬の、主人に対する愛情に近いところがあるな」

「その言葉を奴に聞かれたらことだぞ」

「おお、そうかもしれぬ。電光石火というが、その電光も見えぬうちに首が体を離れてしまう」

与四郎がにやつきながら自分の首もとを押さえる。その表情はしかし、すぐに真剣味を帯びた。

「だがの、よいことばかりではない。あの十佐と四六時中一緒にいるおぬしには女ができにくい。ただでさえ寄ってくる女を疎《うと》んじるようなところがあるのにな。それゆえ本来なら享受すべきよきものから遠ざけられていると見た」

「おぬしのそういう教えは一体どこから来るのだ」

「ははは、決まった出典なぞない。これでも諸国を巡っていろんな者たちに会い、さまざまなことを学んだのだ。占いや占星術もかじった」

「そういうおぬしは女はどうなんだ」

「俺は根っからの女好きさ。故郷に残してきた女もいる。だが、それはもうあきらめた。占星術もかじったといったな。それによると、俺はのちに少しは有名になるらしいが、ろくな最期は迎えられぬ運命だ。だから巻き込みたくない」

虚実ないまぜになったようなことばかりいい放ち、どこまでが真意なのか計りがたい与四郎だが、その目の奥にはまぎれもない本物の哀しみが見え隠れしていた。

## 其の三

「なあ、疲れただろう。あたしが代わるよ」

子供を背負う男に湯葉はいった。

「いえ。命を助けてもらった上にそのようなことは――」

「大丈夫だって。あんたに倒れられちゃかえって大変になるんだ。さあ代わりな」

子供が湯葉の背中に移る。三人は、険しい山道を伊賀に向かって進んでいた。

「それにしても、この子、身詰まりがいいねえ」

額を汗がつたう。いまのところ里の追っ手にも敵の忍者にも出会わない。このままなんとか伊賀まで辿り着ければ。

気はあせるが自分ひとりのときとは勝手が違う。ただでさえ人目を避けながらの行軍では距離が稼げなかった。子供の父親は一切文句をいわないが、疲れると歩調が露骨に遅くなった。そうなると休みを取ることがどうしても必要になる。おぶうのを代わった直後だったが、休みを入れることにした。倒木の陰に腰を下ろす。

「もうふたつ、お山を越えなきゃならないねえ。坊やは平気かい」

応えぬ子に話しかける。

「この子はこんなに利発そうな顔をしてるんだ。話せないなんて考えられないよ。そのうちきっとしゃべれるようになる。そんな気がするねえ」

汗をかいてもいない子供の額を拭ってやりながらおもいう。

「あたしはね、このくらいの弟分をみすみす見殺しにしてしまったんだ。この子は絶対に生きてつれていくよ」

竹筒から水を飲ませる。背中の凝りをほぐすように肩を回すと、周りを偵察してくるといった。

「いいね。この場所から動くんじゃないよ。疲れたなら少し眠りな」

そういうと木々の間に入っていった。

黙っていたが実は、先ほどからなに者かの視線を感じていた。それはつかず離れずずっとつきまとっていた。このまま黙って自分たちを伊賀まで行かせるとは思えない。ここらでなんとかしなければならない。

間違いなく忍びだ。すなわち目標は自分だということになる。だからあえて親子から離れた。最初はゆったりとした動きだったが、やがて走る速度を上げた。相手は一定の距離を取ってついてきている。それをはっきり感じ取った湯葉は両手を地面につけて四つん這いになった。その姿勢でさらに速度を上げる。立ったままでは通り抜けられない隙間も走り抜ける。普通の人間なら到底ついてこられないはずだ。

思ったとおり相手は位置を高くした。そのままついてくることはできないため、枝の上を飛ぶよりほかないのだ。それだと見失いがちになるから、どうしても距離を詰めねばならない。それが湯葉の作戦だった。全速力で走っていた両手両足を、太い枝の下で突然止める。

「どうしたんだい。見失ったかい」

相手のうしろに回った湯葉がいった。相手は全身黒装束だ。忍びだとみずから宣伝している。

「甲賀者だろうね。名を名乗りな」

振り向いた相手はなにも発しなかった。黒装束には念が入っていて、顔を完全に布で覆っている。出ているのは両目だけだ。

「麩垣将間かい。藪須磨是清かい。紫真乃っていうのはくノ一だろうから違うね。李香かい」

死んだという耆京太郎の名前を外した残り全部をいったが、相変わらず相手は反応しなかった。

「ふん。つけまわすだけで名乗ることもできないのかい。それとも口がきけないのかね。まあいいさ。五人のうちの誰でもいいんだ。いくよ――」

いい終わらないうちに湯葉が首のうしろに手をやる。直後に細く光るものが黒い忍者目がけて飛んでいった。針だ。五寸以上ある長い代物である。着物の背に仕込まれたそれをうしろに回した手で取って投げつける。一度に数本ずつ、左右の手で次々に投げた。相手が飛び跳ねながらよけようとしたが、幾本かがその体をとらえたように見えた。ここぞとばかり、さらに多くの針を投げつける。動きの停まった黒装束の体がうしろの大木に貼り付けられたようになった。一瞬ののち、さらに十本以上の針が突き刺さる。針は着物に隠して大量に持っている。自分には決して刺さらぬよう仕込んであるが、知らずに湯葉の着物をつかめばそいつの手は血だらけになるだろう。

「ははは、その顔、ひん剝いて見てやろう」

四つん這いになった湯葉は相手がいる木の根もとに走り、動物じみた速度でそれを登った。とたんにその顔が青くなる。幹に貼り付けられたのは黒装束だけだ。中味が抜けている。針が刺さる直前に体を抜いたとしか思えないが、忍びの目にすら止まらないほどの早業だった。

「くっ、どこだ――」

両手をついた姿勢のまま首を回して気配を探る。いた。向こうだ。トカゲそっくりな動きで相手を追う。

今度は相手も必死らしかった。すばらしい脚力の持ち主であることは認めざるを得ない。陸路ではまず負けたことのない湯葉が離され始めた。

なんてこと。こんなに逃げ足が速いなんて。

ただし、逃げるばかりの相手は恐くない。湯葉は叫んだ。

「待ちな。堂々と勝負しないか。この腑抜け。それじゃ甲賀の名折れだよ」

もとより忍びは武士とは違って、名誉というものにほとんど重きを置かない。どんなずるい手をつかってでも目的を達成すればよいのだと教え込まれている。いまの湯葉の侮辱的な言葉も、相手の動きを少しも緩めはしなかった。

どんどん遠ざかる相手。湯葉はあきらめざるを得なかった。あとのことを考えると、ここで体力を使い果たさない方がいい。

「ふん。とんだ弱虫がいるねえ」

捨て台詞《ぜりふ》を吐くと、親子のもとへ戻っていった。

別れた場所に戻ると、親子はおとなしく待っていた。

「なにごともなかったようだね」

不意に現れた湯葉に父親がぎくっとなった様子を見せた。子供の方は例によって眠っている。その寝顔を確かめると、湯葉は置いてある竹筒から水を飲んだ。ふーっと安堵の息を漏らす。この子は、離れたが最後もう二度と会えなくなるような気がして仕方ない。もう二度とあのようなつらいめに遭うのはいやだ。

「ちょっと疲れた。出発はもう少ししてからだ」

「わかりました」

木によりかかり、しばし疲れをいやす。さっきのでずいぶん針の無駄打ちをしてしまった。どこかで材料を確保しなくては。

体のあちこちに隠してある針を、取り出しやすい場所に移動させようとしたとき、その手の動きがおかしくなった。指が思ったように曲がらなかったのだ。

おや、どういうこと。指が動かない。声を出そうとして、喉も思うままにならないことに気づいた。

うっ、こ、これは……。

毒。

痺れ始めた頭で考えるまでもない。口にしたのはそこにある竹筒だけだ。そばにいる父親の方を見る。ぐにゃりと歪んで二重に見えた。一度重なり、ふたたびふたつに分かれる。

「おぬし、なぜ毒を――」

かすれた音だけで声にならない。

「い、いえ、わたしは――」

どんな表情をしているのか見極めることはもうむずかしかった。視野の隅の方でなにかが起きあがるのが見えたような気がした。

「入れたのはわたしだよ」

あの子供だった。湯葉は力を振り絞って目を見開こうとする。だめだ。開いているはずなのによく見えない。耳もおかしいのか。子供が発したらしい声はおどろくほど老人じみていた。話し方からしてもそうだ。

「あ、あ、あんた――」

上体がくずおれる。息が苦しい。瞼《まぶた》の裏側で、かわいい二吉の姿が浮かぶ。二吉が両手を差し上げ、自分を抱きしめようとしている。

「わたしは李香。あんたの敵さ湯葉」

湯葉の口から赤黒い血が流れ出た。自分の血にむせて一度大きく身をくねらせる。全身が痙攣し、口からさらなる血がほとばしった。


「豪蔵《ごうぞう》、残りの奴らにはなんといおうかのう」

李香が運び役の男に話しかける。

「そうさね、途中ではぐれたってだけじゃさすがに信じねえだろうし――」

「ほかの忍者の襲撃に遭い、湯葉が倒されてしまったというのが妥当か」

「あいつらにはしかし、あんたの術が効きませんぜ」

基本、李香の術は女にしか効力がない。

「こっちを疑ってなけりゃどうとでもなる。なんとかひとりずつ離して、いまみたいに毒を飲ませていけばいい」


山道を飛ぶように駆けてきた十佐が突然立ち止まって鼻を動かした。

「匂う。匂うぞ。この匂いは――」

不吉な匂いだった。腐肉を喰らう生きもの以外はまず近寄っていかないような匂いだ。十佐は方向を微妙に変えながら進んだ。ときおり立ち止まって鼻を動かす。もうかなり近い。

林を抜けると匂いが急激に強まった。十佐は五感を研ぎすませる。殺気などは感じない。ごく微妙になにかがある。

罠かもしれない。足音を消してゆっくり進む。その先に誰かが倒れているのが見えた。

湯葉!

遅かったか。十佐は駆け寄った。その気配に反応してか、倒れている体がぴくりと動く。

「おい湯葉。大丈夫か」

うつ伏せに倒れている湯葉の手にさわる。冷たかった。普通なら生きているとは思えない冷たさだ。体の下に手を差し入れ、ゆっくりとあおむけにする。口から下が赤黒く汚れていた。ほんのかすかに息をしている。

(毒を飲まされたな)

ざっと見たが刀傷などは受けていない。どうやら毒は口から飲んだらしかった。

馬鹿め。だからいわんこっちゃない。

忍びが相手を殺すために使った毒だ。相当毒性の強いものに違いない。もうだめだろう。だがせっかく息をしているのだ。一応やってみるか。

気を失ったままの湯葉を無理に座らせる。くたっと倒れ込みそうになるその背中に両手で活を入れた。一度、二度、鈍い音が夜気に反響する。湯葉の様子に変わりはない。もう一度、活を入れる。骨が折れるかもしれない。だがそれくらいの力でやらなければ効果がない。さらにもう一度。

急に湯葉が咳き込むような動作をした。体が大きく前後に揺らぎ、意識がないのに両手が持ち上がる。

突然、湯葉の口から人の拳大のものが飛び出した。地面に落ち、回転して止まる。どす黒い物体だ。

ふたたび湯葉の体に痙攣が走り、上体が大きく動く。空気を求めるように口を大きく開き、あえいだ。十佐は今度は背中をさすった。それを繰り返すうち、ようやく湯葉の息が安定してきた。

「がっ、はーっ、はーぅ。ふうーっ。あっ、誰――」

「俺だよ」振り向こうとする湯葉の体を押さえていう。

「十佐――」

「毒を飲まされたな」

「うっ」

「なのに大《てえ》したもんだ。助かっちまった」

「あっ、あたしは――」

「いまはしゃべるな。これを飲め」

水の入った竹筒を差し出す。それを見た湯葉は何かを思いだしたように眉をゆがめたが口をあてて何度もすすった。

「――ふうーっ、そうか。あいつらに飲まされたんだ」

「おめえはあの李香を信じ込んでいたからな」

十佐は、あの子供に見える方こそ李香という忍者なのだという話をした。湯葉はうなずいた。

「あたしが倒れたあとで自分から正体を明かしたよ。あんたのいったとおりだったね。あたしが馬鹿だった」

「たしかに頭は馬鹿だったが体の方はそうじゃなかったな。毒を飲まされると薄々感づいていたんだろう。だからぎりぎりで助かったんだ」

十佐が湯葉のまえに転がるものを指差す。湯葉は目を細めてそれを見つめ、やがて理解したようにうなずいた。

「そうか。あたしの体があれを出したんだね。胃が悪血《おけつ》を出して毒をくるんだんだ」

転がる物体は表面がぬめっとした感じで風に震えていた。どすぐろい悪血の塊である。毒が経口摂取だったことが幸いした。口から飲んだのでなければこういうことは起こらない。体が毒を吸収するまえになんとか間に合ったわけだ。意識が失われ、代わって無意識が防禦本能を働かせたということだろう。常人離れした生命力とでもいうほかない。

「まだ飲むか」

「もういいよ。でも助かった。ひとりでかけつけてくれたんだな。一生恩に着る」

「みずくせえことをいうなよ。仲間じゃねえか。俺がおめえを追い出したようなもんだ。あのまま死なれたらしばらく寝ざめが悪《わり》いや」

十佐が歯を見せてにやりと笑う。まだ生気の抜けたような顔をした湯葉の口もつられてにやりとなった。その目が徐々に細められる。中心にくろい炎が宿る。

「おのれ、あのふたり、どうしてくれよう」

「おめえは休んでろ。俺が見つけだして三枚におろしてきてやる」

「いや、それはあたしにやらしとくれ。このままじゃ気がすまない」

「でもおめえ、すぐには足腰も立たねえだろう」

「ああ。でも奴らの行き先はわかってる。毒を飲まされたあとしゃべってたんだ。おまえたち三人のところへ戻ってひとりずつやっつけるってね」

「ほう。そりゃまたずいぶん強気じゃねえか」

「だからあんたたちと別れたところへ向かうはずさ」

湯葉の目の中で、くろい炎が踊る。

「あのふたりは足が遅い。だから戻って罠にかけてやれる」

「罠だって？　そんなまだるっこしいことしなくても俺が――」

「いや、悪いけどあたしにやらせておくれ。一度五郎兵衛と話したことを思いだした。うふふ」

湯葉が思い出し笑いをする。

「あのときはまさか使う日が来ようなんて思わなかったけどね。それくらい奇妙な罠さ。やられた方は想像を絶するよ。材料集めを手伝ってくれるだろう」

「えっ。……仕方ねえなあ。助けたついでだ。この際とことんつきあってやるよ」

「あんたいい男だね。普段からそうだったらとっくに嫁がいただろうに。いつまでも兄ちゃん兄ちゃんだもんね」

「うるせえな。余計なことをいうと置いてくぞ」

そういいながらも十佐は湯葉に肩を貸して立ち上がらせる。

やがて、ふたつの影が重なるように木々のあいだを移動し始めた。

## 其の四

江戸は四谷のとある屋敷。その家の現在の主である玄也という男がひとり縁側に座って煙管《きせる》をふかしていた。江戸詰めの御広敷添番《おひろしきそえばん》という役職をしている。いわゆる城内大奥の風紀係補佐といった役目だ。具体的な仕事としては、誰かが大奥を訪ねてきた場合にその刀を受け取ってずっと一緒についてまわり、女方と話をするあいだもそばにいる。大奥の非常口の鍵を預かることもあれば大奥の御年寄が外出する際に随行したりもする。要するに閑職だ。まともな男の仕事ではないと玄也は思っている。補佐はほかにもおり、休みの日も多い。一軒家をあてがわれておきながら決して仕事上の満足など得られない役職だ。早く昔のように外を、野山を駆け回るような仕事に戻りたいと思っている。

玄也は伊賀出身の忍者だった。こんなところでのんびり過ごしていたら体がなまることこの上ない。暇つぶしの意味もあったが、いきおい忍者としての習性が玄也をしてさまざまな情報の収集をさせることになった。城内のさまざまな箇所に忍び込んでそこでかわされる会話を盗み聞きしたり、資料をのぞいたりした。忍びとしての腕に自信を持っている玄也はほかの者に見つかる可能性などまるで感じていなかった。そうして集まった断片的な知識は書き記すわけにもいかず、すべて頭に収まっている。互いがどう結びつくのかわからない事柄ばかりだが、なんにせよ知っておくことは悪くない。

それが先日も役立った。昔の知り合いである塔七郎が送ってきた問い合わせにいち早く応えてやることができたのである。その問い合わせはこんなものだった。以下に挙げる五名のうち、島原の乱の際に彼《か》の地に行かされていたものがあるかどうか調べてもらいたい。玄也はすぐさま調べを開始し、五つのうちのひとつの名前がそうであったことを見つけ、李香というその名を書き送った。仲間にしか読めない伊賀文字で書いたことはいうまでもない。

玄也は塔七郎をうらやましく思った。なにをしているのか具体的には知らない。だが、このようなことを調べさせるくらいだ。それなりのことをしているに違いない。ああっ、俺も命をかけるような毎日を送りたい。長老の爺さんが女に手を出さないか見張る仕事なんてもうこりごりだ。そんなものは小僧にでもやらせておけばよい。

塔七郎か――。ぷかりと輪状に吐き出した煙が宙に消えていくのを眺めながら玄也は旧友に思いを馳せる。堅苦しいところはあるがいい奴だ。あのむやみと口の悪い弟分、十佐とはまだ一緒にいるのだろうか。

通いの側女《そばめ》がやって来ていった。

「犬丸《いぬまる》が来ております」

「そうか。ここへ呼んでくれ」

入ってきたのはまだ二十歳を超えていない若い男だった。旅装のままだが、継ぎ裃《がみしも》を着ているところが変わっている。近ごろの若い奴はこういう爺むさいものを好むらしい。

「よう来たな。まあそこへ座れ」

そばに来て腰を下ろす。側女が茶をついできた。

「また手紙だ」

ひと口飲んでから懐に手を差し入れる。わたされた手紙はたしかにまえと同じ、塔七郎の几帳面な文字で書かれていた。その場で目をとおす。こんな内容だった。

――先日のことは恩に着る。また、二度手間のようで相すまぬが、またしてもこの同じ五人について、今度はそれぞれが以前どこの国へ行っていたか知りたい。

続いて五人の者の名前が載っている。玄也はすでに先の調べのときに、この五人全員が甲賀者であると知っていた。

――もうひとつ、甘えついでに頼む。五人のうちの二人、麩垣将間と藪須磨是清についてわかり得ることをなんでも教えてもらいたい。

では、重ねて恩に着る。この借りは返せるときがあれば必ず返す。

最後にはご丁寧に塔七郎の血判らしき赤い指の跡があった。

読み終えた玄也はしばし沈黙した。舌の先を尖らせて頬の内側を押す。考えごとをするときの癖だった。犬丸が不思議そうに見つめてくる。

犬丸は伊賀にいた時分から玄也が弟分として鍛えてきた。忍びとしてはまだ半人まえだが素質は悪くないと思っている。なにより玄也には、決して裏切らない子分が必要だった。

「はるばるご苦労だったな」

かしこまって座っている犬丸にねぎらいの言葉をかける。犬丸は話しかけていいと判断したらしく、湯飲みを置いて切り出した。

「兄者《あにじゃ》、木挽の里について聞いてるか」

血のつながりはないが犬丸は玄也を兄者と呼ぶ。

「知らんな。なんだ」

うなずいた犬丸が切り出したのは玄也の想像もしなかった話だった。

「なに、住んでる者たちが皆殺しにあっているだと」

まったく知らなかった。自分の耳を、いや犬丸の情報の出所を疑った。伊賀でそれほどの件が起きているのに半蔵直属である自分の耳に入らぬなどあり得ないことだ。

「誰から聞いた。おめえ、担《かつ》がれてるんじゃねえのか」

「そうじゃない。もうまわりの里でも話題になっていないところはない。なぜなら、当の里から大勢逃げだしているからだ」

本当の話らしかった。玄也の眉間に深い縦皺ができた。

「聞いたことを全部詳しく話してみろ」

黙って犬丸の話を聞いていた玄也だったが、途中思わず舌打ちをした。鯉霧までがやられてしまったというくだりを聞いたときだ。

「――解せねえな」

聞き終えて最初にいった言葉がそれだった。

「聞けばそりゃ塔七郎の里のことじゃねえか。俺も何度も行ったことがある。頭領も含めて大勢の顔を知ってるよ。あそこがなあ――」

「半蔵殿からは――」

犬丸がいいかけたのを片手を上げて制する。いうまでもない。誰かから聞かされていたら自分もこんなに驚きはしない。ただ、半蔵は間違いなく知っている。いまの五代め半蔵があいう状態だとはいえ、その情報網は健在だ。知らないはずがない。誰かが必ず注進に及んでいるはずだ。なのに、どうやらここ江戸では自分を含めた誰にも伝わっていないらしい。情報通の自分が噂にも聞いたことがないのだから間違いないだろう。その意味をとくと考えなければならない。よくない兆候だ。どす黒い影が見えるような気がする。玄也は湯飲みを置いていった。声が自然に低くなっていた。

「ありがとよ犬丸。ひょっとすると、おめえに相当大きな借りができたのかもしれねえ」

「兄者――」

「しばらく休んでいけ。いずれにしても塔七郎への返事を書くのに調べものが必要だからな」

「それはいいが兄者、無茶はしねえでくれよ。俺がいったことで兄者の身に――」

「おいおい、てめえもいっぱしの忍びなら人の体の心配なんかしてんじゃねえ。自分が少しでも長く生きられるよう、しっかり修業するんだ」

これは本気でいった。玄也はどうやらいまの話で、自分の老い先もそれほど長くないという予感を得たからだった。犬丸に独り立ちを意識させるつもりでいった。

いつのまにか外様みたいな立場に置かれている。情報網から切り離されているのだ。そんなこととはつゆ思っていなかった。平和ぼけもいいところだ。まずい。ヤキがまわったな玄也。

まだなにもわからない。ようし、丁度暇だったんだ。やることができて楽しいじゃねえか、という気持ちと、なにやら見知らぬ巨大な目に遠くから見つめられているような落ち着かない気持ちが同居している。

——そうだ、なにもわからねえわけじゃねえ。俺にもわかることがあった。今回のことはどうやら塔七郎の依頼と関係があるような気がする。特にあいつがいまやっていることと。はっきりした理由があるわけではないがこれは当たっている気がした。

なぜなら、あいつと仲がいいことで俺は印をつけられ、蚊帳《かや》の外に置かれている。そんな気がするのだ。

一体、なにが起きているんだ。

もしかすると、そもそも俺がこんな閑職につけられたのはそれと関係があるのか。いやまさか。そんなにまえから始まっていたとは考えにくい。

……いいや、あるかもしれねえ。思い直す。この世にはもっと奇妙なことも起こる。しょっちゅう起こってる。そうだとすりゃ、ずいぶんと根の深い陰謀に巻き込まれたってことだ。

塔七郎の件で自分が動くのを誰かが嫌うようなことがあれば、すなわちそれが証拠だ。妨害を受けるとか、あるいはもっとはっきり命を狙われるとか。

動いてみるか。どのみちそうしなきゃなにもわからねえ。

「犬丸――」

いつになく真剣な顔になっている犬丸を指で招くと顔を寄せてくる。その茶色の瞳に映る自分の顔も、同じように真剣だった。

「命がけになるかもわからねえ。そのつもりで覚悟しとけよ」

## 其の五

桔梗のところを出た紋はしばらくあてもなく歩いた。疑いと不安で一杯だった。ひとりでここを立ち去れという。自分もその方がいいと思う。命があるうちにそうするべきなのだ。そもそも誰に相談などしなくとも、ひとりでもそうするつもりだったじゃないか。なのになぜいまだにうじうじしているんだろう。

いまが楽しきゃいいという考えで生きてきた。先のこととか、歳取ったらどうなるかとかは考えもしない。そのときはそのときだ。第一、そこまで生きるかわからない。だったらいま少しでも楽しんどいた方がいいに決まってる。

いつしか川縁に来ていた。思いだす。桔梗と洗濯していたとき、川上から黒い布が大量に流れてきて体にまとわりついた。あれはなんだったのか、結局わからない。あのとき岸にいた鯉霧と筒賀は、すぐあとに揃って殺されてしまった。

なにかが閃きかけた。頭の中で、なにかがはっきりとした像を結びかけた。紋はそれを必死でとらえようとした。するとするりとその手を逃れていってしまう。

いまのはなんだったんだろう。たしかになにかがわかりかけたような感じがあったのに。

もう一度川の流れを見つめる。なにも浮かんでこない。

どうしよう。もう一度桔梗に会ってからどうするか決めるか。いや、それはだめだ。桔梗の答えは決まっている。

もうひとり相談できそうな相手がいることに思い当たった。幼いころは自分や桔梗の母親代わりだった人。頭領の妻、すえだ。立ち居振る舞いから生活のいろんなことまで教えてもらった。里の女たちはみんなそうだが、頭の上がらない存在である。


ふたたび頭領の家の近くまで行き、雑木のそばで立っていた。やがて、外の干し物をしまいにすえが現れた。

「おっかさん――」

いまは頭領の妻。そんなふうに呼ぶのは十五年ぶりのことだ。すえの背がぴくりと反応する。しかし振り返った顔は無表情に近かった。誰も信じない。そういっているようだ。

「聞いてもらいたいことがあるの」

無視されるのではないか。

「少し待っておき」

そういって干し物を下げ、家に入る。紋は待っていた。周りを見回したが誰の姿もない。やがてすえが出てきた。そのまま歩いていく。紋もついていった。向かった先は横長の岩がある場所だった。話をするときの腰掛けとして里の誰もが使っていたものだが、そういえばここに座る者をずいぶん見ない。かつては子供らの恰好の遊び場でもあった。子供のいるものは真っ先に里を出て行ったのだ。

ふたりが並んで腰を下ろす。

すえは紋の方を見ず、まっすぐ遠くを見つめていた。

「桔梗は頭領が殺しをやっていると思っているの」

すえの体は微動だにしない。なにかの反応があると思っていったのに空振りに終わった。

「でもおかしい。どうして頭領がそんなことをするの。あたしにはさっぱりわからない」

桔梗はあきらかになにかを知っている。でも、この場ですえがきっぱり否定したら、自分はそれを信じる。信じたい。だって頭領が里のみんなを殺しているだなんてとても信じられない。

「桔梗はなにを知っているの」

すえが訊いてきたが首を振るしかない。

「わからない。教えてくれないのよ。でもすごく自信ありげだったわ」

なにかをつかんでいるのはたしかだ。そうでなければ頭領にあんないい方ができるはずない。

「あたしにもわからない――」

すえが紋の手を取った。紋が顔を上げると、昔と同じ、厳しいが慈愛に富んだすえの顔がそこにあった。とたんになにかが込み上げる。一瞬、昔のようにすえの胸に飛び込んで思う存分泣きたい、そんな気持ちになる。でもできなかった。そんなことをしなくなってからの十五年というのはそれなりの重みがあった。

「善鬼は昔からあたしにはなにもいってくれない。あたしはずっと黙って従ってきた。でも今度ばかりは――」

「おっかさんは出ていかないの」

はじめてすえの顔に笑みが浮かんだ。

「あたしが出て行けると思ってるのかい」

紋は反発をおぼえる。どうして女はこうなんだろう。桔梗といいすえといい、ひとりの男に付き従いたがる。なんでよ。男なんていざとなれば女を平気で捨てるのに。

すえのいった意味は違っていた。

「ほかの人たちが残っているうちにあたしが出ていくわけにはいかない。特に女がひとりでも残っているうちは」

すえはここの女たちのまとめ役だ。桔梗とは立場が違う。忍びとしてではなく、あくまで頭領の妻としてだが。

「それに桔梗は間違ってるよ。誰かが殺された晩にあの人は外に出ていったりしていない。あたしが保証できるよ」

そうなんだ。だったら桔梗の読みはまるっきり見当はずれだ。あんなふうに自分だけ知ってるような態度を取って。馬鹿じゃない。馬鹿にされるのはあんたの方だわ。しかしすぐに桔梗と頭領の話が思いだされる。どうか、やめていただきとうござりまする。桔梗はそういった。それに対して頭領も、もう遅いと答えたのだ。おかしい。あれはどういうわけだろう。紋はその会話のことをすえに話した。

「――ね、おかしいだろう。そんなふうに答えるなんて」

あれは全然べつなほかのこと？　いやそうは思えない。いまあんなふうに話してつうじるようなほかの話なんかあるわけがない。すえの顔を見る。思い詰めた表情を浮かべていた。紋は胸を締め付けられるような気がした。

「あたしも聞いてたよ、それは」

ようやくすえが口を開いた。声がさっきまでよりずっと低く変わっている。

「どうして頭領はきっぱり否定しなかったのかしら」

すえにもわからないようだった。

「桔梗はどうするつもりなのかしら」

すえが逆に紋に尋ねた。

「きっと頭領が殺しているんだと思い込んで、自分が説得してやめさせようとでも思っているんじゃないかしら」

桔梗が頑固なことはよく知っている。一度思い込んだらなかなか引かない。

「思い詰めたあげく善鬼に向かっていったりしないかしら」

「いや、まさかそこまでは――」

いいかけて口をつぐむ。追いつめられたら桔梗ならやりかねない。無謀を承知で直接向かっていくことだって考えられる。

馬鹿な女。そんなことをしたって自分が死ぬだけだ。なんにもなりゃしない。いくら不意をつこうとしたって無駄だ。桔梗に頭領が殺せるはずがない。そばにいるすえに取り押さえられるのがおちだろう。

でも、だったら殺しをしているのは誰なのかといわれるとさっぱりわからない。もう里には該当する者がいないというのが正直なところだ。鯉霧や筒賀をいっぺんに倒せる者などいない。だから自分も、やったのは頭領だと信じてしまったのだ。

「誰の仕業なのかももちろん心配だけど桔梗がなにをするのかも気懸かりだわ」

すえが紋の心にあるのと同じことをいう。

「おっかさん、なにかあったらすぐあたしを呼んで。なにをしててもすっとんでいくから」

さっきまで出ていこうかと思っていたのにそんなことをいってしまう。すえがうなずいてふたたび手を握ってきた。その手をしっかり握り返す。

「おまえは昔からやさしい子だ。ありがとよ。桔梗のことはあたしひとりでもなんとかなる」

もしも殺しの下手人が現れたら、そのときはたとえ紋が駆けつけたところでなんの意味もないだろう。一緒に殺されるだけだ。

はたして自分はそれを望んでいるのか。紋は内心頭を捻《ひね》る。自分は本当はどうしたいんだろう。

――だめだ。なにも浮かんでこない。もうなにがなんだかわからない。自分は死ぬのか。死ぬ運命だというのか。もしもそうなら、いっそ早く殺されてしまいたい。こんなふうにどっちつかずのままじわじわと恐怖に搦《から》め捕られていくのはたまらない。この際、桔梗やすえや近しいものを道連れにして死んでやろうか。なかば本気でそう思った。それじゃまさに、いま殺戮を続けている者と同じになってしまう。でも、そうすればさびしくないんじゃないか。ひとりで、ひとりっきりであてもなしに旅立つなんて、行き先があの世だろうとどこだろうと、あたしはいやだ。絶対にいやだよ。


すえと別れた紋はふたたびふらふらと歩きだした。なにひとつわかったわけではないが話をしたことで幾分落ち着いた気はしていた。ともかくひとつだけ決めたことがある。殺し屋と出会ったら、相手にやられるまえに自分で喉を突く。そのために懐剣を持っていた。いまもそっと手を入れて存在を確かめる。紋にとってたしかなものはそれくらいしかなかった。

おやっ。紋の目がなにかをとらえた。向こうの家と茂みのあいだから変なものがのぞいているのだ。襤褸《ぼろ》っきれのように見えるそれは、あきらかに生きものの気配を発していた。うしろからそうっと近づいていく。あと少し、もう一歩で手がとどくというとき、相手がぱっと振り向いた。子供だ。髪がぼうぼうの見たこともない子供である。子供が逃げだすのと、紋がその尻尾のように伸びている襤褸の端を踏むのが同時だった。汚らしい子供がまえのめりに倒れる。すぐさま紋はその上にのしかかった。手には早くも懐剣を握っている。

「誰だい。なに者《もん》だい、おまえ」

相手が獣じみた異臭を放っているのがわかって紋は鼻に皺を寄せた。子供はぴたりと口を閉ざしている。十歳くらいだろうか。

近くにはほかに誰もいない。押さえつけると、子供ながら引き締まった硬いからだをしていることがわかる。忍びの子か。いや、そうではない。あっ、ひょっとすると――。

「おまえ、サンカかい」

相変わらず答えはなかったが、その目に動揺のようなものが走った。やはりそうか。仲間とともに山に住み、ほかの人とは交わらず、狩猟暮らしをしている者たち。それがどうしてこの里に入ってきているのだろう。

「仲間は？　おまえひとりで来たのかい」

胸を押さえつけているせいで相手の顔色が変わる。紋は少しだけ力を抜いた。途端にぜいぜいという激しい息が出る。あと少しでも力を抜いたら逃げられる。そうしたら二度とつかまらないだろう。

「なんにも答えないなら人を呼ぶしかないね」

「――うっ、お、おまえは桔梗か」

相手の口から思わぬ言葉が出てきて紋はぎょっとなった。

「桔梗？　桔梗に会いに来たのかい」

またしても返事はなかったがそうでなければいまの問いはないだろう。それにしても、と、ともすると抜けそうになる力をふたたび腕に込めながら思う。あたしに「桔梗か」なんて訊くってことは桔梗の顔を知らないんだ。会いに来たくせに。どういうわけなんだろう。

「答えなよ。あたしが桔梗だったらなんだっていうんだい」

いまにも人を呼びそうな感じで頭を上げると、ふたたび声を出した。

「桔梗がどうしてるか見に来た」

「どうしてるかって」

「生きてるかどうか」

「ふうん。誰に頼まれたんだい」

口をつぐむ。それを見ているうち、紋の頭に妙手が閃《ひらめ》いた。まさに妙手としかいいようがない。

「あたしが桔梗さ。さあ、誰に頼まれたんだい」

「頼まれたわけじゃない。塔七郎のためにおいらが勝手にやることにしただよ」

……なんだ、そうか。

仕事で他国に出向いている塔七郎が桔梗の身を案じているのを、この子供が気をきかせて見てきてやるとでもいったのだろう。つまらない。紋は力を抜いた。男の子が一度大きく息をして立ち上がる。逃げなかった。自分を本物の桔梗と思っているのだ。

垢で汚れた子供の顔を見るうち、紋の口が勝手に開いた。

「あたしはね、もう塔七郎は嫌いになったよ」

「えっ」

「もう二度と会いたくない。顔も見たくなくなった。だから戻ってこなくていいよ。そう伝えといてくれる」

目を大きく見開き、啞然とした顔で紋の顔を見る。

「ほんとか」

「ああ本当さ。ほかに男ができたんだよ。もう戻ってきたって塔七郎なんか相手にしてる暇はないのさ」

目のまえのおどろいた顔が泣きべそでもかきそうな感じに変わる。嘘だと白状しようにももう遅い。紋は内側からの衝動に突き動かされるように言葉を続けた。

「だからね、もう帰ってくるなっていいな。帰ってきたらあたしが殺すって。さあお行き。行って塔七郎にそういいな」

追い払うように手を振る。その動きにつられた感じでうしろに二、三歩下がった子供が急にうしろを向いて駆けだした。あっというまに物陰に消える。

自分はいまなにをやったのだろう。紋は思う。なんにもしちゃいない。塔七郎本人が帰ってきたときに桔梗が生きていれば、なにごともなく元の鞘に収まるはずだ。それだけのことだ。いっそ桔梗が死んだことにしてやった方がよかったかしら。もう遅い。

——ああ、おもしろくもない。

いまの行為が自分の運命を決めたなど紋には知る由もなかった。

# 其の六

李香を背負った豪蔵の戻る足は行きにもまして遅かった。あきらかにやる気がない。自分は文字どおり李香の足にすぎないわけだが、殺されるときは一緒だ。そのことをあらためて考えたものらしい。

「おい、また休むのか」

山道で腰を下ろして李香を負ぶっていた紐を解く豪蔵に李香はいった。豪蔵とふたりきりのときは子供らしい態度が完全に消えている。

「暗くて足もとが見えない。それにもうしんどくなってね」

「そんなことじゃ、あそこに戻ったころには奴らはもういなくなってるぞ」

「仕方ねえさ。それよりねえ」

「なんだ」

「いままであんたと俺はずっと一緒にやって来た。遠く長崎まで行ったときにゃ、結構危ない橋もわたったというおぼえもある。でも今度のは違う。違いすぎる。どう見たって俺たちの出る幕じゃねえって気がしないかい」

豪蔵のいいたいことはわかる。李香はそもそも戦闘用の忍者ではない。城など敵の陣地深くに入り込み、そこの女たちを籠絡《ろうらく》して相手方を毒殺する。そういうことを専門にやってきたのである。今度のような忍者同士がしのぎを削るような戦いに向いているはずがなかった。

「まあな。だがそういうな。命令を受けたら従わぬわけにはいかんだろう。事実、うまくいってひとり倒したじゃないか。さあ、文句をいわずに進むんだ」

「でもなあ。俺もあの十佐っていう奴の腕を見ちまった。本当に豆腐でも切るみたいに人の首を落としてた」

「おまえは忍びじゃないから剣法の腕だけで人を見るのも無理はない。だがどんな相手にも心の弱みがある。それを利用して突く方が、刀や手裏剣より安全でうまくいくのさ」

「あの男に弱みがあるってのかい」

「おまえにはわからんだろう。俺は眠ったふりをして奴らの関係を観察していた。間違いない。十佐の弱点は塔七郎さ」

「またわからないことをいう。どうして十佐の弱いところが塔七郎なんだ」

「あの十佐という男は一見豪放で人情機微に疎そうに見えて、実は忍びのくせに情がありすぎる奴とみた。そして、それのほとんどが塔七郎に向けられている。塔七郎を押さえたら奴は手が出せなくなる。間違いない」

「そうかなあ。味方ごと相手を斬りそうな気がするがなあ」

「ふっふっふ。まあ見ていろ」

李香とてこれといった具体的な秘策があるわけではない。はっきりいえば出たとこ勝負だ。だが自分にはまぎれもない実績がある。それは、こうして一切戦闘能力を欠いているにもかかわらず常に無傷で生きのびてきたことで証明されているといっていいだろう。少なくとも本人はそう思っていた。

明け方になり、足もとが明るくなると、李香に叱咤《しった》された豪蔵がようやく重い腰を上げ、歩きだした。山道を上り、峠を越えると斜面を下る。その繰り返しだ。そんな道の途中に誰かが立っていた。

「どなたか――」

足音を聞き取ったのだろう。こちらを向いて声を出した。老女だ。片手に杖を持ち、もう片方の腕を自分の前に突き出すようにして立っている。腰は折れ曲がっており、どうやら目も不自由な様子だ。豪蔵が近づいていった。

「こんなところでどうした」

「おお、助かりました。わたしは目が見えませぬ。昨日中にこの峠を越えるはずが道を間違えたらしくてこうして立ち往生してしまいました」

こんな老女が、この険しい山道でひとりきりではなるほどどうしようもなかったろう。負ぶっている李香は他人がいるときは一切口をきかない。目も閉じたまま寝たふりをする。仕方なく豪蔵は安心させるよう老女の手を取った。

「婆さん、どこの里へ向かうつもりなんだい」

「ええ。昨日娘の嫁ぎ先へ行って、葦切《あしきり》の里へ戻る途中でございました」

「大分違う方向に来ちまってるね。そうか。じゃあ俺たちと途中まで一緒に行くといい。たしかこの先の城趾《じょうし》に村があったはずだ。そこへ行って人に案内を頼めばいい」

「これはこれは大変に親切なこと、痛み入りまする。ああ、ありがたや、ありがたや、この梅《うめ》、ここで人知れず一生を終わるところとあきらめておりました」

大げさなことをいう。豪蔵は老女の手を取って進む方向を示した。

「ほっ、ほう、あなたさまは御子を負ぶっていなさる」

「ええ、まあ」

「こりゃまた大変なお方に出会えたことだ。神さんのお陰かのう」

老女の手に自分の着物の裾をつかませた。足もとまで気遣ってやる余裕はない。だが歩きだすと、さすがこの辺りの人間なのか、器用に斜面を歩く。思ったより手がかからないとわかって豪蔵は内心ほっとした。

いくつかの峠を越えると、煙の匂いが漂ってきた。人の住む村が近い。豪蔵のあとを、老女は転ぶこともなくついてきていた。目は見えないが健脚だ。こうなると自分が弱音を吐くわけにもいかなくなり、豪蔵も歩き続けるよりほかになかった。

「さあ、村が見えてきた。もうひと息だよ」

「ええ、ええ、こりゃもう本当に、どれだけ感謝しても足りんこって」

下を向いたまま感謝の意を述べる。豪蔵はどこかこそばゆいような気がしていた。

そこは、木こりや農民が住む典型的な山村だった。最初に目についた老人に事情を話すと、それは難儀だったじゃろうといって迎え入れてくれた。山道を歩きづめに歩いた豪蔵も疲労困憊《こんぱい》の体《てい》だった。

しばらくどこかで休ませてもらえないだろうかと頼み込む。汚いところでよければ空き家があるということで、老女ともどもそこへ案内してもらう。村のはずれにあるその家は手入れがされていなかったものの、普請が傾いているわけでもなく中で休む分には充分と思われた。わけてもらった水を飲み、敷くものを借りると横になることにした。

するど梅と名乗った老女が奇妙なことをいいだした。

「あたしも寝させてもらいます。ですがそのまえに、どうかあたしの手足を縛っておくんなさい」

李香を下ろした豪蔵はどういうことかと尋ねた。

「実は、ご恩あるあなたさまに危害を加えないようにするためでございます」

さらにわけがわからない。人に危害を加えないように自分を縛れとはどういうことか。不審な顔をしていると、すり切れた床の上で折れ曲がるように座りながら老女が説明した。自分はときおり、眠ったあとで暴れだすことがあるというのだ。自分が暴れるだけならまだしも、近くに人がいると引っかいたり髪をつかんだり、果ては噛みついたりまでするらしい。起きたあと、自分にはさっぱりそんなことをしたおぼえがないのだが、事実被害を受けた相手から責められたことが何度もあった。一番ひどかったときなど、床が血だらけになっており、一緒にいた者はとうに逃げだしていたという。

それは毎晩必ず起こるわけではないが、せっかく助けていただいたあなたさまと御子様に万が一のことがあってはならない。それで眠るあいだだけ自分の手足を縛っておいて欲しい。そうそう。ついでながら親切な村人にも迷惑をかけないよう、戸には内側から心張り棒をかって欲しい。

奇妙を通り越して珍妙にすら思える話だ。酒乱ならともかくそんな話は聞いたことがない豪蔵は啞然とした表情を浮かべたものの、その仮面の裏で持ちまえの猜疑《さいぎ》心を発動し素早く損得勘定を行った。朝まで老女を縛っておく。そのことで自分にとって不利になる点はなにもない。ならば頼まれたことだしやってもいいだろう。そう結論づけた豪蔵は外に出て行き、行き会った村人に事情を話した。その老人も仰天した顔をしたが追及することもせず縄を貸してくれた。戻ってきた豪蔵が梅の両手両足を縛り、床に横たえる。縛られる老女から感謝の言葉をかけられて妙な気持ちになった。戸にしっかりと心張り棒をかい、動かないことを確認すると自分も横になる。

目をつぶるとすぐに深い眠りがやってきた。

# 其の七

夕方、大奥での見張番という本職が引けると、玄也はまず知り合いの甲賀者を訪ねた。自分と同じく大奥の警備を担当しているのだが、中に入ることはゆるされていない。凰助《おうすけ》という大仰な名前の割に人一倍小柄な男だ。玄也とは歳が近いうえ、閑職をしている同業のよしみというやつで、いつしかときどき酒を酌み交わす間柄になった。

「おう、玄じゃねえか。どしたいこんな時間から」

凰助は長屋の一角で横になっている。ここでの扱いもやはり甲賀は伊賀より下にされている。凰助は酔っ払うとその文句をいったりした。

「いい酒が入ったんだ。ちぃとうちに来ねえか」

「ほう。そりゃわざわざありがてえ。恩に着るぜ」

くるりと起きあがってついてくる。これから話すことはほかには聞かれたくない。だから自分の家に誘うことにした。

すでに側女と犬丸には外すようにいってある。凰助とて忍びだ。ほかに誰かいれば気づかれてしまう。家でふたりきりになると、わざわざこのために買ってきた酒をついだ。

「いいなあんたは。おんなじ独り身なのにこんな普請をあてがってもらえてよ」

そんなことをいいながらも上機嫌で酒を受ける。酒がどれくらい好きかはこれまでの付き合いで充分承知していた。

「――なあ、でも将軍というのはつくづくいいご身分だよなあ。あんな大きな場所に女子《おなご》たちを囲って好き放題に相手にできるんだからな」

凰助はかなりいける方だが、酔ってくると気が大きくなる。首が危なくなるようなことも平気でいう。

「だいたい大奥っていう発想がすごいよな。将軍ひとりの子を作るためにああいう大きなものを建てて女たちを集め、その見張りに俺たちみたいな者まで雇うんだからな。まったく信じられんことだよ。なあ玄や、おまえ、自分が将軍だったらって考えてみたことあるか」

「まあな。こういう仕事をしていてそれを考えぬ者もあるまい」

かなり目つきもとろんとしてきている。そろそろ始めどきだ。玄也は相手に合わせてとろんとした表情を作って尋ねた。

「ところでおぬし、甲賀だろう。将間という者を知らぬか。麩垣将間という男を」

「なに？　ショウカン？　なんだそれは。人の名か。あははは。冗談冗談。名前は聞いたことがある」

ふと目に猜疑の光が宿る。

「どうしてそんなことを訊く」

「いやな、今日の昼間、まえを歩くものたちが話していたんだ。あれはおぬしと同じく甲賀の者たちだったんだろうな。将間の技はすごい。誰にもかなわんだろう、とな。それで知ってるかどうか訊いてみた」

「ふうん。将間、ね――」

凰助の両目が細くなる。記憶をさらっているような顔つきだった。

「――たしかに、俺もどこかで聞いたおぼえがあるな。将間。そう、たしか将間という奴のことだった。会ったことはないぞ。なんでもいろんなものをこさえる、というか、とにかく凄腕らしいとな」

「いろんなものをこさえる？　それはどういうことだ」

「うん？　いやその内容までは知らんよ。なにやら自分の術のためにいろんな道具を作ったりするのが好きらしいってだけさ」

「ほう。じゃあもうひとり、藪須磨是清というのはどんな奴なんだ」

突然凰助の両目が大きく見開かれた。赤くなった顔を玄也にぐっと近づける。

「懐かしいなあ。是清の名なんて実に久方に聞いた。いまも生きているのか」

一瞬びくりとしたあとほっとした玄也は言葉を継いだ。

「生きているようだぞ。件《くだん》の者たちが続けてそ奴の名前を出していた」

「ほう。是清が話題に上っていたというのか。ふうむ……」

「なにか不思議なのか」

「いやな。是清っていうのは本当に地味な男でな。ほとんどほかの者とはつき合わない。誰かと一緒に仕事をまかされてもひとりでやる方を選ぶんだ。まあ仕方ない面があるんだがな」

「仕方ない面？」

玄也はなるべく話の腰を折らないよう先を促した。

「ああ。あいつはまだ若造だったころに顔にひどい火傷を負ったんだ。火遁の修業をしているときに油を浴びてしまったと聞いたが正確なところは知らん。ともかく、それからというもの是清は顔をすっぽり布で覆い、誰にも素顔を見せなくなった。俺は子供のころの奴に会ったことがある。そのころからどちらかといえば無口だったが、火傷を負ってからはますます口数が減って、仲間すら寄せ付けなくなっちまった――」

錆《さ》びを含んだ口調で話す。玄也は空になった猪口に酒をついでやった。

「なるほどなあ。それで、その是清は忍びとしてどうだったんだ。どれくらいの腕前だった」

「まあそこそこだったんじゃないかな。その辺はよく知らんよ。ところで玄也、どうもおかしいなあ。

どうして今日のおまえはそんなに甲賀者のことを知りたがるんだ」

「いや、凄腕だと話題になった者が実際のところどんな奴なのかおぬしに聞いてみたいと思っただけだ。他意はない」

「そうか。なんだか仲間のことをしゃべるのは気が咎めるぞ。じゃあついでだからこの際こっちも尋ねさせてもらうがな。おまえさんのところにも大きな不思議が転がってるじゃないか。それもど真ん中に」

やっぱりそこを突いてくるか。玄也はある程度それを覚悟していた。

「いまの半蔵どのは一体、あれはなに者なんだと誰もが噂しているぞ。俺たちなんぞにはまず姿も見せんし。あれは正統な継承者なのか」

「ははっ、半蔵どのは半蔵どのだ。ちゃんと幕府から承認を得て継いでいるんだから」

「ふん。そんな木で鼻をくくったみたいな答えで満足する奴がいるもんか」

ぐいっと酒を飲むと手の甲で口元を拭い、さらにまくし立てる。

「俺だって知ってる。最初の半蔵どの、保長から始まって正成、正就、正重まではたしかに血のつながりがある。だがいまの正吉というのはなにものなんだ。服部半蔵の名前を継ぐ正統な血筋を持っているのか。だいたい、正就、正重の兄弟のときにはすでに半蔵は伊賀の首領の座をいったん解かれたのだろう。佐渡金山の目付かなにかに行かされたんだ。それがどうしてかいつのまにか、正吉というもんがふたたび首領の座に落ち着いている。おぬし、なにか知っておろう」

正直なところ、そのことについては玄也もよくは知らない。知ろうとしてこなかった。これは伊賀忍者にとってもっとも追及されたくない話題だ。首領がなに者かわからない。そんなものに従っているのかおのれらは。そう思われていることは知っているし、自分らも少なからず疑問に思っている。

いま凰助は自分がなにかを教えたという強みで迫ってきている。普段ならこんな質問は知らぬ存ぜぬで突っぱねるところだが、今後もこの男の知識が必要になるかもしれない。なにかしら話さないわけにはいかなかった。

「正直俺もよくは知らんのだ。おまえにも想像がつくだろうが、伊賀にはそのことについての追及はまかりならんという雰囲気がある。べつにおふれがあったわけではないがな。これは俺の私見だが、おそらくなんらかの便宜が生じたのだろう」

「便宜――」

かなりの酒が入ったはずの凰助が一瞬、寄り目になった。その頭の中の動きが見えるような気がした。

「――そいつはつまりこういうことか。忍者のまとめ役として服部半蔵の名を残し続けるべく、幕府の誰かがなに者かを……」

玄也の手が相手の口を塞いだ。

「まあそういうことだ。あくまで俺の意見にすぎんがな」

凰助も肩の力を抜いて応じた。

「やっぱりな。そんなところだと想像はしていたよ。道理で顔も見せないんだな。正体を知っている昔の知り合いに出会うと――」

「おっと、それくらいにしとけ。口は災いのもとじゃ」

自分のことは棚に上げた発言だが、すっかり酔った相手はそれで納得してくれた。

「ふふっ、まあ互いになにかと大変なことがあるよな。よしっ、気を取り直してもう一杯」


夜も深まったころ、千鳥足になった凰助を、まだ立てるうちにと家まで送っていった。帰り道、凰助から得た知識を頭のなかでおさらいする。奇計に凝る者、魃垣将間。それと、火傷を隠すために顔を覆っている藪須磨是清。たったこれだけのことだが、これ以上聞き出すのは無理というものだろう。まずは充分な収穫といっていい。

玄也も忍びだ。どれほど暗かろうと提灯なんぞは持たない。その玄也ですらも、間近に来るまでその存在に気づかなかった。ひときわ濃い暗がりから、闇が切り取られたように動いてまえに立ちはだかる。

「鴉――」

肩幅の広い大男は鴉と呼ばれている。大男だが影のように音もなく動く。

「なにか用か」

暗くて表情まではははっきりしない。だが玄也は、鴉がにやりと口をゆがめたのがわかった。こいつは好きじゃない。というより正直いって恐かった。いまも首のうしろが総毛立っている。

「あれは甲賀の凰助だな。またずいぶんと仲のいいことだ」

「俺の勝手だろう」

鴉は半蔵直属の忍者だ。普通の勤めはなにも果たしていない。ほかの誰からも一切の束縛を受けず、半蔵の命令だけをこなす。あいつには気をつけろ。ほかの者の動静を探ることを生業《なりわい》にしてやがるんだ。そう聞いたこともある。

「おまえ、まえにもなにか嗅ぎ回ってたな。今度はなんだ。なにを調べてる」

以前の行動が知られている。玄也の背中を汗がつたい落ちた。

「なにも調べやせんさ。いまだって酔っての愚痴や世間話だ」

凰助との会話は聞かれていない。それは確信があった。話す内容が内容だったので特に外への注意は怠らなかった。鴉がいくら気配を消すのがうまかろうと、会話が聞き取れるほど近くまで忍んで来られたとは思えない。

「いまの仕事が不満か」ひび割れた声で訊いてくる。

「いいや、そんなことはない」

暗闇から放たれる視線が自分の顔を、体の上を上下している。肉食獣に襲われる寸前の獲物になったような気がした。手が武器をもとめて懐へ行きたがるのを意思の力で抑えつける。玄也はとうに悟っていた。こいつは自分より格上だ。戦えば死ぬ。

いまはまだそのときではないようだった。相手がゆるりと殺気を引っ込めたのが感じられた。すかさずいった。

「ほかにないならもう寝る」

玄也が脇を抜けて行くのを、突っ立ったまま邪魔だてもしなかった。

# 第四章

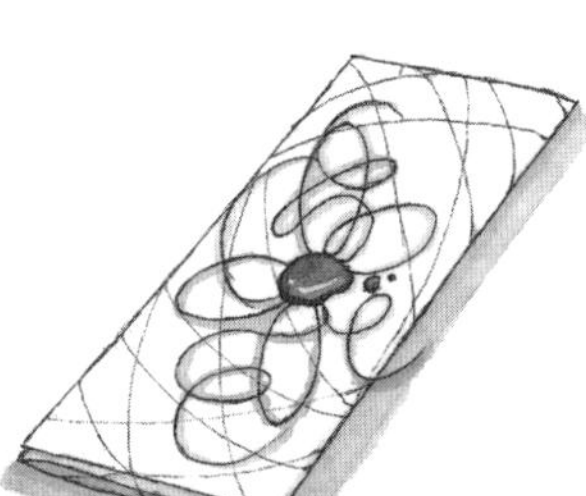

# 其の一

出来上がった建物を、少し引いた位置から眺める。額の汗を拭った。まあまあだ。麩垣将間は大工道具を下に置いて一休みすることにした。切り株の上に腰を下ろして一息つける。そこへ遠くから走ってくる者がいた。

「やあやあ、やっと見つけたぞ。ふう、おぬしを捜すのは骨が折れる」

やって来たのは蘇鉄《そてつ》という名の甲賀者だった。

「ほれ、見知らぬ者が里へ現れたら知らせてくれといっとっただろう。それで昨日から捜していたんだぞ」

針金頭の将間が頭を巡らせた。

「現れたんだな。どんな奴だ」

蘇鉄はもったいをつけるようにしばらく息を整えてからいった。

「ひとりは三十すぎの男。もうひとりはそ奴が負ぶう子供。もうひとりは老女だ。その三人連れが昨日、わしの村を訪れた」

聞く将間の眉間に縦皺ができる。

「親子はいい。その老女というのはどんな奴だ。本当に老女か」

「本当になどと訊かれても困る。腰が曲がっていて目も悪いらしく杖をついておったそうだ。わしは夜帰ったから直接は見とらんがな。どこからどう見ても老女だったようだぞ」

将間は煙を吐き出しながら考えを巡らせた。親子は李香と豪蔵だろう。老女というのは誰だ。なぜふたりと一緒に行動している。将間は煙管をしまい、立ち上がった。

「よし、そいつらの顔を見たい」

蘇鉄をうながし、その里へ向かう。


親子連れと老女。老女が親子と血のつながりがないことは村の者には知らされていた。朝になり、村の女が気をきかせて食べものを届けに来た。戸を叩いても返事がない。戸には内側から心張り棒がかってあるらしく開けることができない。出入りできる戸はひとつだけ。つまり中に人がいるはずなのだ。いよいよおかしいと思った女が男らを呼んでくると、数人で戸を開けようと力を込めた。やがて古びた戸が裂けるように倒れる。中をのぞきこんだ女が悲鳴を上げて持ってきた物を取り落とした。

「しっ、死んでる」

ええっとおどろいた男たちが中に入っていく。家の中は凄惨のひとことだった。

三人が寝ていた奥の部屋がひどかった。床といい壁といい、天井までが飛散した血で真っ赤に染まっている。眠っていたはずの三人はいずれも血みどろで倒れており、手の施しようもない有り様だ。全員、顔や頭など、上半身がとくにひどく、溢れかえった血で顔もはっきりしないほどになっている。

一体どのような襲撃を受ければこんなことになるのか。狼藉の限りを尽くすとはこのことだと思われた。

「こりゃひどい」

「見ろ。子供の頭が割れている。こんなことがよくできたものだ」

たしかに子供は頭蓋を叩き割られ顔面を潰され、見るに堪《た》えないほどひどかった。

「おい、これはどういうことだ。どうして婆さんだけ手足を縛られているんだよ」

事情を知らない者が声を上げる。それは婆さん自身が希望したことなんだと説明する者が出た。老女の顔も体も血で真っ赤に染まっている。三人ともまだ体は冷え切っていなかったものの、とうに助かる見込みなど見いだせない状態だった。

「小屋は閉め切られておったではないか。一体誰がやったんだ」

「刀傷はひとつもない。棍棒ででも叩きのめされた感じじゃのう」

一見したところ、なるほど三人には斬られた跡がなかった。とにかくすさまじい力で繰り返し叩かれ、殴り殺されたのだ。これほどのことがあったのならそれなりの音がしなかったはずはないが、この家はほかから離れていたために聞こえなかったらしい。室内に凶器となった品物は見当たらなかった。下手人が持ち去ったのだろう。

「わけがわからん。昨日訪れたばかりの三人を襲う理由がどこにあるんじゃ」

「追ってきた者があったか。昨日の三人にはそんな様子なぞなかったがなあ」

「ともかく、このまんまじゃどうしようもねえ。死体は埋めてやらにゃあな」

戸板と菰《こも》が運ばれ、血みどろの三体が運び出される。

蘇鉄と将間が村にたどり着いたとき、三人の体は墓地の近くで地面に並べられていた。おおまかな話を村人から聞かされると、将間がまずその家を見せろといい、村の男の案内で現場を訪れた。

「これは相当古い家だな」

普請をたしかめるようにしながら将間がいう。

「ああ。もうかなりなもんだ。四十年はたってる」

ついてきた蘇鉄は答えた。かねてより将間から、見知らぬ者が入ってきたら知らせるようにといわれていたものの事情などは一切聞かされていない。その三人がやられた。しかも閉じられた家の中での不可解な殺戮である。将間はこんなことが起こることを予測していたのか。

三人の体が運び出されただけで屋内はそのままだという。褐色の血の跡がこれでもかとばかりにぶちまけられている。

「これで刀傷がなかったというんだな」

「へい」

案内役の男は戸口付近にとどまっていた。室内へはなるべく顔を向けないようにしながら答える。

蘇鉄もこの凄惨さには内心舌を巻いていた。見上げれば血は天井まで飛び散っている。それはまるで、やられたものの断末魔の叫びがそのまま形となって残されたかのようだ。もしかすると——と蘇鉄はおびただしい血の跡を見ながら思った。三人は熊にでも襲われたのではないか。巨大な黒い姿が浮かぶ。刃物も持たず人を三人も惨殺する力の持ち主――しかしその考えは現れるや瞬時に否定される。熊ならば自分の痕跡を残さずにはおかない。抜けた体毛や足跡などが必ず残ったはずだ。それらのものが見当たらない。ならばこれは動物の仕業ではない。なにより獣が最後に戸締まりなどするはずがないではないか。

――あっ、そうか。それどころではなかった。内側から心張り棒をかった状態で外に出ていくのは人にも不可能である。なに者にも不可能なことが起きたのだ。いまさらそのことに思い至ったのを蘇鉄は密かに恥じた。

――この家で一体なにが起きたのか。三人を襲った者はどうやって家から出て行ったというのか。将間が血の跡にもかまわず歩きまわり、そこらの物をいちいち突っついたり叩いたりしていた。ひょいと飛び上がると、天井や梁、内壁の継ぎ目部分を調べたりする。ひととおり検分するといった。

「よし、死体も見せろ」

――似ている。

外に出て村の墓場に向かいながら将間は思った。中に死体だけがある閉じた家屋――あきらかに同じ種類の技巧の匂いがある。不可能さをこれ見よがしに誇示していることに、同種の奇計の発露を見る思いがする。

聞いた話の中に五郎兵衛らしきものは登場しない。見ないうちからわかるが親子に見えたのは李香と豪蔵だ。五郎兵衛が老女に化けたとは思えない。

三つの死体が地面に並べられていた。真ん中のひとつだけが小さい。蘇鉄の指示で見張っていたものが菰をどける。

得体の知れない老女を後回しにし、将間はまず見知ったふたりの死体を検分することにした。紫真乃のときと同様、顔を近づけてよく観察する。ふたりとも頭部と顔面を手ひどくやられているが、人相がわからぬほどではない。間違いなく李香と豪蔵だ。さしたる感慨もなく死体を眺める。

刃物をいっさい使っていないというのはたしかに異様なことだ。閉めきられたあの家の中にはこのような殺戮ができるような鈍器など見当たらなかった。使用したのちに粉々に破壊したとしても、その破片くらいは残っていてよさそうなものだ。

死体を引っ繰り返させ、裏面も見る。背中側にはまったく傷がない。暴行はすべて正面及び側面から受けている。

見るべきは見たと判断し、隣に移る。ここからだ。この得体の知れない老女。こ奴が鍵を握っているに違いない。

老女は腰を前方に曲げた状態で横向きに寝かされていた。両手両足を縄でぐるぐる巻きに縛られている。まずはその結び目を調べる。少しも緩んでいないことはすぐに見て取れた。また、結び目についた血の跡からして、この縄が殺戮のあとで結ばれたわけではないこともはっきりしている。この縄は殺戮が起きるよりまえに縛られ、いまのいままでほどかれたり結び直されたりしていない。

立ってうしろに下がったり、ふたたび間近に近づいたりして老女を観察する様を、周りの者たちが黙ったまま眺めている。将間はあることに気づいた。老女は三人のうちでも一番血を浴び、また見てのとおり縛られているために人一倍ひどくやられたように見えるがその実、致命傷となるような傷が見当たらないのだ。将間は手で老女の顔に触れた。顔は隙間もないほど血にまみれているにもかかわらず骨折などはしていない。頭部も同様だ。一体この老女はなにで死んだのだろう。まだ体温が残っている。手首をつかんだ。脈は触れない。

家が内側から閉めきられており、下手人の姿がない。もしかするとこの老女が李香と豪蔵を襲って殺し、そののちに自身の心の臓が停止するなどして死んでしまったのか。

そうだとすれば、武器が一切見当たらないことからして、体のどこかを使って打撃を加えたのではないか。

縛られた両腕の肘を調べた。両肘ともきれいなものだ。相手の頭蓋を陥没させるほどの打撃を加えたなら、こういうことはあり得ない。それに、こうして両手を揃えた恰好で縛られていては、そもそも効果的な打撃など行えなかっただろう。足の膝も同様だった。

だがあやしい。間違いなくこ奴はあやしい。

将間の顔に不敵な笑みが浮かんだ。蘇鉄がそれを見て不気味そうに眉をひそめる。

もう一度、今度は両手で老女の顔を探る。顔、頭、うつむき加減の顎の下にまで指先をこじ入れる。

……あった。

「あっ、どうするつもりで――」

将間が老女の顎を上に持ち上げ、それをさらに引っ張り始めたのを見て、蘇鉄が慌てたようにいった。首を引き抜こうとしているとでも思ったらしい。将間はかまわず力を込めた。指先を左右にずらし、細かい振動を与えるように動かす。すると、徐々に手応えがきた。

老女の顔が下から剝けていった。なにかが剝ぎ取られつつある。周りのものは皆、唖然とした表情で見守っていた。剝がされた老女の仮面の下から、もうひとつの顔が現れる。白っぽい糊のようなもので覆われているが、はるかに若い顔であることがわかる。口が見え、鼻が出てきた。将間はいったん力を抜き、もう一度力を込める。生え際近くまできたとき、より一層の抵抗に遭った。片手を離し、白髪頭に触れたかと思うと、それをつかんでむしり取るようにした。破けるような音がして白髪頭がそのまま外れる。すると老女の顔面の残り、額の部分も抵抗をあきらめたように剝け始めた。外した鬘《かつら》を手にした将間は白い歯を見せた。はぎとられた仮面の下には、髪の毛を短く切った女の顔があった。

「ほれ、持ってみろ」

白髪の鬘を蘇鉄に放る。蘇鉄がそれを両手で受けた。

「あっ、これは――」

「そうさ。鬘の下に鉄製のかぶりものをしておったのだ」

白髪の下に、薄いが硬いものがある。それは頭にぴったりした形をしていた。いわば鉄の皮膚を持った鬘である。

「――と、いうことは、これはつまり」

「頭突きじゃ。この女は頭突きであとのふたりを殺したのだ」

「ばっ、馬鹿な。そんなことが――」

「あり得ぬというのか蘇鉄。そういう技を使った上でうまく容疑から逃れるべく、この女はあらかじめ手足を縛らせたのだ。ふっふっふ。考えたものよのう。どれどれ――」

将間の手が無遠慮に老女、いや女の着物をはだける。

「このひきしまった腹を見よ。男でもこれほど発達した腹の筋肉を見たことがあるか。蛇の鱗のように割れておる。これを使って全身で鉄の頭を打ちつけた。手足など縛られていてもまったくかまわなかったのだ。まず最初の一撃で相手は気を失ったであろうな」

そして殺戮はことさらに激しく行われた。自分も返り血をたっぷり浴び、やられたように見せる必要があったからだ。おそらくふたりが死んだあとも、執拗に頭を打ちつけたに違いない。

「なんとまあ、すさまじい――」

半信半疑ながらも隆々と発達した女の腹を見せられて、蘇鉄も認めざるを得なくなった様子だ。

「じゃが将間、その女がふたりを殺したのだとしたら、どうして本人も死んでいるのだ。女は誰にやられたのじゃ。相打ちが起きたということなのか」

「ふふふ。この女は死んではおらんよ」

「なんだと。そんな、まさか――」

「おぬしも仮死の術くらい知っておろう。こ奴はいま、それの真っ最中さ。うまいのう。なかなかのものだ」

呼吸も脈拍も、感じ取れぬほどに落とす。それがどれくらい続けられるかはその忍者の力量次第となる。達人ともなれば丸一日くらいは軽くやってしまう。李香と豪蔵が息絶えたあと、みずからの顔や体に血を塗りたくり、仮死の術を使って同じくやられたように見せかける。頭を使った組み合わせの妙だ。敵ながら見事だとほめてやっていい。相手が常人、いや忍びでもぼんくらばかりなら、まずうまくいっただろう。この将間と出会ったのが不運だったな、湯葉。紹介してもらわずともわかる。伊賀の五人衆のうち唯一のくノ一。こいつは湯葉だ。

「つっ、つまりこういうことか。こ奴は、このまま墓に埋められたあとで——」

「そう。頃合いをみて息を吹き返し、逃げだすつもりだったんだろう」

女は、自分のすぐ上でこのようなことが話されているとは露知らぬように死者の顔をしている。仮死の術はなによりまず自分に向かってかけられる。途中で相手に見破られた場合、危険に晒されるのは避けられない。

仮死の術に限ったものでもない。あらゆる忍びの術は諸刃の剣のようなものだ。いつなんどき紙一重の差でみずからを滅ぼさないとも限らない。成功率の高い必殺技であればあるほど必ず有してしまう宿命であるともいえる。

将間は女の体の下に手を差し入れ、抱え上げた。女を砂袋のように肩に担ぎ上げる。湯葉というくノ一。これはいいものが手に入った。

「これはもらっていくぞ。残りのふたりは甲賀者だ。せいぜいそれらしく葬ってやってくれ。じゃあな」

手ぶらで歩くような足取りでその場を去っていく。

# 其の二

塔七郎は慎重に周囲をうかがいながら森の中を進んだ。これまでは誰かに見られている感じはない。木の洞のところに辿り着くと、内部に手を入れる。あった。予定の場所にちゃんとある。塔七郎は手紙を取り出し、確かめる。糸で幾重にも巻かれ、複雑な文字のような結び目が中央に位置している。まえと違って結び目に蠟が垂らされてはいなかった。懐から出した小刀で糸を切り、折りたたまれた手紙を開く。すぐさまその場で読み始める。

独特の伊賀文字で書かれたそれは玄也からの二度めの返事だった。甲賀のふたり、麩垣将間と藪須磨是清に関するものである。

書かれていたのはこのような内容だった。

麩垣将間という者に関してわかったのは体術ではなく技巧に凝る忍者だということだ。九年まえ、目付として下総生実《おゆみ》藩の酒井家の内偵に加わった。

藪須磨是清という者は顔に負った火傷の跡を隠すため目だけ出した布で常に顔を覆っているそうだ。やはり八年まえ、豊後の府内藩に行っていた。竹中家だな。左利き。

ところでおぬしの里で不穏な動きがあることは知ってるか。詳細はわからぬがどうやらなん人もの死者が出ておるらしい。おぬしのいまの任務と関わりがあるかどうかわからんが一応記しておく。

またわかったことがあれば送る。

どうやら俺も目をつけられた。互いに気をつけようぞ。では。

読んでいるうち、あることに気づいて眉根を寄せる。藪須磨是清に関する最後のところ、左利きと書かれた部分だ。そこだけ墨の色が違っている。ほかは黒いのに、そこのところの文字だけがなにか赤色を帯びた褐色で書かれているのだ。目を近づけてよく見てみる。どうやら筆跡もほかと同じではないようだ。同じ伊賀文字ではあるが、線の角度や払い方に違いが見られる。

この左利きという言葉自体、あとから付け足したようだ。どういうわけだろう。これだけは玄也が書いたのではないのか。このような内容をほかの者に書かせるとは思えないが。

玄也が目をつけられたというのも気になった。誰から、なんのために。まさか自分のこの依頼のせいでそうなったというのか。だとすると玄也に大きな借りを作ってしまったことになる。

手紙を懐にしまった塔七郎は来た方向とは反対に進んだ。伊賀の山中に入ると、まえと同じように香をたき、特殊な笛を取り出して吹く。

近くにいたのだろう。あっというまにアケが現れた。垢に汚れた人なつっこい顔が嬉しそうににやついている。

「手紙、ご苦労だったな」

手を伸ばして頭をかき回してやると歯を見せた。

「やめろよ。おいらはもうガキじゃねえ」

「手紙を隠す途中、誰かにつけられなかったか」

首を傾げるばかりだ。忍びではないこいつにそこまでは期待できなかった。

「また手紙を受け取ったら頼む。それともうひとつ、おまえに直接見てきてもらいたいことがあるのだ。俺の里は知ってるな。そこを――」

「桔梗だろ。生きてるよ」

「おまえ、どうして――」

「おいら、こないだ見てきてやった。あんたのため。桔梗に会った。元気だった。元気すぎたぞ」

塔七郎の驚く顔を見て得意そうにいう。

「会ったというのか。おまえが。よく誰にもつかまらなかったな」

「ちゃんと調べて歩いたかんな。罠なんかにかからない。誰も見張りなんかいなかったしな。でも桔梗に見つかっちまった」

よもや勝手にそんなことをしているなんて。そもそもこいつに桔梗のことを話したことがあったか。

「桔梗に会ってくるのがどうして俺のためなんだ」

「まえにあんた、おいらのことを桔梗に似てるっていった。桔梗ってのは女の名前だろ。あんたにとって大事な人なんだと思ったのさ。だから見てきてやった」

生意気なガキだ。それにしても自分はそんなことをいっていたか。仲間でないものに名前など洩らしたりするはずはないのだが、アケ相手で気が緩んでいたとしかいいようがない。

それにしてもなにがどう転ぶかわからないものだ。お陰でひとつ手間が省けてしまった。いまのアケの話でわかったことがある。里で人が死んでいることは確実だ。見張りの者がいなくなっていることがそれを語っている。本来であればアケなど入り込んだ時点で即座に捕らえられていただろう。

「桔梗に会って、それでどうした」

途端に顔から自慢そうな表情が消えた。うつむいてしまう。

「どうした。いってみろ。盗人《ぬすっと》呼ばわりされたか」

「違う」

どういうわけかいいにくそうだった。なにやらいやな思いをしたようだ。

「おまえを責めやしない。いってみろよ」

ようやくアケが顔を上げる。目は塔七郎を見なかった。

「塔七郎に戻ってくるなといえって。戻ったらあたしが殺してやるって」

「本当かそれは」

うなずく。からかって嘘をついているようではない。桔梗がアケをからかったのか。よくわからない。なにやら不吉な気を起こさせるに充分なものがあった。

自分で里の様子を見に行きたいがそれはゆるされない。

「もう一度行ってくるかい」

「いや、もういい。それより手紙が届いたらすぐに持ってこられるようにしといてくれ」

里の者が殺されているならこれ以上アケを送り込むのは危険だ。桔梗がどういうつもりでそんなことをいったのかわからないが、生きていることはわかった。差し当たり自分にできることはない。

——いや待てよ。

……桔梗は里の危険から自分を遠ざけるためにわざとそんなことをいったか。

わからない。いずれにせよ早く甲賀者を片付けることだ。あとのことはそれからだ。


甲賀の山中に戻り、十佐と落ち合うと手紙の内容を話して聞かせた。そばに与四郎もいたが、これまでにほとんどのことをしゃべっているのでかまわず聞かせた。

「藪須磨是清という奴は顔を隠しているのか。黒装束を見つけたら全部斬らなきゃならねえじゃねえか」

「俺は一度、こいつに会った気がする」

塔七郎はいった。

「森の中で俺を見張っていた奴がこいつだと思う。たしかに目だけ出して顔を隠していた」

「左利きだったか」

与四郎が訊いてくる。塔七郎はそのときのことを思いだそうとした。刀の柄が背中のどちら側から出ていたか。

「思いだせんな。暗くて見えなかった」

塔七郎は手紙の不審な箇所を示してふたりに話した。

「ふむ。たしかに違う。墨ではないな」

「だけど伊賀文字だろう。ほかの奴が書くわけねえよ」

「ではこの違いはどうしたわけだろう。なぜこれだけ違う書き方がされているんだ」

すると与四郎が手紙を睨みながら訊いてきた。

「むろん俺も読めないが、伊賀文字というのはたしかにほかに知る者はいないのか」

「ああ。それは確実だ。そういう秘密をほかへ洩らせば大変なことになる。仲間全体を裏切ることになるからな。伊賀者以外に読みを教えたことが知れれば即座に殺される。文字は全部はじめから作り直さねばならなくなるしな。逃げたところでどこまでも追われて結局は殺される」

戦国時代のように裏切りの横行する乱世ならともかく、江戸幕府の時代になって仲間を裏切るのは、忍びにとってなにより重い罪を犯すことだ。伊賀者全員に追われて生きのびられるはずがない。わかりきったことだ。

「ふうむ。ならばこういうことだろう。これを書いた者は、あとで知ったことを手紙に付け足そうと思いついた。だがあいにくと墨や硯《すずり》は持っていなかった。外だったのかもしれんな。ともかく忘れるまえに書き加えておくことにし、おそらく自分の血を使って書いたのだ。筆跡が違ってしまうのも無理はない。まともな筆などなく、また外で立ったまま、あるいは歩きながら書いたのかもしれぬ」

「なるほど。おぬしはなにごとにもうまく理由をつけるのう」

「はっはっは。舌先三寸で命拾いしたことも多々あるからな」

武勇ではなく変なことを自慢する。つくづく変わった奴だと思う。

「ところで話は変わるが塔七郎。俺は湯葉が心配だ」

十佐がいう。

「まだ戻ってこぬか」

「ひとりでやるといってきかなかった。俺がそばにいると相手が気配に気づくといって帰らされたんだ。今日中には戻るはずだったのにいまだ戻ってこん」

「仮死の術を使うといってなかったか。そばに人がいて出てこられんのかもしれん。だが、見に行った方がいいな」

十佐が立ち上がったが塔七郎はそれを制した。

「湯葉がおまえはだめだといったのなら俺が行ってくる。それでいいだろう」

不満そうな十佐を置いて塔七郎は走りだした。


場所は聞いている。この山を下ったところにある村だ。忍びがいるとみていい。そのまま近づくのは危険だ。塔七郎は村のそばまで行くと、まずは遠目から観察した。もう夜だ。人の動きはほとんどない。騒動が起きている気配もうかがえない。

物陰から物陰へ、塔七郎は素早く移動した。特に警戒がある感じもない。まるでなにも起こらなかったみたいだ。湯葉はまだ待機しているのか。

ときに木の枝へ飛び、ときに地の上を這いながら、明かりのついた家を目指した。そうした一軒に近づくと、壁に貼りついて耳をすませる。

「——ったくもってけったいなことだったのう」

老人らしき声が聞こえた。

「ええ本当に。もうわたしゃなにがなんだか怖ぞ気をふるいましたよ」

老いた女の声が答える。夫婦者の家らしい。

「あの大きな男も負けず劣らず不気味じゃった」

「まああなた、滅多なことをいうもんじゃありませんよ。あの人は同じ甲賀の人なんですから」

「ああそうだったな。もう寝るとするか」

「ええ」

それっきりふたりの会話が途絶えた。塔七郎はふたたび移動を開始した。

次の灯火が見える家ではしゃべる者がいなかった。先へ向かおうとしたそのとき、向こうの方から誰かがやってくる気配があった。塔七郎は影に身を潜めた。

「——まいったね。三つとも全部持ってきゃよかったのに」

「ひとりじゃそれは無理だろう」

ふたり連れだ。両方とも酔いの回った声をしている。

「誰も払ってくれる者がいないなんてなあ」

「ほんとだ。駄賃のもらえねえ墓掘りなんていやなこった」

ときおり左右にふらつきながら、塔七郎のそばを男たちが去っていく。

――墓か。

行ってみることにした。なにがあるかわからないが、今日、この辺りで死人が出たことはたしかなようだ。三つという数も気にかかる。

墓地は村の北側だろう。注意を払いながら進む。すぐにそれらしき場所が見つかった。

手前になにやら三つのものが並べられている。それは菰のかかった死体らしかった。慎重な足取りで近づくと、いま一度周囲を確かめ、最初の菰に手をかけた。

下からのぞいたのはあの豪蔵の凄惨な死体だった。次の菰に手をかける。その下のものはほかよりも小さかった。どけるとやはり李香だ。頭を割られている。みずから宣言したとおり湯葉がこ奴らを仕留めたのだ。では、この三つめは――。

三つめの菰に手を掛けて引いた途端、どこかでカタカタという音が響いた。鳴子の音だ。罠だった。菰の裏側に糸がついておりそれが地中をとおってどこかにつながっていたらしい。

菰を離すと全力で駆け戻った。だが先の方に、すでに人の集まる気配があった。

「ふっふっふっ。おぬし伊賀者だな。罠にかかりおった。おい皆のもの、こ奴を捕らえて将間どのに引き渡すのだ」

集まったのは五人。その中心に立つ者がほかの者にそう呼びかける。どうやら塔七郎にとって目的の相手ではないらしかった。

「待て。関係のない者だ。このまま行かせてもらいたい」

「嘘をつくな。墓場で死体をあらためようとしたことがなによりの証拠じゃ」

「わかった。それは認めよう。では訊くが、老女はどうした」

答えが得られるはずもなかった。五人がじりじりまえに出てくる。塔七郎も観念して戦う態勢を取った。仕方ない。降りかかる火の粉は払わねばならぬ。

五人のうちのひとりが何かを放ってきた。それは空中で広がり、網となった。本当に捕らえるつもりらしい。塔七郎は斜めうしろへ跳ね退《の》き、棒手裏剣を投げた。一本がひとりの足に突き立ち、うめき声を上げながら倒れ込む。残りの者が左右に散開した。

走り、跳びながら相手の動きを観察する。手強い者はいないとみた。追ってくる四人も次々といろいろなものを投げつけてくる。だがいずれも塔七郎の体をかすることすら適わず、反対に塔七郎の投げた手裏剣の餌食となっていった。

「うわっ」

最後のひとりの動きを封じると、塔七郎はゆうゆうとその場をあとにした。


「おのれ。おぼえておれよ」

「にっくき伊賀者め」

そういっているのを、最初に網を投げた蘇鉄が片足で跳びながら見てまわる。全員生きていた。ため息をついていう。

「罠にかけたつもりが愚かだったな。わしらが相手にできる奴ではなかった」

「いや、今回は不覚を取ったが次に会うことがあれば――」

「まだわからぬか。奴は俺たちを生かしてくれたんだぞ。みんなの傷を見ろ」

五人全員が首を動かしてほかの者の様を見た。蘇鉄をふくめた五人全員が同じ形の手裏剣でやられている。全員右足で、太腿のまったく同じ箇所に傷を負っていた。


戻ってみるといるのは与四郎ひとりで十佐の姿がない。

「十佐はどうした」

「暇だから見回ってくるといっておったが。湯葉どのは」

「いかんな――」

塔七郎はいきさつを話した。

「――菰の下には石しかなかった。李香たちを倒したまではよかったが、そのあとで正体を見破られたな。待ち伏せていたものたちが俺を伊賀者呼ばわりしたことからして間違いない」

「ふむ。体がないということは連れ去られたか」

「将間という名前が出た。これは魃垣将間のことだろう」

## 其の三

　五郎兵衛が見張っている建物はほぼ完成した様子だった。将間が造った家である。縦が五間、幅が三間ある、かなり大きな平屋だ。あっさりした造りで屋根に葺《ふ》かれた藁も最低限しかない。実用一辺倒な印象を受ける。

　なんの実用か。決まっている。伊賀者、とりわけ自分を倒すための道具だ。

　実はあの落とし穴の上に造った小屋の爆発以降、逃げたふりをして山中に隠れ、将間の動きを追っていた。かなりの距離を保ち続けたので気づかれていない。すぐに攻撃を仕掛けなかったのは、爆発のとき自分も右腕に深手を負ってしまったせいだ。いまも副《そ》え木をあてて縛っている。指先は痺れたままだ。

　将間がなに者かに呼ばれて去っていってから少したった。どうやら遠出らしい。見てやるならいまだ。五郎兵衛は隠れ場所から出て建物に近づいた。

　近づくと切り出したばかりの木の匂いがする。まずは周囲を検分した。特に変わったところは見当たらない。建てているところも見ていたが、外側に仕掛けを作っているような様子はなかった。なにかあるとすれば内部だろう。五郎兵衛は戸に手をかけ、少しだけ開いた。滑らかに動く戸は、将間の腕のたしかさを示しているようだ。建物の中はがらんとしており、拍子抜けするほどなにもなかった。仕切り壁すらない、ただひとつ四角い空間があるだけだ。するりと中に忍び込む。

　なにもないわけがない。落とし穴か、吊り天井か。きっと見つけてやる。

　中に入ると外の気配がわかりにくくなる。いまにも将間が戻ってくるような気がした。この自分の状態で対決すれば間違いなく敗れるだろう。素早く移動しながら床や壁、天井を調べる。――おかしい。なにもない。叩いてみても一様に空虚な反響音が返ってくるばかり。はずれたりずれたりするように作られた箇所も見つからない。不思議だ。このような大きさの空間を造って、罠や仕掛けがなにもないとは考えられない。すべてはこれからなのか。

将間が自分と似た思考の持ち主であることはとうに気づいている。作りものによる凝った技巧を嗜好する敵同士だ。その将間が造ったこの家。仕掛けがないわけないではないか。

気が急《せ》く中、見るべきところのなくなった五郎兵衛は、仕掛けはこれからなのだと結論づけるよりほかなかった。外に出る。身を隠せる場所にたどり着くまでは安心できない。痕跡を残さぬようにしながらも退却する足が自然に速まった。

無事に木々の間に入り込むと、いまのうちだとばかり川のところまで行って喉を潤し、見つかったイワナやヤマメを捕まえて食べる。

見張り場所に戻る。と、突然家の戸が開いた。

あっ、あいつは――。

黒装束の上半身が外に出た。目だけを出して顔全体を黒い布で覆っている。あれは藪須磨是清という甲賀者だ。将間と同じく倒さねばならぬ相手である。

黒装束が首を動かして辺りをうかがうようにしている。その顔が五郎兵衛のいる方角まで動いてぴたりと停まった。ここは木陰になっていて絶対に見えないはずだ。実際に遠くから確認したからわかっている。なのに五郎兵衛の額に冷や汗が浮かんだ。

まさか、あいつ、この距離で気配を察するのか。

黒装束はしかし、いったん家の中に引っ込んだ。五郎兵衛がここは一時退却すべきかと思う間もなくすぐにまた顔を出す。今度はどういうわけかこちらに注意を払う様子もなく全身を外に出した。そして五郎兵衛がいるのとは反対の方角へあっというまに姿をくらました。

不思議な動きをする奴だ。誰かがいるような気がして動きが停まったのか。そういうことは自分にもよくある。それにしても、いまの姿にどこか違和感を感じた。

――わかった。いま出ていった奴は右肩から刀の柄が出ていた。だが最初に姿を見せたとき、その柄はたしか反対側の左側から出ていた。

もう一度慎重に思い浮かべてみる。たしかだ。間違いない。

これはどういうことだろう。さっき出ていった者は左利きだ。もしかすると黒装束はふたりいて、あの家の中にいまももうひとりが、右利きの者がいるということなのか。

しばらくのあいだ、うんともすんともいわない家を見張り続けた。もしかするとひとりは是清で、もうひとりは将間か。将間は右利きだ。なにかを放るとき右手を使っていた。一方、是清のことはそれほどよく見たわけではない。二度ほど、ごく短い時間会っただけだ。そのときはどうだったか。

自分が小屋ごと崖下に投げられそうになり、崖からぶら下がっていたとき、遠くの木の上からこちらを凝視していた黒装束。あれが是清だとして果たしてどちらに刀を差していたか。――どうもはっきりとは思いだせない。あのときは距離がありすぎた。右に差していた図と左に差していた図の両方が浮かんでしまう。

では二度めに見たとき、将間との戦いの最中にやはり遠くに現れ、将間から手出しは無用だと追い払われていた黒装束。あいつはどうだったか。五郎兵衛は必死で思いだそうとした。

あのときは……右だ。右利きだった。刀の柄が左肩から伸びていた。

するといま消え失せた奴は是清ではないのか。

もう一度家の方をうかがう。近づくのは危険だ。待つしかない。

忍びで両利きはそう珍しくはない。特に、生まれつき左利きの者は修業の過程で両利きになる者が多い。両利きなら戦いの上でなにかと優位に立てるからだ。

ただ、真剣勝負、ことに命を賭けた真剣勝負の場合には、自然ともとの利き腕に頼る。刀を振るう場合は特にそうだ。両手に刀を持つ殺法もあるが、その場合は二本の刀を持ち歩く。黒装束は一本しか持っていない。

忍者の黒装束にはもともと、体型を隠す意味もある。黒装束を身にまとうことによって細かい体型の差がわかりにくくなってしまう。いまのも、最初に姿を見せたのと次に出てきたのとが同一人物なのかどうか、ここからでは確信が持てなかった。同じ修業を受けた忍者同士であれば、ちょっとした動きの角度まで同じになってしまう。体を前後に重ねて走り、ひとりと見せてふたり、三人へと人数を変えて見せる技もある。

考えていくうち、もうひとつべつな考え方があることに気づいた。同一人物がわざと刀の位置を逆に変えて出てきたということだ。しかしその考えはどうも無理がある。まず、なんのためにそんなことをしたのかわからない。たとえばそれが別な人物への変装だとしてもおかしい。中途半端すぎるではないか。もともと全身黒装束なのだから刀の左右だけ変えても変装としての意味などほとんどないに等しい。

どうもすっきりしない。だが留意しておくべきことだろう。特にあの是清という忍者を相手にするときには。

だいたいあの藪須磨是清というのは変な奴だ。二度の邂逅を振り返ってみても、様子を見ているだけだった。戦うつもりがないのか、殺気すら感じさせなかった。

奇妙な奴。だが先ほどの消え方は警戒するに充分なものだった。あっという間に姿をくらませた。忍びである自分の目にあのような速さを感じさせるとは、尋常でない身のこなしである。手強い相手であることは間違いないだろう。


もう一度誰かが出てくるか。注視していたがなにも起こらなかった。そうこうするうち、ついに家の主である将間が戻ってきた。

現れた将間の姿に五郎兵衛は目を奪われた。なにかを、いや誰か人を抱えているのだ。抱えられたものは生きているのか死んでいるのか、手足を縛られ、将間の肩の上で体をふたつに折り曲げたまま運ばれている。体型からしてどうも女らしい。

——湯葉だ！

ちらりと見えた横顔で確信した。将間が湯葉を捕らえたのだ。それにしても、殺さずに運んできたとしたらどういうわけだろう。自分たちはいずれも、相手の五人をただ倒すようにと命令され……あっ、そうか。

奴はこの俺を嵌《は》めるために湯葉を使おうと企んでいる。そのためにわざわざ運んできたのだ。湯葉こそがあの家の仕掛けの重要な部分を担《にな》うのだ。そうに違いない。

夜の帳《とばり》が降りる。明るいうちから目を酷使した五郎兵衛も、今日はもうこれ以上の動きはないだろうと目を閉じた。

その頃――。

五郎兵衛がいるのと丁度反対側から家に近づくものがあった。蛇のように地面を這い進んでくる。家の壁のところまでくると、葉擦れと呼ばれるごく小さな声で呼びかけた。

「将間――」

「なんだ」

内側から将間が返事をする。

「俺だ。是清だ。ここは見張られているぞ」

「ふん。そうか」

「相当距離を置いている。いまここにいて感じ取れぬほどだ。だが、いる。反対側の先にある森の中ほどだ。俺はさらに大きく迂回してうしろから見つけた。五郎兵衛だ」

「やはりな。望むところだ。おまえ、奴には手を出すなといっただろう」

「わかってる。だからこうして知らせるだけにしている」

「ほかはどうした。ほかの伊賀者は」

「俺は真っ先に敵の大将を倒した。陣場半太夫という奴をな」

「そうか。遊んでいるだけかと思ったがちゃんと仕事もしたんだな」

「顔を切り取って木に貼り付け、見せ物にしてやった」

将間が驚いたのか少しの間があった。それからいった。

「残りは五郎兵衛と塔七郎と十佐という三人か。こっちも京太郎と紫真乃と李香がやられたからな。あとはおまえと俺だけだ」

「おまえは五郎兵衛をやれ。俺が塔七郎と十佐をまとめて倒す」

自信満々ないい方だった。暗闇の中、黒い影が家からゆっくり離れていく。

## 其の四

江戸で御持筒《おもちづつ》同心をしている掘忠恕《ほりただゆき》という男のもとを玄也は訪ねていた。御持筒同心というのは鉄砲隊を率いる御持筒頭の下、御持筒与力のさらに下に当たる役職である。鉄砲隊などというものは江戸幕府開闢《かいびゃく》以降文字どおり無用の長物と化していた。従って現実の仕事は城中仕切りの間の警護。つまりたんなる見回り警備員である。掘忠恕はかねてから文才がありまた調べ物を得意としたことから「重修諸家譜」なるものの編纂《へんさん》を任されていた。これは慶長年間以降の各国諸大名の動向、特に除封減封についての詳しい記録を取るものである。そのため掘は各国に幕府の目付として派遣されてきた者を呼び、またみずから訪ね、地方諸家の様子などを詳しく記録していた。これは要するに各国へ派遣されていた忍者に大名や城の事情を尋ねていたということである。伊賀甲賀を問わず誰がどこへ派遣されていたかこれほど詳しく知っている者もほかにあるまいと思われた。

「で、御広敷添番であるおぬしが拙者に御用とは」

初対面の挨拶をすませると掘が尋ねてきた。玄也はえへんと咳払いをした。相手の信用を得るには最初が肝心だ。ここで怪しまれては情報を得ることがむずかしくなる。

「実は拙者、故あって諸国の風物、特に食べものや酒といった特産物について調べておるのだ。方々の国へ行ってすごしてきた者に直接尋ね、それらのことを逐一聞きたい。おぬしならばさぞかしそういった者たちに詳しかろうということでな」

『さぞかし』と『詳しかろう』に力を込める。相手の虚栄心をくすぐる手だ。

「ふうむ、なるほど。たしかに拙者、これまで津々浦々へ派遣されてきた者たちと面識を持ってきた。特に知りたい地域はおありか」

すんなりと話に乗ってきた。この男は忍びではない。たんなる記録係である。猜疑心は人並みにあるだろうが、自分の地味な知識が褒められていい気分にならないはずがない。

「いくつかある。これからいう場所に詳しいものの名を教えてもらいたい」

実はこの質問には苦慮した。本当は知りたい甲賀者の名を出し、その者がいつごろどこへ行っていたか聞き出したい。だがそれだと相手にいらぬ疑いを抱かせないとも限らない。そこでこのような迂遠な方法を取ることにした。玄也は次々に国の名を挙げていき、掘が持ってきた帳面を繰って御徒目付の名をいうのを聞いていった。自分も持ってきた紙に書き付ける。

たくさんの名前を出した。その結果、このようなものが得られた。

麩垣将間　寛永十年　下総生実藩
藪須磨是清　寛永十一年　豊後府内藩
李香　寛永十四年　肥前島原藩
紫真乃　寛永十五年　讃岐高松藩
奢京太郎　右に同じ

必要なことが揃った時点でもういいということもできたが、そうはせずにさらにほかの国のことまで尋ね、饒舌になった掘がこうした諸藩のことを編纂する苦労話をするのまで興味深そうな顔をして聞いた。これで、あとになって疑ったところでこちらの真意が知られることはないだろう。

家に帰ると必要なことを伊賀文字に書き換えて手紙にしたためる。あとはそれを犬丸に持たせるだけなのだが、すぐにはそうしなかった。なんとなく情報が少ない。甲賀者の誰がどこに行っていたなど、大した役にも立たないのではないか。せっかく自分を頼ってきた塔七郎にもっとためになるようなことを教えてやれないものだろうか。

塔七郎の出身である伊賀の里で起きていることを調べてやろう。そう思う。だがそれはここにいてはどうにもならない。江戸と伊賀ではいかんせん距離がありすぎて、仕事の合間にちょっと行ってくるというわけにはいかない。調べようにもどうすればいいかわからなかった。

そんな折り、半蔵から呼び出しがかかった。

勤めから戻ると家の戸に紙巻きが針で留めてある。外して紙巻きを開くと、そこには伊賀文字で明日の昼に迎えに行くと記され、最後に服部半蔵と署名されていた。

──来なすったか。鴉の奴が忠言したのだな。

自分は殺されるのだろうか。いや、少なくともいまはまだ違うな。玄也はそう判断した。殺すつもりならとっくに鴉が来ているはずだ。まずはなにをしているか問いただすつもりなのだろう。

ただ、それをしゃべったあと、無事に戻れるかどうかはわからない。仕方ない。これまで調べたことだけでも塔七郎に送っておこう。奥にいる犬丸を呼んで手紙を持たせた。

「頼んだぞ」

無言でうなずくと犬丸は駆けだした。

翌日の昼。家の戸が叩かれ、外に出ると見知らぬ男が立っていた。

「乗れ」

男のうしろに籠がある。乗り込むしかなかった。玄也が乗り込むと籠が持ち上がり、走りだした。

自分のような下級のものに籠を使うとは。どこへ向かうか知らせぬつもりなのか。

──違う。そうであれば少なくとも目隠しくらいしないと意味がないだろう。乗り物の戸は下ろしてあるので外は見えないが、開けてはならぬともいわれない。わざわざそうはしなかったが、大体の見当では内堀を出て北へ向かうようだった。四半刻ほどすぎるとふたたび濠をわたり、どうやら郭内へ入っていくらしい。

いまのが雉子橋《きじばし》だとすると、向かう先はまさか――。

現在の五代め半蔵には会ったこともない。どこに住んでいるのかも知らなかった。伊賀者のあいだではそれはもういってはならぬ公然の秘密と化している。甲賀の凰助からも指摘されたように、いまや半蔵はその存在すら疑われているのだ。会えるとすればその疑いも払拭される。ただ、その居場所がこのような――。

「降りろ」

いわれて籠から外に出ると大きな門が正面にある。竹橋御門。もう間違いない。この向こうにあるのは紀伊大納言の屋敷である。

四谷の尾張家、小石川の水戸家と並ぶ御三家のひとつ、紀伊頼宣の家だ。わけがわからなかった。目付の首領にすぎない半蔵が本当にこの屋敷内にいるとでもいうのか。

迎えに来た男について門をくぐる。そこから向かった先はしかし、御殿ではなくそれを迂回するように歩いた。少しほっとする。そうだよな。いくらなんでも頼宣の居場所に向かうはずはない。

向こうから年寄りの侍が現れた。三浦長門と名乗る老臣だ。玄也に対して慇懃な態度で挨拶し案内するといった。玄也を連れ出した者がここで去る。

案内されたのは浜屋敷という感じの建物だった。実際、松林に囲まれており向こうに海が見える。内部は茶屋のように簡素な造りで、十帖ほどの座敷に連れていかれ、そこで待てと指示を受ける。長門が出ていった。

正面に襖がある。その向こうに人の気配はない。しばらく待っていると、襖の向こう側に誰かがやって来るのがわかった。ふたりの足音だ。どちらも年配の男と見当をつける。玄也は両手と額を畳につけて待った。

襖が開く。

「おぬしが玄也というものか。面《おもて》を上げい」

そのしゃべり方、声を耳にした玄也の全身を総毛立つような戦慄が走り抜けた。いわれたとおりにじりじり顔を上げていく。途中から畳についた両腕が細かく震えだした。

紀伊頼宣の存在は知っていても顔は見たことがない。だが、まず目に入った純白の小袖とその上にある葵《あおい》の紋が染められた同じく白の羽織を見ては、顔が自動的にふたたび下を向くのも無理はなかった。もうひとりの姿など観察しているいとまもない。

――どっ、どうして紀伊大納言が俺なんぞに会うのだ。一体なにが起きている。これは夢か。

「おまえはなかなか面白い性格の男だな」

頼宣がいう。

「己の利にしか興味がない忍び者には珍しく、仲間を大切にする。自分の地位など顧みずに世話を焼く。そんな下人がほかにあるかの」

下人というのは侍が忍者を軽蔑して使った言葉だ。信長などが好んで用いたというが、近ごろはほとんど聞かない。

「親分肌があり子分からも慕われている。好奇心も強い。周りでなにが起きているのか嗅ぎ回る知恵も術《すべ》も心得ておる――」

こちらの返事を強制するいい方ではない。そんなことまで知っておるのだぞと威嚇しているのだろうか。玄也は下を向いて黙っていた。

「のう伊豆。この者などどうじゃ」

隣の男に話しかける。伊豆……まさか。ちらりと頼宣の隣に視線を動かす。完全な白髪の下で眉だけが黒く濃い。体つきは壮年という感じで隙がなく、玄也の方に向けられる双眸《そうぼう》も鋭い光を放っていた。頼宣が小さ刀を差しているのに対し無腰で、黒い小袖に継ぎ裃を着けている。

伊豆――このような外観をし、伊豆と呼ばれる該当者はひとりしかいない。豆州こと伊豆守信綱に相違なかった。

「そうでございますな。検討してもよろしかろうかと」

ふたりしてわけのわからない会話をしている。伊豆守が玄也に向かって話しかけてきた。

「おまえたちのあいだでは半蔵のことがさぞかし話題になっておろうの」

半蔵――そうだった。ふたりと対峙《たいじ》した途端、そんなことなど頭から吹っ飛んでいた。そもそも自分は半蔵に会うため呼び出されたのだ。肝心の半蔵はどこにいる。

「半蔵はどこにいると思っているな。ここに、おまえの正面におる。わしがいまの半蔵じゃ」

――冗談をいっているのだと思った。自分などからかってどうなるのかはわからないが、そばでにやついている頼宣と一緒になって一介の忍びの首を傾げさせている。

「三代めと四代めの半蔵が佐渡にやられたのは、奴ら兄弟がいずれも私利私欲に走るようになったからじゃ。幕府を守護する役目の元締めがそのようでは務まらぬ。よって五代めはいまだ空席だ。だからわしが代理をしておる――」

そう聞いて最初信じられないと思った心が徐々に信じる方へと傾いていく。なるほど、それなら五代め半蔵の顔を誰も知らないのもうなずけるというものだ。

「じゃが、このままでよいとは思っておらん。忍びの総元締めはやはり忍びがやるべきだ。忍びの心を持ち、忍びの習性を知り抜いた者でなければ奴らを真に役立てることはできん。そこで候補を探しておったのじゃ」

そのような事情を自分のような者に向かってしゃべる意味がようやくわかった。頭を伏せたまま玄也はいった。

「まことにもったいないお言葉でござりまするが、この玄也、到底そのような大役が務まる器ではござりませぬとて、謹んでお断り――」

「まあ待て。そう簡単に断るものでもないだろう」

伊豆守信綱が玄也の言葉を遮《さえぎ》っていう。

「すぐにというのではない。おぬしはまだ若いしの。じゃが、将来そういうこともあるつもりで精進せいといっておるのじゃ。

考えておくように。よいな。その意味もよくよく考えるのだ」

平伏して聞くよりほかなかった。

ふと気づくとひとりで帰り道を歩いていた。あれからどうやって出てきたのかおぼえていない。足取りも浮き足だっているようで、まるで自分の足で歩いている気がしない。玄也の頭の中はいわれたことで一杯だった。

次代の半蔵をやれといわれた。本当のことだろうか。伊豆守は本気で自分にそんなことをいったのか。

――わからない。あのような人物の真意など考えても無駄な気がする。

では自分自身はどうなのだ。自分は服部半蔵を名乗りたいか。

これもわからなかった。まるで実感が湧いてこない。忍びの頭領。自分がそんなものをやっているところなど想像もできない。

さっきは咄嗟のことで断りをいいそうになったが遮られた。再度の要請があった場合にそれを拒絶したら自分はどうなるのか。

不吉な予感が首をもたげてくる。先ほどの問いかけは本気で自分に半蔵を継がせようというのではなく、行動を慎めということなのか。自分がいまやっているようなことをやめるよう、暗にいいくるめられたのではないのか。

懐柔、脅し――伊豆守の言葉にはいろいろな意味が含まれているように感じられる。

現在の半蔵は実はおらず、伊豆守が代理をしているなどと平然と教え、他言するなともいわなかった。将来自分がその役目を担うかもしれないとなれば、みずからカラクリをいいふらすことなどすまいという読みが感じられる。

自分の手足ががんじがらめに縛られたように思えるのは気のせいだろうか。余計なことはなにもせずときを待て。さすればよいことが待ち受けるかもしれぬ。そう諭《さと》された。そういうことなのか。自分の家に着くころにはようやく足の感覚も戻ってきた。それにつれ内側から怒りが沸々と湧いてくる。

へん、そんな手に乗るものか。俺を誰だと思ってるんだ。自分の地位も顧みずに、などと抜かしておいて一体なにをいいやがる。好奇心も強く？——あたぼうよ。阿呆じゃあるめえし。幕府の階層の中で少しでも上に行こうとあくせくしてる木っ端役人なんぞと俺を一緒くたにするんじゃねえ。ようし、頭にきた。こうなりゃあっちの嫌がることを徹底的にやってやろうじゃねえか。なあにが知恵伊豆だ。あの爺い。底意地の悪そうな面《ツラ》しやがって。古狸め。いまに見てやがれ。まずは塔七郎。おめえを助けるぜ。どうやらそれが奴らの癇《かん》に障るみてえだからな。

◇

「のう伊豆、本当にいまの者をそれほど買っておるのか」

玄也が出ていった部屋の中で頼宣がいった。

「正直、そこまでの器かどうかまだわかりませぬ」

「ではなぜ内情まで話した」

「ああいっておくことで、あの者の器量がはっきりすると踏んでのことでございます。あの者がこれからどう行動するか、しかと注視しておれば。ただ、忍びの頭は忍びの方がよろしいというのは本当でござる」

「そういうものか」

「忍びというものは、同じような修業をした忍び以外は信じませぬ。いまのままではいずれ目付全体がやっかいな存在になりかねませぬ」

「おぬしが使《つこ》うておるあのなんといったか。ああ鴉とかいう者。あれはどうなんじゃ。かなり手練《てだ》れだというておったではないか」

「たしかに腕は立ちまするが、あれには頭がありませぬ。大勢を統率することなどとても無理な話」

「ふうむ。増えすぎた浪人の問題といい、おぬしも悩みはつきぬのう。ときに、伊賀と甲賀の話はどうなった」

「あれはもう始動してござりまする。これまで通り、きっとうまくいくことでござろう」

「さすが知恵伊豆といわれただけのことはあるな。幕府《こちら》の手を汚さずにすむ方策を考え出すとはな。今後も、なにが起ころうとおぬしのことだ、いずれまとめて解決してくれると期待しておるぞ」

# 其の五

木挽の里の頭領、東善鬼が殺された。

凶器は刀だった。体の正面、首の付け根から斜め下に向けて突き通された刀が心の臓を貫いていた。

自分の家の中で、周囲は血みどろだった。

紋はそれを知るとすぐに頭領の家に駆けつけた。すえが心配だった。刀は抜かれていたものの、床に横たわった血みどろの死体を見て足がすくむ。すえは死体の向こうで小さくなって座っていた。本当に体が縮んでしまったように見えた。

「かあさん、大丈夫」

話しかけても返事がない。視線も動かない。室内にいた六蔵という老人が首を振って外に出るようながした。

「ねえ、どうして頭領がやられるの」

外に出された紋は六蔵に食ってかかった。六蔵はまた首を振る。

「わからねえ。すえさんが外に出た隙にやられたってことしかな」

「あの血の付いた刀は誰のもの」

「頭領のだ」

紋の頭の中に善鬼が刀を自分の胸に刺す姿が浮かんできた。でも、そうだったとしても、どうしていまなの。いまごろになってなの。

もう下手人が誰かも、なぜ殺しが続くのかも追及する者はいない。紋の足はいつしか桔梗の家に向かった。とても悠長に歩いてなんかいられない。走って辿り着くと声もかけずに戸を開ける。桔梗はひとりぽつんと座っていた。

「なにをやってんだい。一体――」

紋も口ごもった。桔梗になにかをいいに来た。それはたしかだ。だがなにをいいに来たのかわからなくなった。ああもう、どうすればいいんだ。

「――あたしはいったんだ。お願いしたんだよ」

桔梗がいう。聞いたことのないような暗い声だった。つかつかと入っていくと紋は桔梗の肩をつかんだ。

「どういう意味なの。頭領がみんなを殺すのをやめないからあんたがやったっての」

桔梗が呆けたような顔で紋を見上げた。あり得ない。桔梗程度のものが頭領を斬れるはずがない。

「ねえ、なにかおいいよ。お願いしたってなにをお願いしたのさ。どうしてあたしにはいってくれないのよ」

つかんだ肩を揺すぶった。桔梗がなにかを隠していることはわかっている。この期に及んでもまだ、それを語るつもりはないようだった。

こいつ――。紋は黙っている桔梗の頰を張った。一発、二発。左へ、右へ、桔梗の体が座った尻を支点に半回転する。それでも答えなかった。赤らんだ頰をかばいもせず、紋と目を合わせようともしない。歯を食いしばり、肩で息をしているのは自分ばかりだった。くっ、畜生め。馬鹿にしやがって。この女、殺してやろうか――。左手で桔梗のうしろ髪をつかみ、懐剣を取り出して喉もとに突きつけた。

「なんとかいいなさいよ。斬るよ」

それでも相手は口をつぐんでいる。その目を見るうち、紋の頭にべつなことが浮かんだ。

「いっとくけどね。もう塔七郎は戻ってこないよ」

「えっ」

ようやく反応があった。ふん、やっぱり男だ。もっと早く気づけばよかった。

「塔七郎の子分のサンカの子供が来たんだよ。その子にあんたのふりをしていってやった。もう戻ってくるなって。あんたなんか好きじゃなくなった。ほかに男ができたんだからってね。だからあいつはもうここへは戻ってこないよ」

「どうしてそんなことを」

「ふん。なにも教えないくせして人にだけ訊くんじゃないよ。さあ、どうなんだい。これ以上殺しは起きるの。もうお仕舞いなの」

「――終わらないわ」

桔梗のその言葉に紋は殴られたような衝撃を受けた。目のまえが真っ暗になるような絶望が押し寄せる。このままじゃやっぱり自分も殺されるんだ。どうしておまえがそんなことをいえるのかという問いすら浮かばず、踏ん張っていた足がよろけた。張りつめていたなにかがぷつんと切れる気がした。

「わーっ、うわーっ、もういやだ。いやだいやだいやだいやだ。いやだよーっ」

つかんでいた桔梗の髪を乱暴に放し、外へ走り出る。そのまま滅茶苦茶に駆け続けた。目指すは里の外だ。もはやこれまで。もうこんなところにはいられない。みんな死んじまうがいい。あたしはいやだったらいやだ。誰かに斬られるなんて絶対いやだ。

途中誰とも出会わない。誰の目に留まることなく里の外に出てしまった。さらに走る。喉が痛くなってくるが足が止まらない。走って走ってあんな里から離れるんだ。

喉からひいひい音が出た。足が左右によれ、何度もつんのめりそうになる。と、突然道端からなにかが現れ、紋を停めた。若い男だった。

「どうした女。なにがあった」

紋は口をぱくぱくさせるだけで声が出せなかった。そのまま男の胸に倒れ込む。涙が出てきた。そのままおいおい泣いてしまう。男は呆気にとられたようだったが突き放すようなことはせず、紋の肩を抱いたままじっとしていてくれた。

「あっ、あんたは――」

ひっくひっくしながらようやく声を出す。

「俺か。俺は犬丸という伊賀者だ。おまえは」

「あたしは紋。里を逃げてきたとこ」

犬丸が後方に目をやる。追ってくる者なんかいない。あたしはただいられなかったんだ。あそこから逃げだしたかったんだ。

「なにがあった」

訊きながら犬丸が懐から竹筒を出し、水を飲ませてくれる。紋は咳き込みながらそれを飲んだ。

「もうしばらくまえから、里でどんどん人が殺されているんです」

犬丸は驚かなかった。噂を聞いているのだろう。

「今日、頭領がやられました。あたしはもういられなくて逃げてきたんです」

「頭領が。そうか。まだ歩けるか」

うなずくと、立ち上がるのに手を貸してくれる。

「とりあえずべつな里へ行こう。俺の知っているところがある」


犬丸が連れていってくれたのは紋の来たことのない里だった。崩れた城郭が残っている。里の入り口で待っているようにいい、ひとりで中に入っていった。やがて老女を連れて戻ってくると、きぬだと紹介した。家に入れてくれるという。

「俺の祖母なんだ」

犬丸がいった。

きぬはひとり暮らしらしく、質素な住まいはきちんと片付けられていた。どれだけ事情を聞かされたのか知らないが、きぬが疲れただろうといい布団を敷いてくれた。それに甘えて横になっていると、すぐに眠気が襲ってきた。


起きると、食べもののいい匂いがした。きぬが汁ができたところだといった。犬丸の姿はない。

「犬丸さんは」

「仕事があるつうてな、出ていきよったわ。まあむかーしっからじっとしとられん子でな」

そういえばまだまともな礼もいってない。紋は内心恥じた。

「——ここへも噂は伝わってきてるよ」

山菜の入った汁をかきこんでいるときぬがいった。

「あんたのとこから逃げてきたって人もいた」

名前を聞くとたしかに知った者だった。

「それを聞いたとき、ああ、また始まったんだと思ったね。でも、あんたのとこは頭領までやられちまったっていうじゃねえか。そりゃことだねえ」

紋の手が停まる。聞き捨てならない言葉だ。黒い手に後ろ髪をつかまれたような気がした。

「また始まったって、どういうこと」

「ああ。何年かまえにべつの里でもあったんさ。里のものがなん人も立て続けに亡くなるってえことがね」

自分のところで起きたことがほかでも起きている。紋が啞然として両目を見開いていると、興味を持ったと思ったらしいきぬが話してくれた。

「里ん中でも強者《つわもの》っつうか腕の立つものばかり三人だか四人だかがある仕事で呼ばれていった。んで、その者たちがいねえあいだはなあんも起こらんかったんだが、どういうわけかそのもんらが帰ってきてから里のもんが立て続けに殺されていっての。まあ帰ってきたんは全員じゃのうてふたりばかりだったそうじゃが、結局はそのふたりも亡《の》うなったそうな。里全体じゃ十人以上が命を落としたっつうとる」

恐ろしい話だ。ただ、自分の里とは違うところがある。まずは仕事に出ていった人数。今回は五人だ。もっと大きく違うことがある。殺しが始まったのが、その者たちが帰ってきてからだという点だ。紋の里ではまだ塔七郎たち五人のうち誰も帰ってきていない。なのに、五人が出ていった直後から殺しが始まった。とっくに十人以上が殺されている。

だが似通った話であることは認めざるをえなかった。里の中で腕利きとされる者たちが仕事で借り出され、残った者たちが多数殺されている。大筋においてほとんど同じだ。

どういうことなんだろう。一体これはなにごとなのか。伊賀に伝わる儀式？　少なくとも自分はそんなもの聞いたことがない。

「あの、ほかにも同じようなことはあったんでしょうか」

おかわりを断りながら訊いた。食欲が失せてしまった。

「あったらしいがね。どことは知らんが。ただ、いま話したその里でも、頭領は殺されなんだそうじゃ。それどころか、自分の里のもんが大勢死んでも、けろってしとったってことだ。あれはきっと、どこかもっと上からの命令があったんぞなってみんな噂しとったな」

もっと上からの命令。うなずけるものがあった。今回のことでも、塔七郎たち五人が出ていくまえ、その命令を運んできた者がいたと聞いた。

でもなんのためだろう。里の人がどんどん殺されるような、そんな命令を出したりするだろうか。

あっと思った。桔梗が知っているのはきっとこれなんだ。桔梗は頭領のところへもたらされた命令の内容を知っている。それで頭領に直談判しにいったのではないか。

……でもおかしい。里の人がこれ以上殺されないようにお願いしにいき、それはもう無理だといわれた。そういった頭領が殺されてしまったのだ。なのに桔梗は、まだ殺しは終わらないといった。変だ。意味がとおらない。どうしてうちの里だけ殺しが止まらないんだ。一体これ以上、誰が殺し続けるっていうんだい。

ただ、里を逃げだした者に追っ手がかかったりはしていない。殺しはあくまで里内に限られている。それはほっとすることだったが不思議でもあった。これが忍びの掟破りだったりしたら、命ある限りどこまでも追われる。そういったものとは性質が違うらしい。本当に誰かの命令で行われていることなんだろうか。

それ以上の考えを巡らすのは紋の手に余ることだった。ただ、桔梗はもっとなにかをつかんでいる。それは確実だ。それが知りたいと思った。

――頭領まで殺されたとは、こいつはいよいよもって尋常なことじゃないぞ。

祖母のもとに紋を預けたあと、犬丸はふたたび例の里を目指していた。

伊賀まで来る途中、玄也からの手紙はほかの伊賀者にわたした。それは手から手へわたって、目的の相手に届くころだろう。偶然出会った紋から里の事情を聞くことができ、噂が本当であることがわかった。玄也の友である塔七郎のいた里で次々に人が殺されていっているという。なに者が、なんのためにやっているのか。

里に残っていた腕利きはすでにひとりも生きていないという。つまり下手人はそれほどの腕まえだということだ。間違いなく自分より上手だろう。近づきすぎれば命が危ないことはいうまでもない。これ以上のことをどうやって探ろう。

いきなり里に飛び込むより長期戦でいった方がいいだろうと思う一方、江戸にいる兄貴分の玄也のことも気懸かりだった。兄者はもともと頭に血が上りやすい質《たち》だ。挑発に乗って果たし合いに応じたこともある。そのときは相手が腰抜けだったからそれ以上発展せずにすんだものの、またいつなんどきそんなことが起きても不思議じゃない。

どうも今度のことには入れ込みが激しいように思えて仕方ない。犬丸は会ったこともないが、塔七郎という仲間をそれほど信頼しているということなのだろう。張り切るあまりみずからなにかを探る気でいるようだが、下手をして見咎められ、追いつめられでもすれば、あの引かない性格だ、どうなることかわかったもんじゃない。

義理に厚く面倒見のいい兄者。自分のことを弟分としてかわいがってくれ、忍びの術のみならずいろんなことを教えてくれる。腕前だってたいしたものだ。だが犬丸は知っていた。あんなふうになったときの兄者は特に注意が必要なことを。危なっかしくてひとりきりで放っておけない。

紋という女と出会った辺りまでやって来たとき、思案しながら歩いていた犬丸の足が止まった。自分でもどうしてかわからない。意思に反して勝手に止まった。そんな感じだ。

胸元に圧迫されるような気配を感じた。前方に伸びた自分の影の中から、それは立ち上がったように見えた。

全身黒ずくめ、顔面も両目だけしか外に出していない。その者の放つ禍々《まがまが》しい雰囲気に犬丸の全身は凍り付いたようになった。

「この先になに用か」

黒い男が問う。

「——おっ、おぬしの知ったことではない」

なぜだろう。口を開けるのすら力がいる。それにしても異様なほどの黒ずくめだ。普通なら両目と一緒に眉間くらいは外に出しているものだ。目のまえのこいつは文字どおり目しか見えない。ふたつの小さな穴から身震いしたくなるような鋭い視線が自分に向けられている。

「おまえはなに奴だ」

黒い男の方からなにやら膏薬じみた匂いが漂ってきた。これはたしか、火傷をしたときなどに塗る薬の匂いだ。

「おまえこそなに者だ。先に名乗れ」

両足を踏ん張っていい返す。力を込めていないと膝が震えだしそうだ。それほどこの相手からは恐ろしい気が感じられる。現れ方といい、まず自分がかなう相手ではないだろう。

「死にたくなければここから先へは進むな」

左手をまえに出す。親指と人差し指のあいだに小さな輪のようなものを持っていた。鉄製なのか銀色に光っている。弾くような音がして指のあいだで輪が回りだした。きらきら輝く小さな輪が蠱惑《こわく》的に回転する。あっ、いかん、見てはだめだ——そう思ったときにはもう遅かった。輝く輪の回転以外、黒い男もなにも見えなくなっていた。吸いこまれるように見つめてしまう。意思がだめだと思っても体がいうことをきかない。いつまでも、ずっと見ていたいと全身が請い願っている。

どれくらいたっただろう。ふと気づくと輪が消えていた。自分以外、周囲には誰もいない。辺りはすっかり暮れていた。なんてことだ。一体どれくらい立ちつくしていたのだろう。がくりと膝をつきそうになった犬丸は下を見てはっとした。地面に線が引かれていた。自分の爪先のすぐ先のところだ。深く刻まれた横向きの線。

これ以上進むな。線がそういっていた。

## 其の六

東善鬼の妻、すえが里の中を歩いていた。片手に短めの刀を提げている。足取りがおかしかった。

浮き足立つような小刻みな動きになったり、重々しい調子になったりする。

「桔梗――」

ときおりその名を口に出しながら歩き続ける。その住み処に辿り着くと、奇妙な猫なで声を出して呼びかけた。

「桔梗。あたしだ。入るよ」

戸を開けて中をのぞく。桔梗が手拭いを頰に押し当てていた。

「まあどうしたんだい」

どこか調子のはずれた、だが甘い声を出す。

「紋が――」

いいながら桔梗の目が刀の方にいく。

「そうかいそうかい。そりゃあ痛かったろう。どれどれ、かあさんに見せてごらん」

刀を持ったままますえが近づいていくと、桔梗が立ち上がってあとずさりした。

「どうしたんだい。見せてごらんって。おやおやずいぶんひどく叩かれたもんだねえ。薬はあるのかい」

口調の甘さがどんどん増していく。刀を中段に構えた。桔梗も小刀を取り出す。

「ほう、そうかい。かあさんとやり合うってのかい。あんたもくノ一だ。そうこなくっちゃねえ」

二歩まえに出ると刀を振る。桔梗がうしろに飛び退いてよけた。

「あたしは受けた命令を守る。だからこうしなくちゃならない。わかってるね。あの人はなんにもしなかった。全部人任せだ。だからあたしがやる。いいね。あんたに恨みなんかこれっぽっちもないよ。むしろいまだってかわいくてかわいくてしょうがないんだ。でもこればっかりは仕方ない。残りの者のためなんだ。覚悟をおし」

目の邪魔になるほつれ毛を左手で払いのけ、今度は突きの体勢を取って桔梗目がけて突っ込んでいく。

「ああっ」

左によけた桔梗に肩がぶつかり、ふたりとも倒れる。桔梗がすえの手首をつかんだ。

「じゃあかあさんはどうしてもやるっていうの」

「そうさ。邪魔をするでないよ」

床の上でふたりは組んずほぐれつしながら互いの刀を奪おうとした。桔梗の小刀がどこかへ飛んでいく。

「放しな。放しなって」

「いやだ」

ふたりが半分起きあがった恰好のままよろけ、壁にぶつかり、今度は反対側の壁に体当たりした。床にあった雑多なものが飛び散る。すえが目のまえにきた桔梗の耳に嚙みついた。桔梗が肘ですえの胸を突く。すえが親指で桔梗の目を突こうとし、桔梗がすえの髪をつかんでむしった。ふたりは一本の刀の柄をつかんだまま、力の限り引っ掻き、嚙みつき、殴り合った。

「うっ」

動いた拍子に桔梗の足が尖ったものでも踏んだらしく、瞬間的に力が抜けた。すかさずすえが刀を取り戻す。向きを変えずに柄頭で桔梗のこめかみの辺りを殴りつけた。桔梗が棒のように倒れ込む。

「さあて観念をおし。あんたがいたんじゃ、結局なにもかもうまくいかなくなるんだ。そんなことはあの人だってわかってたろうに」

息を切らせていう。桔梗が上体を起こした。だが足腰がいうことをきかないようだった。こめかみを殴られたせいだ。すえが刀を上段に構えなおした。そのとき、すぐうしろに誰かが立った。忍びの心得のあるすえも気づいたはずだった。里の誰かだろう。構うものか。いまさら誰に見られても同じだ。そう思ったのか振り返ろうともしない。

持ち上げた刀を、桔梗の頭目がけて振り下ろす。

## 其の七

副え木を外し、肘を動かしてみる。引きつるような痛みが走った。ほとんどよくなっていない。折れた骨は簡単にはつかない。仕方ない。自分ももう歳だ。これはもう死ぬまで完治しないだろう。

五郎兵衛はこれ以上副え木をあてるのをやめた。それなしだと、腕を下に向けただけで痛みが生じたが、そんなものに頼ることで心に弱気の虫が入り込んでくる方がよくないことだと思った。

ほとんどの仲間が自分の半分も生きずに死んでいった。忍びとはそういう稼業だ。俺は運がいい。充分に長生きした。あの将間を倒し、まだ生きているなら湯葉を救ってやろう。その過程で死ぬのも運命というものだ。

将間が湯葉を連れ込んで立てこもったあと、風向きによって漂ってきたあの鉄の焼ける匂いももうない。将間の仕掛けが出来上がったのかもしれない。本当は準備が整うまえに攻撃したかったが。五郎兵衛はまだ隠れ場所で距離を取っていた。近づけば向こうも気づく。といってこのままでは内部の様子がつかめない。なにかきっかけが欲しかった。

それは向こうからやって来た。

五郎兵衛の見ているまえで平屋の戸が開いた。将間がひとりで出てくる。鋼色の頭。将間に間違いない。小脇に箱を抱えていた。人が入るようなものではない。道具箱といったところだ。将間が自信ありげな足取りでのっしのっしと近づいてくる。まさか、こっちの存在が知られているのか。五郎兵衛は思わず後ずさりしかけた。すると数歩歩いただけで将間が停まった。大きく口を開ける。吠えるような声を出していった。

「五郎兵衛。いるのはわかっている。俺はこれから出かける。おまえの仲間の湯葉はあの中だ。助けたくば入っていくがいい。じゃあな」

あっけに取られて見守る五郎兵衛のまえでくるりと身を反転させると、道具箱を抱えた将間が反対方向へ走りだす。平屋の横手を通りすぎ、どんどん走っていく。あっというまに見えなくなった。

五郎兵衛はしばらくのあいだそのまま見張っていた。

あんなことをいったが、まず言葉どおりではなかろう。罠があるに決まっている。だが……。将間がひとりで出てきた以上、湯葉がまだあの中にいることはたしかだ。出てこられるのなら出てくるはずなのだから、出られないよう、なんらかの拘束を受けているに違いない。つまり、たとえ生きていたとしても、自分がここで手をこまねいていればいずれ死んでしまうということだ。

どうする。どうすればいい。

しばらく考えてみたが、それは無駄だということがわかっただけだった。行くか見捨てるか。どちらかしかないのだ。

——生きている可能性がある以上、行くしかない。そうするしかないのだ。こちらがそうすることがわかっていて、相手がなにかを仕掛けたことがわかっていても。

五郎兵衛は隠れ場所から出ていった。

——中に踏み込んだ途端、家ごと爆発するかもしれない。あの将間が考えそうな手だ。

戸口までは普通に進む。そこで息を吐いた。ようし、人はどうせ死ぬんだ。

戸に手をかけると一気に開けた。一歩踏み込む。

——なにも起こらない。爆発も、天井が落ちてくることも、床からなにかが突きだしてくることもない。

目が湯葉の姿を探した。いた。奥の壁際にいる。しかも、向こう向きだがひとりで起きて立っているではないか。見たところ縛られてもいない。ほっとしそうになったが警戒心がそれを押しつぶす。

変だぞ。こんなはずはない。普通に生きているなんてはずが。

「おい湯葉、大丈夫か」

言葉は返ってこない。だが反応はあり、湯葉の体がふらりとこちらを向いた。なにかがおかしい。気をつけろと自分の直感が告げる。

「どうした湯葉」

進めばなにか仕掛けが作動する。湯葉がそれを教えてくれるのではないか。しかし湯葉はなにもいってくれなかった。窓もなく火もない。明かりはいま五郎兵衛が開けた戸からの光だけだ。表情などは見えないが猿ぐつわなどを嚙まされている感じでもない。なのになぜ湯葉は答えないのだろう。薄気味の悪い予感が五郎兵衛の身をすっぽり覆った。

もう一歩まえに出る。さらに一歩。と、そのとき——。

突然、ふらりとしていた湯葉の体が硬直した。そして次の瞬間。

「あっ。ああーっ」

さすがの五郎兵衛も声を上げずにはいられなかった。湯葉の首の周囲から赤い血が垂れ落ち、続いてどさりと首が床に落ちたのだ。続けて体もまえに倒れ込んだ。

気づいたときにはそばまで来ていた。罠など気にしている場合ではなかった。それに本能が悟っていた。これが、これこそが将間のやりたかったことなのだと。これほどのことを見せつけてほかの小細工など必要ない。

しゃがんで湯葉の体を見る。首の切り口から血が流れ出ていた。信じられない。五郎兵衛は自分の目を疑った。いまのは一体なんだったのだ。なにが起きた。

倒れた湯葉の手を取った。当たりまえだがまだ冷えたりはしていない。硬くもなっていなかった。一体全体、誰がどんなふうにして首を切ったのか。立ち上がって向こう側の壁を調べた。誰かが隙間から刃を躍らせたのかと思ったのだ。だがそんなはずはなかった。刃が出たなら自分が見逃すはずがない。

飛び散った血がこびりついた背後の壁は、板と板の合わせ目にごく細い隙間はあったものの、人の首を断つほど強力な刃物が出入りできる隙などまったく見当たらない。

それに、もうひとつ思い当たる。あの切れ方も刃物らしくなかった。刃物なら左右どちらかから切れていくはずだ。だが湯葉の首はどちらともなくいっぺんに全体が切れたように見えた。むろん、正面からでは顎が邪魔で完全に見えたわけではないが、たしかにそんな感じだったという視覚の記憶が残っている。

……わからない。

と、そのとき不思議なことに気がついた。湯葉の手だ。さきほどまではそんなことはなかったはずなのだが、湯葉の手の指、右手の人差し指から小指までの四本がいずれも内側に曲がっているのだ。直角に曲がっている。いつのまにそうなったのか。五郎兵衛はしゃがんでその手を取った。

「どうした。どういうことなんだ。湯葉、奴はおまえになにをした」

首を失った湯葉が答えるはずもない。だが五郎兵衛は呼びかけずにはいられなかった。おまえほどの生命力がある奴はいないな。かつて湯葉にそういったことがある。窒息するような目に遭っても息を吹き返し、毒を飲んでも復活してしまう。そういうところがあったからだ。おまえは死んでも死なない奴だ。そうだろう。五郎兵衛は落ちている頭を両手に持った。それを首の切り口にあてがう。馬鹿馬鹿しいことだ。だがもしかすると湯葉なら、という気もする。

えっ――。

湯葉の首の切り口がぎざぎざだった。なんだこれは。これは一体どういう切り口なんだろう。

湯葉の頭を下ろして置き、切り口をよく調べた。やはり断面がでこぼこだ。大振りの刃物で刎《は》ねた場合、こうはならないだろう。だがよくよく見ると、部分部分ではやはり刃物を使ったらしく見えた。まるで、ごく小さな刃物で少しずつ切っていった。そんなふうに見えるのだ。馬鹿な。ありえない。さっき首が落ちるのには瞬《まばた》き程度の時間しかかからなかった。それなのに。

切り口断面の様子と切られ方に明らかな矛盾がある。

「はっはっはっ。どうだ。わかったか」

頭上から声が振ってきた。あまりに死体に集中していたため、将間が戻ってきたことも気づかなかった。

「ふふふ。降参しろ五郎兵衛。負けましたといえ。奇計を案じる腕では俺の方が上だと認めろ。さすれば教えてやらんでもないぞ」

くっ、馬鹿にしおって。

怒りに駆られた五郎兵衛は戸口へ走った。出ると同時に刃の長い手裏剣を投げ上げる。甲賀に来て最初に奢京太郎を倒した武器だ。外の光に煌《きら》めきながら、手裏剣が弧を描いて飛んでいく。続けてもうひとつ。さらにもうひとつ。最後のひとつはわざと時間をあけて投げる。

将間がひとつめを頭を下げてよけた。ふたつめは低く襲う。刀を抜いた将間がそれを受ける。遅れて飛んでいく三つめを受ける体勢を取った将間のうしろから、戻ってきたひとつめが襲う。相手を見ながらではなかったので狙いの精度がいまひとつだ。三つめの手裏剣を刀で受けた将間の肩口をひとつめの長い刃がかすめた。五郎兵衛はすぐさま今度は棒手裏剣を投げた。これはまっすぐ飛んでいく。見えない糸に引かれるように将間目がけてまっしぐらに空気を切り裂いた。将間の顔から余裕が消えた。

「うっ、うぬっ」

みずから倒れ込むように屋根から飛び降りることでやっとよける。五郎兵衛は右手が使えないことの不利を痛感した。

「右手はどうした」

相手にも見抜かれた。

地面に立った将間も肩で息をしている。左の手先から血が滴った。肩口の傷は着物を切っただけでなく下の肉まで到達したのだ。ぎりぎりでよけたつもりでも、あの刃の長い手裏剣は引っかけてしまう。

だがまだ向こうに分がある。ふたりは三間の距離を挟んで平行移動した。将間が持っているのは動きの速さを重視した短い刀だ。一方五郎兵衛は刀を抜いていない。あくまで得意な飛び道具で勝負するつもりでいた。

平行に動いていた将間がいきなり角度を変えて突っ込んできた。五郎兵衛はいったん離れると見せかけてからあえてまえに踏み込む。左手に持った小刀で相手の一刀を受けた。

「どうだ。なぜ首が落ちたかわからぬか」

顔をつきあわせた将間が押し込みながらいう。歯を食いしばって圧力に耐えながら痛む右腕で玉状のものをつかみ出す。いきなり黒い煙が広がった。将間が一瞬力を抜いたのを逃さず斜めうしろへ飛び退く。濃い黒煙があっというまに視界を奪った。

「逃がさんぞ」

煙の中から飛び出した将間が刀を伸ばし、なにかを貫く。それは五郎兵衛が一瞬のうちに脱ぎ捨てた着物の塊だった。将間が刀を振ってそれを落とし、左右を見わたす。五郎兵衛は下生えのあいだに隠れ、そこから手裏剣を放った。今度はふたつ。いずれも将間がいるのとはあさっての方向へ飛んでいく。反応した将間が五郎兵衛の居場所の方を向いたとき、左右に分かれた手裏剣が同時に襲った。刀ではどちらか一方しか対処できない。将間もそれを悟ったらしく上に飛び上がった。その姿目がけて五郎兵衛が火薬玉を投げつける。将間の振り回した刀に当たり、すさまじい破裂音を響かせた。刀の刃が折れて飛び、将間の体もうしろに落ちていく。そのさまをすべて見るまでもなく五郎兵衛は反対に向けて走りだした。

もっと複雑な地形が必要だ。それを味方につけるしか勝てる道はない。

「待て」

将間の声を背中で受けながら五郎兵衛は一心に走った。倒されるのは仕方ない。だが奴にも相応のものを味わわせてやる。

幸いここは山岳地帯だ。少し走れば入り組んだ場所に出くわす。険しい岩場を猿のように駆け抜けながら長刃手裏剣があと三つしか残っていないことを確かめる。棒手裏剣が五本。煙幕と火薬玉がふたつずつ。

「貴様、戦う気がないのか」

思ったほど声が近づいてこない。振り返ると、追ってくる将間の顔半分が血だらけだった。火薬玉に斬りつけたとき、顔に傷を負ったらしかった。あれでは左目は見えないだろう。少し勝ち目が出てきた。

手頃な林が見えてきた。五郎兵衛は体を左右に振りながらそちらへ向かい、最後の瞬間に力を込めて飛び退いた。うまくすれば相手の目には消えたように映ったはずだ。実際は、むしろうしろに戻ったところにある岩のくぼみに体を押し込んでいた。

「また隠れおって。年寄りのくせにすばしこい奴め」

将間が追いついてくる。突然片目をやられた場合、残った方の視力も落ちる。将間がまんまと先の林の方へ進んだので五郎兵衛はうまくいったとほくそ笑んだ。ただし、稼げた時間はほんのいっときだ。奴とて無能ではない。なにしろ、自分が作った仕掛けのカラクリをあれほど簡単に解いたのだ。

前方に注意をやりつつ湯葉の死に方について考えた。小さい刃物で少しずつ切られたような切り口。――そうだ。一番外側だけはきれいな直線をしていた。中はでこぼこだったにもかかわらず、周囲だけは整った線状をなしていた。その意味するところは――。

なにかが飛んでくる。五郎兵衛は隠れ場所から飛び出した。飛んできたものが岩場のくぼみに落ちる。すぐに爆発した。

飛び散る小石から頭を守りながら、五郎兵衛の頭に閃くものがあった。

――そうだ。やはり湯葉だ。死んでしまってもなお、あいつは湯葉だった。

直前まで生きていた湯葉は将間が家内でやっていたことを見ていたに違いない。

直角に曲げられた湯葉の右手。あれはやはり自分に重要なことを知らせる動きだったのだ。残った力を振り絞って、最後の思念を自分の体に伝えたのだろう。あっぱれだ。見上げたものだ。いまさらながら仲間として誇りに感じる。

「火薬合戦なら負けんぞ」

顔半分から血をたらしながら、将間がいった。

「わかったぞ」

五郎兵衛がいい返すと、将間の顔におどろきとも喜びともつかない奇妙な表情が浮かんだ。

「聞かせてみろ」

「おまえはあの平屋の中で特殊な刃物を作っていたんだな。途中から刃が直角に曲がった小刀だ。鎌のような曲がり方ではなく、手首を内側に折るように刃を折り曲げた形のものだ。それを使い、おまえは湯葉の口の中に手を入れ、首を内側から外へ向かって切っていったんだ。もちろん骨も断った。切っているあいだ、刃先が外に突き出ないよう、刃物の先端は丸くつぶしてあったのだろう。さらに、外側に手をあてながら少しずつ切っていったのだな。そんな切り方だったせいで切り口が綺麗な平面にはならなかった。結果、湯葉の首は文字どおり外側の薄皮一枚で胴体とつながった状態になった。中味はとうに切れていたのだ。

それも、やったのは俺に呼びかける直前だ。あまり早く殺してしまえばそのことがわかってしまう。死体はまだあたたかかったし、血も流れる状態だった。首を切ったあと、なるべく早く見せるよう、おまえはわざわざ俺を呼んであの場を離れたわけだ」

五郎兵衛がいうのを、将間が腕組みをして聞いている。

「俺が家に入ったあとも、湯葉は立っていた。とうに死んでいたはずなのにな。

糸を使ったな。小屋の外から糸を使って、お前は湯葉を立たせていた。そればかりか、巧みにそれを操って、湯葉をこちらに振り向かせることまでした。おまえ、まえにもやったことがあるな」

「ああそうだ。何度かやって改良した」

「それであの大きさの建物が必要だったわけだ。小さい建物だと、入ってきた俺に湯葉の状態を観察され、特に目を見られたら死んでいることがばれてしまう。暗くて距離があったせいで目まで見ることができなかったからな。

糸は鋭くて強いものだった。正面からでは顎に隠れて見えない。あの板壁には刀が通るほどの隙間はなかったが、糸なら通る隙間が開いていた。糸はあらかじめ隙間を通って外まで延ばしてあった。あんなふうに振り向かせたことからして、糸は肩にもつながっていたな。俺が近づきそうになったところで一気に全部の糸を引き、首の皮膚を切り裂いた。もともと薄皮だけでつながっていた首が落ち、支えられていた体も倒れたというわけだ。糸はそのまま家の外に引き抜かれた。

それにしてもすでに死んでいたにしてはよくあれほどの血が流れたな」

「ふふふ。そこが改良の賜物《たまもの》さ。すでに死んでしまっている死体では、どうしても血の流れる量が少なくなる。胃の方に下がっていた血が倒れた勢いで逆流してくるにしてもな。だから俺は、切ったときに出た血を集めておいた。おまえも知っているだろうが、血は空気に触れないようにすることで固まるのが遅くなる。だからあの女の口の中に袋を仕込み、その中に血を詰めておいた。これが倒れた直後に流れ出るようにするのにどれほど試行錯誤が必要だったか、いろんな道具に創意工夫を加えたおまえならわかるな」

将間の語り口は、同好の士に技巧を認めて欲しいといわんばかりのものだった。たしかに、この者でなければ決して思いつかない、おぞましい奇計といっていい手だ。その点に関しては認めてやってもいい。

「互いが作った手を看破したことで、これで互角だな。では本来の仕事に戻るとするか」

見破られたにもかかわらず、将間の口調はなんとも楽しそうだった。聞きながら五郎兵衛は気分が落ち込んでいくのを禁じ得ない。相手の嬉々としたいい方を聞けば聞くほど気分が萎えていった。

「おまえは気がふれておる。俺は決して死体に工作などせん」

「ふん。いまさらなにをいっている。死んでしまえば人の体も道具のひとつにすぎん。なにをどう使おうがどれほどの違いがあろう」

構え直した将間が五郎兵衛目がけて躍りかかってきた。

# 第五章

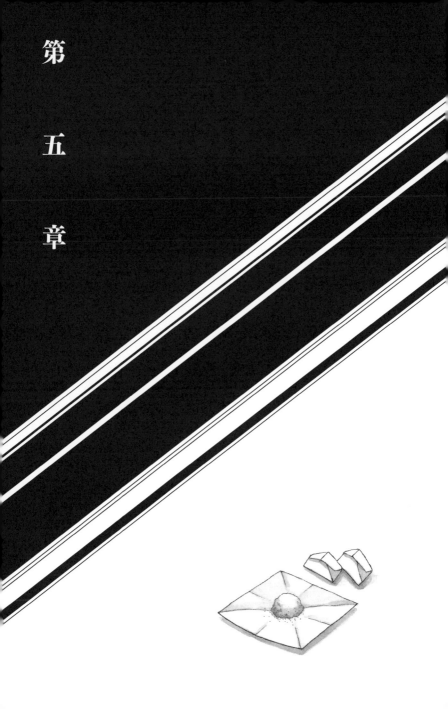

# 其の一

塔七郎があらたな手紙を手にして戻ってくると、与四郎がひとりで待っていた。十佐は見回りに出かけたという。例によって敵を見つけたら叩き斬ってくるといい残して。

塔七郎と十佐は交互に偵察しに行っていた。

「ふうむ。俺には読めないが、この伊賀文字を書いた者はなかなか達筆だな。それはわかるよ」

塔七郎が眺めているのをのぞき込みながら与四郎がいう。

「玄也は血の気の多い奴だが頭はたしかだ。さぞかし退屈しているのだろう。これほどきちんとした返事をくれるとは思わなんだよ」

手紙には五人の甲賀者が近年どこへ派遣されていたかが記されていた。請われるがままに塔七郎は内容を与四郎に話してやった。すべて伝え終わるころには与四郎の顔色にはっきりと変化が現れていた。

「どうした。なにかわかったのか」

「うむ。いま聞いた四つの藩だがな――」

むずかしい顔をしながらいう。

「下総生実藩は酒井、豊後の府内藩は竹中、肥前島原藩は松倉、讃岐高松藩はたしか生駒だったか、いずれも直後に改易されている」

「――なんと。それにしてもおぬし、よく地名を聞いただけで藩主の名まで出てくるな」

「ああ。巷に溢れた浪人の愚痴を聞いて回るうちに自然とおぼえた。だがそれだけじゃない。塔七郎、おぬし、改易の理由の中で一番多いのはなんだか知ってるか」

「それはもちろん継嗣《けいし》がなかったためだろう。あとは跡継ぎがいても幼すぎるという理由で領地を没収されることもある」

「そう、そのとおりだ。世嗣《よつぎ》断絶が圧倒的に多い。いろんな理由がある中で、これが全体の半分を占める。長男だけしか継げないし、養子もほとんど認められないからな。

ところがいま挙げた四家な、いずれも取りつぶしの理由が世嗣断絶ではない」

「本当か」

「ああ間違いない。下総生実藩の酒井は勤務不良を咎められたと聞いた。竹中重義は藩政の失敗もあるが直接の理由は長崎奉行在職中の奸計だそうで、長男ともども切腹させられたはずだ。松倉はいうまでもなく島原の責任だな。讃岐高松の生駒はたしか高俊といったかな。これはよく知らんのだが、たしか御家騒動だったと思う」

「ふむ。それらがすべて世継ぎがいないためではなかったとして、なにがいえる」

「つまりな。四家の改易にはすべて御徒目付、すなわち忍びが関わっていると見ることができないか」

「あっ――」

徳川幕府が始まってこの方、猛烈な勢いで吹き荒れた改易、廃絶、取り潰し。初期のうちこそ豊臣方にまわった者らへの報復が主な理由だったに違いないが、やがてさまざまな理由をつけて多くの地方大名を追い込み、場合によってはでっち上げの理由でもって領地没収の憂き目に遭わせてきた。それは世に広く知れわたるところだ。

これら四家の改易に、いま自分の敵である五人の甲賀者が関わっている。そのことはなんらかの意味を持つのだろうか。共通項ではあるのかもしれないが、一体どういう案配でもって自分はそいつらと戦わねばならないのだ。

……待てよ。

塔七郎の脳裏になにやらどす黒い流れが入り込んできた。

「――俺と十佐も美濃の改易に関わった」

「ほう。高須藩か。たしか徳永《とくなが》――」

「そう。徳永昌重《まさしげ》だ。大坂城の石垣普請の助役をしていた。寛永五年だ」

「工事に不正があったとか聞いたな」

「工事をわざと遅延させたという咎《とが》を受けた。加えて、領地での行跡がよくないことも理由に挙げられた」

「おぬしと十佐はそれを直接見にいったわけだな。実際のところどうだった」

「昌重が病気と称して寝込んだことはたしかだ。ただ工事の方はそれほど遅れたわけではない。あれが直接石を運んでいたわけではないしな」

「つまりは幕府の意図的な廃絶というわけだ」

目付として行ってきた自分は、戻ってきて見たままを報告した。それによって幕府がどう判断しなにを行おうと知ったことではなかった。幕府がこいつを潰そうと考えれば、相手がどうあがこうと結局はそうなってしまう。無数にあるそういう例のひとつに関わっただけのことだ。

「おぬしら伊賀者の方も、もしかしたら全員がそういう藩に関わったのではないか」

ここまで来ればもっともな疑問だ。塔七郎は記憶をさらった。

「五郎兵衛はたしか広島の福島家だ。陣場と湯葉は——わからん。聞いたことがない」

「そうか。福島正則というのは城の無断改築ではなかったかな。もっともでっちあげの起こりやすい例だ。ほぼはっきりしたな。おぬしの方でも五人のうちの少なくとも三人がそれに関わっている。残りのふたりもそうだったと見るべきだな」

「ふむ。ただ仮にそうだったとしても、そのような者たちを二手に分けてぶつけ合うという意図はなんだ。なにゆえだ」

「それはわからん。本当に奇妙なことだと思う。ただもしも——」

与四郎が眉根を寄せたまま黙り込んでしまった。

「もしも——なんだ」

「もしも、同じことが以前にも起きているとしたら——」

そこでふたたび考え込んでしまう。今度はいくら呼びかけても返事をしなかった。

十佐が戻ってきた。

「いたぜ、甲賀者が。あの全身真っ黒が」

「是清という奴だ。倒したのか」

「いや、斬り合ったことは斬り合ったんだが、突然逃げだしやがった。いや、その逃げ足の速いこと。俺の足じゃ到底追いつけねえよ」

「それで、剣の腕はどうなんだ」

「あいつだな。半太夫を斬ったのは」

十佐が斬り損ねたというのだ。これはもう間違いないと思った。それほどの腕の者が複数いられてはたまらない。塔七郎はふと思いついて尋ねてみた。

「左利きだったか」

「ああ、左だったぜ」

では、ひとつまえの手紙に付け足しのように記されていたことはやはり正しかったのだ。玄也があとから知り得たことを書き足してくれたのだろう。

塔七郎はあらたな手紙からわかったことを十佐にも伝え、半太夫と湯葉が目付としてどこへ行ったことがあるか知っているか尋ねた。

「湯葉は播磨だ。たったの二年まえだよ。半太夫は一カ所じゃなかったと思うぜ。長崎とか熊本とか、主に九州だったんじゃねえかな」

つねに人よりできるところを誇示しようとしていた半太夫のことだ。何カ所も赴任していて不思議ではない。

「二年まえ、播磨の山崎藩が失政の責を取らされている。それだな」

与四郎がいった。

もう疑いようがない。半太夫もどこかの藩の改易に関わったことは間違いないだろう。

「でもよ。おまえらはやっぱり考えすぎだと思うぜ」

十佐が塔七郎と与四郎に向かっていった。

「だってそうだろ。意味がとおらねえじゃねえか。そりゃ俺たちは幕府の手先として全国に散っていろんなことを報告してきたさ。それが仕事だったんだからな。それをいまさら、まるで罰を与えるみてえに殺し合いしろだなんてな。行ってきたとこの大名が改易されたのは偶然さ。そういう大名が無闇やたらといたんだから。重なったって全然不思議じゃねえよ。

この五対五の果たし合いはよ、どっちが優れた集団か見届けようっていうことさ。それしかねえじゃねえか」

「そうかな。それこそ意味がないんじゃないか。きっとなにか裏に――」

異を唱えかけた塔七郎を制して続ける。

「まえからいってるだろ。おめえはなまじ頭がいいばっかりに考えすぎなんだって。世の中を見回してみろよ。もう三代めの治世だ。徳川に楯突く大名なんてどこにもいなくなったじゃねえか。つまり人が余ってきたのさ。侍もそうだが忍びもな。こりゃ人減らししなんだよ。こっちが負けりゃ、伊賀の里がいくつか潰されたりするんじゃねえかと俺は睨んでるぜ」

……ほう、と塔七郎は感心した。いえなくもない理屈だ。十佐め、頭など使っていないようでいてそれなりに考えている。いや、十佐の場合、頭で考えたというより体で感じたことなのかもしれぬ。

ふと脇を見ると、与四郎が十佐の顔を見つめていた。その目にこれまでに見たことのない色がある。

「それはちといいすぎではないかな。塔七郎の考えは結構正論だし、いいところを突いているように思えるぞ」

「おまえが幕府を悪者にした話を吹き込むもんだから考えがそっちに傾いただけじゃねえのか。もっとも、そんなこたあ俺にとっちゃどっちでもいいがな」

「いつもそうやって情緒に欠けたような態度で混ぜ返すが、実のところおぬしはかなり情の深い者だろうが。あの湯葉を助けに行ったときといい――」

「余計なことを抜かすんじゃねえ！　もう一度いったら首が胴体についてねえぞ」

凄んだ十佐が立ち上がって伸びをする。

「あーあ、ちいと疲れたから横になってくるぜ」

十佐が木こり小屋に消える。そのうしろ姿を見送りながら、与四郎が落ちていた小枝を拾い、ふたつに折った。

「塔七郎。おぬしから以前聞いた話だが、ほら、半太夫の顔面が木に貼り付けられていたというやつだ。それについて俺はずっと考えていた。ついに答えらしきものを見つけた気がする」

「本当か」

「まずはそのようなことをした理由だ。何故首ではなく顔面だったのか。そして残された体はどうしたのか。それらの両方に合致する答えがようやく見つかった。

半太夫という者はおそらく、おぬしたちがその顔面を発見した場所で殺されたのではないのだろう」

「ああ。俺たちもそう思った。なにしろ血が落ちていなかったからな」

「どこで殺されたのだと思う」

「うん？　どことはいわれてもな。甲賀のどこかとしか——」

「そこだ。俺が気づいたのはな。半太夫が殺されたのはおそらく甲賀ではないのだ」

「なんと。本当かそれは」

「まあ聞いてくれ。半太夫はおそらく、まだ伊賀にいた時点で殺されたのだ。彼を倒した者はそれが甲賀で起きたことだと見せたかった。それで——」

「——なるほど。それで首でなく顔面か」

「そうだ。人の首はかなり重たいものだ。半太夫が甲賀で倒されたように見せかけるため、最初はおそらく首を持っていくことを考えたかもしれぬ。しかし重い首を持って山道を上ることを思って知恵を絞った。その結果、顔面だけを切り取って持っていくことにしたのだ。首と比べ顔面だけならはるかに軽いからな。急峻な山道を素早く運ぶことを考えれば、それはいい方法に思えたに違いない。さらに、顔面は体のほかの部分と違って首と同じくらいはっきりと本人であることを示すことができる。

一石二鳥だ」

「よく考えたな。すると半太夫は甲賀に入るまえ、すでに伊賀で何者かに倒されたことになるのか」

「そう思う」

「そうなるとやったのは誰だ。出発前夜の時点ですでに伊賀に入り込んでいた甲賀者がいたということなのか」

「その可能性は高いだろう。当初から半太夫を狙っていたのか、偶然最初に見つけたのか、それはわからないが結果としてそうなったのだ」

塔七郎はさらに尋ねた。

「もうひとつある。半太夫の顔面は、俺たち三人が待ち合わせをした場所に残されていた。半太夫を倒した者はどうやってその場所を知ったのだ」

「それは半太夫から聞き出したのではないか」

塔七郎は立てた指を横に振った。

「それはないな。たとえ殺すことができたとしても、そのまえにあいつの口を割ることができたなんて信じられん」

「そうか。相手が催眠術の使い手だったとしたらどうだ」

塔七郎はにわかに首肯する気にはなれなかったものの、あえて否定はしなかった。待ち合わせ場所をどうして知ったかはともかく、顔面を切り取った理由はそれなりに筋が通っているように思われた。なるほど顔面だけなら首を持ち運ぶよりはるかに楽だ。ただ、考えているとさらに疑問が湧いてきた。

「不思議なことはまだある。半太夫を殺した奴は、どうして半太夫だけですませてしまったのだ」

「というと？」

「おぬしも聞いたかと思うが、半太夫は俺たちの中でも一番の腕利きだった。奴を簡単に倒したほどの者なら、その最初の晩のうちに残りの者を襲っても不思議ではないだろう。半太夫を倒したことを知らしめるというのは、たしかに残りの相手を萎縮させる効果が期待できる。だが、そもそもそれほどの腕の持ち主なら、そんなことをする必要などないのだ。小細工などせずとも残りの者も倒せるとは思わなかったのだろうか」

「それは――その時点では、果たして残りの者の腕前がどれほどのものか知らなかったのだろう。たまたま最初に倒したのが半太夫だったのだ。それが伊賀側で一番の腕利きだったかどうかなど、それこそ相手が知るはずのないことではないか」

「ふむ。それもあり得るか」

与四郎が塔七郎の顔色をうかがうようにしながらいった。

「いわせてもらうが、おぬしは半太夫を少々買いかぶっているのではないか。というより、どうも半太夫に比して自分を卑下しているとしか思えんときがある。俺は半太夫のことは知らん。なるほどおぬしのいうとおり凄い腕の持ち主だったのだろう。だがおぬしとて決して引けを取らんのではないか。これは世辞ではないぞ。本心からだ。大体、おぬしは半太夫と対決したことがあるのか」

「ない」

「ならばなおのことだ。のう塔七郎、思うに半太夫という男は常日頃から自分が一番なのだと周りに誇示することにより、ほかのものの頭に、あたかもそれが事実であるかのように植え付けようとしていたのではないか。それも忍法の一種であろう」

「いっ――」

言下に否定しようとした塔七郎は、なにかに止められるのを感じた。

忍びの腕前に優劣はたしかにある。だが、拮抗した関係ではそうはっきりしたものでもない。いま与四郎がいったことに一理あるような気がした。一体自分のどこが半太夫に劣っていたかと訊かれたら咄嗟には答えられない。なのにずっと向こうの方が上だと思っていた。疑いもなくそう思っていたのだ。もしかするとこれは『思わされて』いたのか。

——俺は半太夫に「おまえは自分より劣る」と吹き込まれていたのではないか。これは新鮮な考えに思えると同時に心の琴線に触れる感触もあった。

塔七郎は与四郎が落とした枝を拾い、真似して折った。乾いた音が耳に心地よく響く。

「ふっふっふ。得難い奴だ。おまえと出会えてよかったよ」

そういうと与四郎も口の片側を持ち上げて微笑んだ。

## 其の二

仕事を終えて帰ってきた玄也は夜になると思いつくままに文字を書き綴っていた。大納言と伊豆守に呼び出されたこと。五代め半蔵の正体。伊豆守が言外に匂わせたこと。それらを全部、塔七郎に教えてやることにした。感情が高ぶるままに書き連ねていると内容が乱雑になってしまい、何度も書き直すはめになった。まずはこの内容を完成させる。伊賀文字に直すのはそれからだ。

これらの新知識が塔七郎にどう役立つか正直わからない。だが奴のことだ。きっとなにかをつかみとるに違いない。あいつは一を見たら十知るような奴だ。ひょっとするとあのふんぞり返った伊豆守にひと泡吹かせることにだってなりかねない。こいつは痛快だぜ。

戸を叩く音がした。叩き方に特徴があったので犬丸だとわかる。筆を置いた玄也は迎えに出た。入ってきた犬丸は心持ち青い顔をしていた。

「兄者、無事でしたか」

ほうっと大きく息を吐く。

「なんだその挨拶は。俺は病人じゃねえぞ」

ふたりして部屋の奥へ行く。玄也が茶をいれようとするのを犬丸が制し、自分でふたり分いれた。

「兄者、木挽の里のことですが――」

「おう、どんな具合だ」

塔七郎の里で連続した殺しが起きている。それについて調べてみてくれと頼んだ。犬丸はわざわざ足を運んできてくれた。

「東善鬼という頭領までがやられてました」

「下手人はまだ挙がらねえんだな」

「ええ。それなんですが――」

犬丸が話し始めた。里へ向かっていると、そこから逃げだしてきた紋という女に出会い、それらの事情を聞いたという。その女を安全な自分の故郷に連れていったあと、ふたたび向かおうとしたときのこと――。

「なに、目だけ出した黒ずくめに行く手を遮《さえぎ》られただと！」

思わず大きな声が出る。犬丸も目を剝いた。

「心当たりがあるんで？」

「そいつは本当に両目のとこだけ見えてたんだな。眉間も隠してたんだな」

犬丸がはっきりとうなずいた。

「ええ。顔に巻いた布の中で開いていたのは細いふたつの切れ込みだけでした」

「――俺の知る限り、そいつは藪須磨是清っていう甲賀もんだ。昔負った火傷のせいで顔を隠している」

「甲賀者ですって？」

「ああ」

「――そういえば、そいつの方から火傷に塗る膏薬そっくりな匂いがしました」

「えっ」

これは意外だ。凰助の話ではたしか、是清が火傷を負ったのは何年もまえだったのではないか。いまだに薬を塗っているってのか。

――待った、いまはそんなことよりもっと気になることがある。

「わからねえな。どうしてそんなとこにそいつがいるんだ」

その者はいま、塔七郎たちと甲賀で戦っているはずである。まさか、すでに伊賀側が全員やられちまったってのか。……いや、そんなことは考えられない。直接知っているのは塔七郎と十佐だけだが、あのふたりをやるだけでも、普通の忍びなら五十人いても足りないくらいだ。

「そいつが里の者を殺している下手人なんでしょうか」

「わからん。そいつだったとしても、どうしてそんなことをするのか。こっちにいる凰助っていう甲賀もんの話じゃ、いっつもひとりでいる地味な野郎だそうだが」

「恐ろしい奴でしたよ。目のまえに立たれたとき、全身痺れたみたいに動けなくなっちまった。あれはかなりの使い手に違いありません」

――そりゃ、おめえからしたら、ちょっとした忍びは皆使い手に思えるだろうからな。玄也はそう思ったものの口には出さなかった。

是清という奴はそんなに大それたことをしでかす奴なんだろうか。あくまで印象としてだが、凰助の話を聞いた限りではそういう感じは受けなかった。

ただ、いまの火傷の話も含めて、凰助の話もどこまであてになるのかわからない。奴も子供のころ会ったことがあるというだけだ。

「里の主だったもんが全員やられちまったってことだよな。下手人はそれなりの腕であることは間違いねえ」

犬丸がうなずく。それを見ながら、もしも自分だったらと玄也は考えてみる。何人かはきっと手こずるだろう。一方的にどんどん殺していくなんてのはかなり腕が勝《まさ》っていないとできない話だ。黒ずくめで目だけ出していたというのでは同一人とは限らない。これはやはり別人だと考えるべきなのかもしれない。

ただ、続けて犬丸が語った話、道々紋から教えてもらったという人々の殺され方を聞くうち、否定しそうになった答えがふたたび首をもたげてきた。

「――すると、里人たちは二、三日おきにまとまって殺されていったというんだな」

犬丸が茶を飲んでうなずいた。

「そりゃまさに、甲賀と伊賀を行き来しながらやってるみてえな案配じゃねえか」

「ではやはりその甲賀者が」

はっきりとそういえるほどではない。玄也は冷静にそう思う。だが大いに疑わしいこともたしかだ。

このことも一応塔七郎に知らせてやろう。

もしもその是清という甲賀者が塔七郎たちの里の人たちを殺していっているのだとすれば、これは由々しきことだ。塔七郎たち腕達者の五人と里に残った者たち――ひとりでそれら全員を殺そうというのだから。ちょっとあり得る話ではない。

もしもそのとおりだったとしても、一体なぜ、誰の命令でそんなことをするのだ。

それに、実際的な問題として、どうしてそいつは塔七郎たちと戦いながらそんなことまでする余裕があるのだろう。ひょっとすると戦いに参加していないのか。

目だけ出した姿といい、まったくもって不思議千万な野郎だ。こいつのことはもう一度凰助に会って詳しく訊いてみてやろう。

「ま、ご苦労だったな。今夜はゆっくり休め。明日は酒でも買ってきてやろう」

「実はもうひとつあるんです」

「なんでえ、小出しにするな」

「俺のお婆がいったんです。まえにも似た話があったって」

「なに、どういうことだそりゃ」

犬丸が婆から聞かされたという話を始めた。いまから三年ほどまえ、伊賀のとある里で腕利きの者ばかりが仕事で借り出され、しばらくしてそれらのうちの生き残りが帰ってきた。すると里のものが次々と殺されていった。ついにはその生き残りたちも死に、いつしか騒ぎは収まった。頭領が死んだりはしなかったらしい。原因はいまだ謎に包まれているという。

「まさか、これまでそんなことが方々であったってんじゃねえだろうな」

「それが、いまの以外ははっきりしねえんですが、どうやらほかでも起きたことがあるらしいんですよ」

「仕事に行ってた者たちが戻ってきてから殺しが始まったんだな」

「そう聞きました」

「それと、戻ってきた者たちが殺されてからは殺しが止んだんだな」

「ええ」

玄也は腕組みをしながら考えた。これまでに得たことを全部頭に置いて考えを巡らせてみた。わからない。だが、不気味で不穏な話だ。聞いていて背筋が寒くなるような感じを受けた。いままで方々で起こっていたにもかかわらずそれほど広まっていないということは、そこに誰かの力が働いたことを意味するのではないか。そのことも気になる。

いまの話と木挽の話には、同じところと違うところがある。その違いはなにを意味するのだろう。

こいつはまだまだ調べなきゃならねえことがあるぞ。

塔七郎からは、あらたな調べの願いはされていない。だがこうなったらとことん調べて教えてやろうと思う。こんな気味の悪い話がずっと続いていいはずがない。なんとかお終いにしなきゃならねえ。

そう玄也は強く思った。


次の晩、玄也が徳利を提げて訪ねると凰助は長屋の部屋で寝転がっていた。

「おう、よく来てくれたな」

口では玄也に挨拶しつつも目が徳利に吸い寄せられている。両隣の者たちは都合がいいことに出かけているようだ。玄也は上がり込んだ。

酒を注ぎ、まずはどうでもいい世間話から入る。それは仕方のないことだったが、あまり酔っ払わないうちに話させないと、凰助の声が大きくなりすぎる。適当なところで玄也が振った。

「ところで、いつか話題にでた藪須磨是清という奴のことだがな――」

すると警戒するかと思った相手が意外にも身を乗り出した。

「おう、それよ。それなんだがな。こないだおぬしから名前が出たもんだから、それとなく知っていそうな奴に聞いてみたんだ。すると妙なことを聞いたぜ」

「ほう」

はやる内心を見透かされぬよう、さほど興味がないふりで相槌を打つ。

「房丸っていう奴がいるんだ。甲賀もんでな。見ためはおっかねえんだが腕の方はからきしで、牢番の下働きみたいなことをやってる。こいつがなんと、ガキのころから是清を知ってるってんだ。でな、そいつがいうに、是清の顔には火傷なんぞないそうだ」

「本当か」

驚きのあまり思わず声が出てしまう。火傷がない。するってえと犬丸が嗅いだという膏薬の匂いは――。

「なんでえ、急にそんな声を出すとこっちが驚くじゃねえか。――でな、じゃあどうして顔を隠してるんだと訊くと、子供のころ、頬に大きなできものができちまったそうなんだ。これをその房丸も見たことがあるといってた。そのできものを治そうといろいろ試したんだがなかなかよくならず、最後に焼け火箸を当てたのがかえってこじらせちまってな、結果ひどい傷跡が残っちまった。それを見られるいやさで是清は顔を隠すようになったそうだ。火遁の修業中に油を浴びたというのは本人の作り話だとよ」

「じゃあ、いまもその跡は残っているかもしれんが、傷としちゃすっかり治ってるんだな」

「ああ。いまから十五年以上もまえ、十歳にもならんうちのものらしいからな」

「それ以来いままでずっと顔を隠し続けてきたというのか」

「らしいな。でもそれが、奴にとっちゃ役立ったらしい」

「顔を知られていないということがか」

「そう。ここ何年か、奴がやっていた仕事っていうのが、徒目付として方々の国に行っている甲賀者たちの動静を探ることだったらしいのさ。つまり仲間を見張る役目だ。ほとんどの仲間にすら顔を知られていないことで、そういう役目に適任だと思われたらしい。

仲間からしたら嫌な役目だよな。手を抜いていることを知られたら報告される。当然煙たがられるよな。だからだろう。もともとひとりを好むようなところがあったのが、ことさら単独で行動するようになったみたいだ」

「なるほど。原因からすると同情すべきところもあるな」

「まあな」

「しかし、目付の見張りが専門だったとすると、本人はほかの忍びと戦ったりしたことはあるのか」

「詳しくは知らねえがほとんどねえんじゃねえかな。自分が敵と戦ったんじゃ本来の任務に支障を来《きた》すだろう。だから敵陣に行くときもいつも一番しんがりで、敵なんかのことより味方の一挙手一投足を興味深く見つめていたんだろうさ」


凰助の家から帰ってくると、留守番をしている犬丸と一緒に夕飯を食い、今日わかったことも手紙に書き足すことにした。ひとりで文机《ふづくえ》にかじりつき、凰助の話を思いだしながら筆を動かす。

——やっかいなのは、顔を隠して目だけ出している相手だということだな。

玄也は筆を休めて考えにふける。

倒したとしても、是清本人だと確認できる者がいないのではないか。

いや待てよ。凰助はなんといってた。是清の頬にはできものの跡があるということだ。それはきっと目印になるだろう。さっそくそのことを書き込む。


翌日は早くから、大奥につうじる仕切りのひとつで見張りについた。例によってなにも起こらない。ゆるされるなら自分も甲賀に駆けつけ、塔七郎たちと一緒に甲賀者と戦いたいものだ。

日が傾くころ、ほかの者と交代し、帰途につく。

外の通りを歩きだしたときである。なに者かが玄也に近寄ってきた。甲賀の音蔵という老人だ。たしか凰助と同じ役目についているはずだ。

「おう、これはちょうどよかった。おぬしは凰助の家の近くに住んどるよな」

「ええ」

「いやなに、凰助の奴、無届けで休みおってな。今日一日姿を見せなんだ。どうせまた飲みすぎたのだろう。悪いがおぬし、帰りに寄ってわしが怒っておったとひとことというてきてもらえんかのう。今度やったら始末書ではすまんぞというておいたのにな」

「わかりました」

昨日徳利を置いてきたのは自分だ。少々すまない気がしていた。凰助が酒好きなことにつけいって情報を得たのだ。

凰助の長屋につうじる曲がり角の手まえまで来たとき、玄也の体がそれを察知した。忍びなら備わっている予兆、予感、危険を知らせるもの。

角を曲がると、集まった人たちのうしろ姿が目に入った。

## 其の三

五郎兵衛と将間のふたりはときおり切り結びながら、険しい山岳地帯をつながれた二匹の犬のように走り続けていた。

投げる物がほとんどなくなった。あと火薬玉一個だけだ。このままではやられる。なんでもいい、もっと思いきったことをやらねば。五郎兵衛は頭を振り絞った。

——ようし、一か八かだ。

五郎兵衛は険しい坂道を上に向かって走りだした。将間はもちろん追ってくる。すぐに息が切れてきた。もう足が思うように上がらない。将間が近づいてくるのがわかる。もうあと一歩、あと半歩で追いつかれる。そのとき五郎兵衛は懐に手をやり、ほとんど同時にうしろを振り返った。取り出した火薬玉を直接将間の体に打ちつけようとした。

おどろいたことに将間も火薬玉を取り出していた。ふたりの手がぶつかり、目が眩むような爆発が起きた。体がうしろに吹き飛ぶ。木の幹に激突し、意識が飛んだ。

どれくらい気を失っていたのか、五郎兵衛は意識を取り戻した。腕を見る。それは炭のように真っ黒になっていた。不思議と痛みは感じない。

耳の奥でなにかが断続的に鳴っている。本当の音なのか、耳の奥が焼けたせいで起きている幻聴なのか区別がつかない。どこから聞こえてくるのか、それは水の流れの音だった。音に誘われるように斜面を上る。腕がつかえない。何度もよろけながら斜面を這い上がった。うしろのことも含めなにも考えられない。ひたすら体を動かし、この斜面を上ること。それだけで意識をつないでいた。

急に足首の負担が軽くなる。斜面が終わったのだと気づく。上に立ち、そこから向こう側を見下ろした。流れの音が大きくなった。水は見えない。だがある。音は本物だったのだ。川だ、川がある。それははるか下方を流れていた。音からすると川幅もありそうだ。自分とのあいだにあるのは、これまでよりはるかに急峻な崖だった。途中に膨らみがあるせいで、のぞいても底が見えない。

「待てよ」

将間の声がした。五郎兵衛は振り返らない。将間の手が肩にかかる。それでもじっとしていた。やがて真っ黒焦げになった自分の左手を上げ、肩にかかった将間の手の上に置いた。握ろうとしたが感覚がない。いくつかのものが感じ取れた。水音。立ち上る霧に乱反射する七色の光。そこに佇む焼けた自分たちの匂い。美しい物と醜い物。俺が見る最後の物たちだ。将間の手が鷲の鉤爪のように自分の肩に食い込んでくる。

五郎兵衛はなんらの予備行動を起こすことなく奈落の底に向けて地を蹴った。

# 其の四

「どうやら十佐を怒らせてしまったようだの」

与四郎が傍らの塔七郎にいう。ふたりは涸れ谷を歩いていた。十佐はどこへ行くともいわずに姿を消していた。

「気にするな。十佐はな、本当は優しい奴だなどと思われるのがなにより嫌なのだ。いつもああなる。今度、誰も容赦しない鬼のように恐ろしい奴だといってやれ」

「そういうものか」

「そうさ。それにあいつは怒らせたくらいが丁度いいのだ。本気を出し惜しみする奴だからな」

涸れ谷を越え岩場を越え、敵の姿を求めてひたすら進んだ。もう待っている段階ではない。塔七郎のその判断で相手を探して歩くことにした。日が昇り影が濃くなる。比較的穏やかな上りの途中、木々が途切れる場所があった。形のないうっすらとした雲の影がかかっている。

遠くで木と木がぶつかるような音がした。ふたりは歩き続ける。

「ところでおぬしは、その是清というのをどう具体的に——あっ」

突然塔七郎に蹴りを入れられ、腹に喰らった与四郎は勢いよくうしろに倒れた。そのまま一回転し、起きあがったときには塔七郎の姿はどこにも見えない。その代わり、さっきまで自分がいた辺りの地面になにかがいた。人だ。黒い人だった。下を向いた恰好で、つまり逆さま立ちしている。しかもその体は、地面に突き立った長刀一本で支えられているのだ。いつのまにそんなものがそこに現れたのかさっぱりわからなかった。自分が転がる音しか聞こえなかったというのに。

刀を地面に刺したまま、その者の体が反転した。音もなく綺麗な円弧を描く。なんという滑らかな動きをするのだろう。まるで人ではないみたいだ。全身が黒い。漆黒だ。そしてちらりと向けた目だけが——と、忽然と姿が消えてしまう。与四郎の全身から汗が噴き出していた。刀を抜くどころか、手を動かすこともできなかった。それほどいまの者の登場は唐突であり、消え方もまた同様だった。そして、細い切れ込みのような隙間から見えた目。俺はいま、生まれてはじめて本物の殺気というものに触れた。そう感じた。

「それにしてもどういうことだ。一体どこから降ってわいた——」

あの体勢からして上から降ってきたとしか思えない。だが上にあるのは空だけだ。枝を伸ばした木も存在しない。

硬い物のぶつかる音がした。鋼と鋼だ。与四郎は音がしたと思われる方に顔を向けた。なにも見えない。自分のいる場所だけが開けていて、周囲をぐるりと木々に囲まれている。そのどこかで、誰かが斬り合っているのだ。

与四郎はその場で立ちつくすしかなかった。避難しようにもどちらの方角が安全なのか判断がつかない。目のまえに地面に突き刺さった太刀がある。与四郎はそれに手をかけて抜こうとした。太刀は相当深く刺さっているのかびくともしない。左右に力を入れているとようやく緩んできた。地面からすっかり抜き取って目を見張る。なんという長い刀だろう。六尺はありそうだ。幅も広い。もしも落下してきた勢いのままこの刃を受けたら、人の体など簡単にまっぷたつにされてしまっただろう。

ふわりと小さな風が顔にかかった。目のまえにふたりが立っている。塔七郎と全身黒ずくめの男だ。

「おまえが藪須磨是清だな。たしかにいい腕だ。半太夫を斬ったのもうなずける」

塔七郎がいう。左手に刀を持った相手はなにも答えない。与四郎はふたたび棒を飲んだように立ちつくした。目のまえのふたりが放つ殺気と、塔七郎の、これまで見たことのないような凄みのある顔つきに身動きができなくなってしまう。

ふたりの姿がかき消えた。同時だ。なにもない空中から鋼のぶつかる音が聞こえたような気がした。すぐ目のまえになにかが連続的に落ちてきた。小さなものだ。落ちてきたそれらのうちのひとつが、地面の上で独楽のように回っていた。小さな土煙を上げて、いつまでも回るかと思われたそれが急に動きを停める。手裏剣だ。非常に小さい。こんなに小さなものもあるのか。拾って目の高さに持ち上げて見る。薄い。紙と変わらない。こんなものが水平に回転しながら飛んできたらと思ってぞっとした。とてもじゃないが自分には見極められないし、よけられもしないだろう。

落ちてきただけで回らなかった方のふたつは、いずれも形がおかしかった。ひしゃげ、刃が曲がってしまっている。触ると熱かった。与四郎は三つとも拾い、自分の懐に収めた。

ふたたび目のまえにふたりが現れる。先ほどとは位置が入れ替わっていた。瞬《まばた》きの間に現れたり消えたりできるみたいだ。ふたりとも目がぎらぎら輝いていた。一瞬で相手を噛み殺す野獣のような殺気に充ち満ちている。そのとき――。

遠くの方からくぐもった叫び声が聞こえてきた。それも複数あったようだ。木が折れるような、なにか大きなものがぶつかるような音もした。目のまえの黒装束が、鞭で叩かれたような反応を示した。すっと身をかがめるとその場から走りだしたのだ。音がした方角へではない。全然べつな方向へだ。与四郎の見つめるまえでその姿は空気に溶け込むように消えてしまった。蒸発したとしか思えない消え方だった。

「なんだ」

塔七郎が音がした方を凝視していた。

「行ってみよう」

こちらもあっという間に消えてしまう。

さきほどまで立ちこめていた戦いの熱気が嘘のようになくなった。与四郎も塔七郎が向かった方へ行くことにした。

「おい、どうした」

うしろから声がして振り向くと、十佐がそばまで走ってきていた。

「いま向こうで黒ずくめがすっとんで行くのが見えた。塔七郎は――」

走りながら前方を指差す。十佐が与四郎を追い抜いていった。

与四郎がふたりの背中を見つけたとき、そこにはふたたび殺気が充満していた。ただし先ほどまでとは違う。あそこまで張りつめた感じではない。十佐は刀を抜いていたが塔七郎は抜いていない。これはもっと近づいても大丈夫だと与四郎は判断した。

ふたりの先にあるものが見えてきた。誰かがあお向けに倒れている。そばに塔七郎が屈み込んでいた。その先でもうひとり倒れている。十佐はそちらをうかがうように立っていた。

「五郎兵衛。大丈夫か」

塔七郎のそばで倒れているのは年嵩の男だ。頭に白髪が交じっている。なにより目立つのはその重傷ぶりだった。一体全体なにをしたのか、左腕が真っ黒焦げだ。よく見ると親指のついている位置がおかしい。肘から先が折れた上に回転してしまっているらしかった。与四郎の目には、その初老の男は死んでいるようにしか見えなかった。

向こうに倒れているのは体の大きな男だった。鋼色の頭髪が立っている。やはり重傷なようだった。こちらは右手がひどい。折れてはいないようだが同じように黒焦げ状態だ。片目が潰れ、頭も半分焼けている。

「麩垣将間ってのがそいつだな」

十佐が近づく。与四郎はようやく周りを観察する余裕ができた。ここは川原だ。すぐ下に幅が四、五間ありそうな川が勢いよく流れている。大小の石が散らばった川原にふたりは倒れていた。上を見る。片側が険しく切り立った崖だ。見上げて目を凝らしても、中途が張りだしているためそこから上がどうなっているのか見極めることはできない。

先ほどの音、叫び声、そしてこのふたりの姿。まさかこのふたりはこの崖の上から落ちてきたというのか。

――生きているわけがない。

塔七郎の様子からして少なくとも五郎兵衛の方は息があるらしい。信じられないことだと思う。いくら忍びだとしても、これほどの高さから落ちて息があるはずが――そう思いながら五郎兵衛を見ると、先ほどまでは目に入らなかったものが目に入った。倒れた五郎兵衛の周りに枝が数本、囲むように散らばっている。折れ口をみるとまだ白い。折り取られてから時間がたっていないことを意味する。将間という男の周りにも同じように茂った葉のついた枝が散っていた。つまりふたりは途中でこれらの枝につかまり、またほかの枝に何度もぶつかりながら落ちてきたのだろう。散らばった小枝や葉がそれを物語っている。それで墜落の衝撃が多少なりと減じたのだ。いずれにしてもかなりの深手を負ったことは間違いないが。

「う……」

向こうで倒れていた将間が顔を起こした。焦点を失っていた片側だけの目が生気を取り戻す。視線がこちらを向いた。

「――ま、待て。そいつは俺のものだ。だ、誰にもわたさんぞ――」

「こいつ、なにを寝ぼけたことをいってやがる」

十佐が進みでると、こともなげに左手を振った。一見、なにも起こらなかったように見える。が、やがて将間の首が横にずれ始めた。首が落ちる。川原の白石を赤い血潮が染めていく。十佐が振り返った。

「どうするんだ。助かりそうにもねえが」

「放ってはおけん。できるだけのことはしてやろう」

塔七郎がなるべく衝撃を与えないように五郎兵衛の体を背負う。気を失っている五郎兵衛はされるがままになっていた。


塔七郎はそういったが、してやれることはほとんどなかった。木こり小屋に連れていき、横たえただけである。焦げた腕を触って塔七郎が顔をしかめた。

「骨がばらばらになっている」

「折れてなくたってそこまで焼けてりゃ無理だろうが」

十佐がいう。

「たとえ生きのびるにしても、その腕は切らなきゃならねえだろうぜ」

「わかっている。だがこうしてまだ息をしている。俺はできれば、最後に話がしたい。将間が死んだことも教えてやりたい」

生きているのが不思議としかいいようのない姿で五郎兵衛は眠っていた。

「――手裏剣の投げ方から始まって、子供の時分からいろんな技を五郎兵衛に教わった」

塔七郎が与四郎に話していた。三人は、捕まえてきた魚を串に刺して焼いていた。

「俺の里にいたもので、五郎兵衛から教えを受けていないのは十佐くらいのものだ。こいつは剣法ひとすじだからな」

魚が充分に焼けたのを見て取ると、塔七郎が数本つかんで小屋の中に向かう。与四郎はついていった。十佐は火のまえから動かない。

五郎兵衛は相変わらず眠っていた。与四郎は焼けた魚に口をつけつつも、気になっていたことを塔七郎に尋ねた。

「すさまじい相手だな、あの是清という奴は。あの現れ方には魂消《たまげ》た」

「あれはな、よくしなる若木を縄でつないで弓のようにして、自分を矢として飛ばしたのだ。上に向けて飛ばせば風にも乗ってかなりの距離を行くし、相手からは降ってくる方向がわかりにくい。俺はあの弾けるような音でわかった」

「あー……」

突然声がした。

「五郎兵衛」

塔七郎が五郎兵衛のそばに行く。五郎兵衛が目を開いていた。

「とっ、塔七郎か――」

いいながら顔が引きつる。体がこの状態だ。意識が戻れば途端にすさまじい痛みに見舞われるだろう。

「みっ、水を」

塔七郎が五郎兵衛の頭を軽く持ち上げ、竹筒から水を少しずつ飲ませてやる。飲みながら五郎兵衛の目が与四郎をとらえた。

「おう、これは与四郎といってな。知り合いだ。甲賀者ではないから安心していい」

飲み終えると、ふたたび頭を床に下ろす。

「あいつは、将間はどうした」

「俺が首を飛ばしてやったぜ」

気配を察した十佐が小屋をのぞいていった。五郎兵衛の口もとがにやりと歪む。

「ふっふ。そうか。あいつ、こっ、凝ったことが好きだったが、最後はそんなだったか」

「ずいぶんととっつぁんにご執心みたいだったぜ」

そういわれてふたたび笑みを浮かべた途端に咳き込み、上体を起こすと口からどっと血を吐いた。

塔七郎がその背中をさすりながらいう。

「ふざけたことを抜かして笑わせようとするな。死ぬ」

「わかったよ」十佐がぷいと出ていく。

「五郎兵衛、ひとりで相当頑張ったようだの。俺たちふたりの倍くらいやったのではないか」

塔七郎が五郎兵衛に話しかける。

「おっ、俺が倒したのは京太郎という奴と紫真乃といううくノ一だ。湯葉は将間にやられた」

塔七郎がうなずき、湯葉が李香を倒したことを教えた。五郎兵衛の表情は、ともすると虚ろになりそうになる。それをやっと意思の力で押しとどめている様子だ。塔七郎も詳しく話したいのだろうが、結果だけを語ったのは時間がゆるさないことを承知しているからだろう。

「じゃあとひとりか。あの黒装束の――逃げ足の速い奴」

「そう。藪須磨是清だ。奴だけが残っている」

「不思議な奴だ。出会ってもにっ、逃げてばかりいた。将間のと、ところへ現れたりしていたのに、俺を倒すために力を合わせようともしなかった」

再度咳き込み、さっきより大量の血を吐いた。闇に沈んだような黒い血だ。ひたすら戦い続けた者の血だ。与四郎は黙って見ていた。

「強敵だ。半太夫をあっさり殺した」

「やはりそうか。はっ、半太夫がやられたくらいなら油断は一切禁物だな」

「ああ。肝に銘じておく」

塔七郎が五郎兵衛の手を握った。そしてふと思いついたようにいう。

「ところで、半太夫が目付としてどこの藩に行ったか知っておるか」

「たしか、ふっ、府内だと思う。それが、どうかしたか」

「いや。少し気になったものでな。それと、是清という奴は左利きか？」

これはおかしなことを訊く、と与四郎は思った。すでに刃を交えたのだから奴が左利きであることは承知しているはずだ。

「あ……」

閉じかかった五郎兵衛の目に新たな光が宿った。なにかを思いだしたらしい。

「奴は両利きだ。おっ、俺はあいつが右に刀を差しているところと、ひっ、左に差しているところの両方をみっ、見た——」

声が消え入るように小さくなる。塔七郎がその口もとに耳を寄せた。つぶってしまった五郎兵衛の目がふたたび開く。

「俺が将間を見張っていたときのことだ——」

五郎兵衛が途切れ途切れにそのときのことを話しだす。こんな内容だった。

将間が造った奇妙な家を遠くから見張っていると、黒装束が現れた。そのときは刀を左に差していた。だがしばらくして出てくると、なぜか右に差し替えていた。将間はそのとき出かけていて中にはいなかったはずだという。

将間と最初に戦ったとき、遠くに見えた是清とおぼしき黒装束は刀を左に差していたと思う。

それだけのことを話すと、体力を使い果たしたのかふたたび目をつぶった。塔七郎もそれ以上訊こうとはしなかった。眉間に皺を寄せて考え込んでいる。

# 其の五

凰助は自分の部屋で死んでいた。前夜、玄也と別れたときのままの姿だった。

近所の誰かが呼んできた岡っ引きが屈み込んで死体を検分するのを、玄也は野次馬たちのうしろからうかがっていた。

「酒だな」

徳次という岡っ引きがそう呟くのが聞こえる。どうやら凰助は、酒の飲み過ぎで嘔吐し、それを喉に詰まらせたものと見られているらしかった。

「呑兵衛だったから」

「へべれけになるまでやったんだろう」

「昨日は誰か来てたみてえだよ」

そんな声が飛び交う中、玄也はそろりと人混みから抜け出した。向こうからやってきた者が顔を見て飛び退くように避けて行く。いつのまにか鬼の形相をしていたらしい。

――違う。酒じゃねえ。あいつはあんな量で死ぬような奴じゃねえ。

雷雲のような不安が胸の内でうごめく。誰かにやられたのか。なにを。毒か。毒を飲まされたのか。そうだとすりゃ見事な手際だ。凰助は眠りながら死んじまったようにしか見えない。暴れたり戦ったりしたとすれば部屋がもっと乱れていたはずだ。

誰かがあいつを殺ったとして、それは俺と関係があるのか――。

あるに決まってるよな。

自然に足が速まった。

「犬丸！」

家に入るなり大声で呼ばわる。

「なんです。どうしました」

奥から出てきた犬丸の顔を見てほっとした。無事だった。

「いや、てえしたことじゃねえ」

自分の情報源が死んだことは伏せた。余計な心配をかけたくない。

もう少し調べてみたいこともあったが、こうなっては仕方ない。これまでわかったことだけでも送ろう。ともかく犬丸をいったんここから離そう。玄也は部屋にこもって塔七郎宛の手紙に没頭した。

半刻ほどで伊賀文字への書き換えもすむ。手紙を畳み、長い糸を持ってきて独特の結び方で手紙を縛る。複雑な結び目が綺麗に並ぶよう、二度ほどいては結び直し、ようやく満足するような見ために出来上がると蠟を用意し、いつもやってきたように結び目に溶かした蠟を垂らす。それが乾いてやっとできあがりだ。これを受け取った塔七郎は間違いなく俺からだとわかるだろう。犬丸を呼ぶ。

「これを頼む」

受け取った手紙を大事そうに懐にしまう。玄也はいった。

「おめえ、しばらく江戸へは近づくな」

犬丸が目を合わせてくる。玄也は合わせなかった。

「そいつはどういうことです」

「ちょいとキナ臭《くせ》え動きが感じられてな。おめえは足手まといだ。だからお婆のもとにでも帰ってろ。しばらくしたらまた呼んでやる」

「兄者、なにか隠している」

そういわれてさすがに犬丸の目を見る。まっすぐな目でこちらを見ていた。白目のくっきりした無垢な目だ。ものの裏側を知らないガキの目だと思った。自分にもこんなころがあっただろうか。忍び特有の据わった目つきになるのにまだ五年は必要だろう。そのころには白目も心も濁ってしまうだろうが。

「出しゃばるなよ。俺がおめえになにからなにまでしゃべるわけねえだろう」

「すまねえ。でも――」

「いいからおめえはいわれたことだけしっかりやりゃいいんだ。わかったな」

自分にそういわれればなにもいい返せないのがわかっていた。ともかくこれ以上時間を無駄にしている場合じゃない。

「頼んだぜ」

出ていきざま犬丸が一度振り向いた。玄也はわざと冷たい目をして見送った。

翌日の勤めは朝から夕までだった。岡っ引きが自分のところまで来るかと思ったがそういう気配もない。どうやら凰助の一件はあれですんでしまったようだ。夕日に照らされながらゆっくり歩いて帰る。しばらく活動休止だ。調べを継続するにしても、少し時間を置いた方がいい気がする。凰助は案外あのとおりのことなのかもしれない。普段から飲みすぎていてどこかが弱っていたのだ。その原因の一端は自分にもあるのかもしれないが、もはやどうにもならないことだった。さらばだ凰助。いい奴だった。玄也は心の中で手を合わせた。

家のまえにおかしなものが落ちていた。まっぷたつに割れた徳利。玄也は周囲を見回した。誰もこちらを見ている者はいない。しゃがんで見てみる。間違いなかった。一昨日、自分が凰助のところに持っていったやつだ。そういえば凰助が倒れていた現場には見当たらなかった。

胸騒ぎがした。戸を開けて中に入る。すぐにはなにもおかしなところは見当たらない。奥の間に行く。誰もいない。向こう側の壁に奇妙なものが留まっていた。

壁になにかが打ちつけてある。玄也は近づいた。黒いものが盛り上がって見えた。

それは髪の毛の塊、男の月代《さかやき》だった。細串一本で壁に留められているのだ。月代の下に畳んだ紙が見える。玄也は串を抜いた。紙を開く手が震えている。紙は昨日、犬丸に持たせた手紙だった。結んでおいた糸や封蠟はなくなっている。それより……紙を傍らに捨てた玄也は月代を持ち上げた。何度も見たことがあるものだった。間違いない。最後に自分を振り向いたときの犬丸の顔が浮かぶ。

犬丸。なんてことだ。俺のせいで――。

「――地獄で待つよういっておいたぜ」

ぞっとするほど低い声が、自分の耳のすぐ近くから聞こえてきた。キッとなって振り向く。天井から逆さに吊り下がっていたそいつが反転して降り立った。ものを思うより先に玄也の手が刀を抜いていた。

「こいつ、よくも犬丸《あいつ》を――」

振り回す刃《やいば》を、鴉と呼ばれる大男が軽々とよける。続けて二度、三度。玄也の力任せの無茶振りを、いとも簡単によけきった。玄也は突きの体勢を取って体ごと飛び込んだ。目のまえでふわりと浮いた鴉の体が天井に貼りつく。それも胸の側でなく背中で貼りついた。玄也の知る中でそんなことのできる者はいない。

――すまぬ犬丸。おまえを巻き込んだばっかりに。ひとりぼっちじゃ行かせねえ。すぐに行ってやる。救いようのないこの馬鹿な兄貴をゆるしてくれなくていいぜ。

「おまえ、誰との約束を反故《ほご》にしたかわかってんだろうな」

砂利の上でズタ袋を引き回すような重たく耳障りな声。本当にむかつく声だ。こんな畜生みてえな野郎に――。

「うるせえっ。死ねっ」

ひと声喚くと同時に刃を上に向けて飛び上がる。その動きを相手が予測しないわけがなかった。空中で体が入れ替わる瞬間、なにかが擦れるような音がした。刃を天井にぶつけた玄也が床に落ち、そのまままくずおれる。生前よく皺を寄せていた眉間に深々と小刀が突き立っていた。

目が開いたまま事切れた玄也の体を担ぎ上げると、落ちていた手紙も拾い、鴉が風のように去っていく。

## 其の六

犬丸の婆の家で何日かすごすうち、紋はすっかり元気になった。婆は、これからどうするのかとかもう出ていってくれなどとは一切いわない。繕いものや野良仕事など、紋は婆の仕事を手伝うようになった。

犬丸さんも優しい人だったが、それはこの婆さまの血を引いているからに違いない。そう思う。自分の体を支えるようにしてここまで連れてきてくれた犬丸のことを思うと自然と顔がほころんだ。この里にいるほかの者ともぼちぼち話すようになった。もうもとの里へは戻れない。このままここに受け入れてもらえたら。

ここで犬丸の帰りを待つのもいいと思う。

そんな折り、ひとりの男が尋ねてきた。この里の者で仁作という初老の男だ。婆さまに挨拶すると紋に話しかけてきた。

「おまえさんのいた里で頭領を始め多くの者が殺されたというのは本当らしいね」

そうした話はかなり広まっているようだ。紋はうなずいた。

「どういうことだろうね。婆さまから聞いたんだが、ほかの里でもあったことらしいんだよ。まさかおまえさんは追われてやしないだろうね」

　まるで紋が災いを運んでくるかのような口ぶりだ。紋は首を振って否定した。

「いいえ。あたしは自分であそこを出てきただけです」

「そうかい。それならいいんだけどね。実は昨日の晩、近隣の里の頭領が集まって話し合いがあったんだ。それで知ったんだが、どうも同じようなことが甲賀でも起きたらしいんだ」

　はじめて聞く話に紋はきょとんとするしかない。仁作が続ける。

「それも奇妙なことに、伊賀のある里で起こったとき、それに合わせるように甲賀のある里で起きている。どうやら対になって起きたことらしいんだ。おまえさん、なにか心当たりはないかね」

　そういわれても首を捻るしかなかった。まったくわけがわからない。

「なにか命令を受けているらしいことはわかった。だが当の里の頭領はいずれも口をつぐんだままこの世を去ってしまっている。どうやら、口止めも含めての命令だったようだ。散り散りになった者たちはもとより詳しいことは知らない。だからいまだもって真相はわからず終《じま》いなんだよ」

　命令、と聞いて紋の頭に思いだされることがあった。

「ことが起きる直前に鴉が頭領のとこへ来たって」

「鴉って、あの半蔵殿の」

　よくは知らないがうなずく。仁作が腕組みをした。

「やはり中央が絡んでいるんだな。でもなぜだ。どうして伊賀甲賀の里をひとつずつ潰さにゃならん」

「あっ、あの、その生き残った人たちにはもうお咎めはなかったんでしょうか」

紋が尋ねると仁作が小さくうなずいた。

「ああ。それについては聞いてない。ひとたびことが収まると、もうなにも起きないそうだ。だからおまえさんみたいに、一時的でも避難しておけば大丈夫だったのかもしれんがな――」

ただ原因はわからず、またほかで起きてもどうにもできない。

「なにか、それまでにはなかったような病気が流行《はや》りだしたなんてことはなかったかい」

紋は首を横に振る。そんなことがあったら知らないはずはないだろう。誰も病気になったなどとは聞いていない。

結局たいしたことは仕入れられず、仁作が首を振り振り帰っていった。

「あんた、戻るとこがないんなら、ずっといていいんだよ」

お昼の支度をしながら婆がいってくれた。紋は頭を下げて礼をいう。

「いくら故郷でもそんな物騒になっちゃ戻れやしないだろ。ここは作物もあんまり取れねえしそんないい場所じゃねえが、いまのところは安心だ。ここで誰かと所帯でも持ったらどうだね」

紋はそれには曖昧に返事をする。即座に返事をしたのではずうずうしすぎると思ったのだ。いつもいまのことしか考えてこなかった紋にとって所帯などというものはまるっきり耳新しい言葉に近かった。

「犬丸さんには決まった相手がいるの」

尋ねると婆は満更でもない顔になる。

「あたしの知る限りじゃいねえだよ。だがなあ。あいつは当分落ち着く気はなさそうだね。いつも江戸とどっかを行き来して、なんや偉いもんにでもなった気でおるさね」

犬丸は自分よりあきらかに若い。期待すれば裏切られる。これまでずっとそうだった。だからなんにも期待しないでいよう。紋はたまった洗濯物を籠に入れて担ぎ上げた。

「あたし、川に行ってくる」


この里では川までが大分遠い。だから年寄りにはしんどいようで洗濯が婆の一番喜ぶことだった。急峻な坂を下り、途中の曲がり角で籠を抱え直す。すぐそばを鳥が飛び交っていた。

鴉――不吉な思いが胸をよぎる。里に鴉がやって来たことがすべての始まりだったらしい。不気味な奴。死を運ぶ男。あいつは木の葉が舞うみたいに相手の飛び道具をよけるんだ。誰かがそんなことをいうのを聞いたこともある。

流れが目に入った。誰もいない。細く急な流れだ。岩に当たってしぶきを上げている。岸辺に降り立った紋は爪先でそっと水に触れてみた。切れるような冷たさだ。

洗濯を始める。水の流れを見つめるうち、いつしか記憶が過去へ流れていった。桔梗とよく一緒に洗濯をした。あのころは桔梗もあんなじゃなかった。男勝りで自分のことをおれといい、よく大声で笑う、楽しい相手だった。

どうしてあんなに変わっちまったんだろう。自分の呼びかけにもろくすっぽ答えなくなった桔梗の暗い顔を思いだす。

続けていると指先が痺れてきた。紋は腰を伸ばした。

最後に一緒に洗濯したときはそう、もう殺しが始まってからだった。すぐそばの川岸を鯉霧と筒賀が深刻な顔をして歩いていた。ふたりとももう死んじまった。あのとき川に変な黒い布がたくさん流れてきたのだ。あれは一体なんだったんだろう。

手がふたたびあたたまり、もう一度屈もうとしたそのとき、紋の動きが停まった。どうしてか自分でもわからない。まるで頭をうしろから殴られたような感覚が走ったのだ。

——黒い布。あれが流れてきたときの様子が目に浮かぶ。

紋の手から濡れた着物が落ちた。それを拾おうともせず川から上がる。着物は勢いよく下流に流れていく。紋の目にそれは映っていなかった。

なんてこと……。ああ、まったく、なんてこった。馬鹿だ。子供のころさんざ囃《はや》されたように、自分はやっぱり馬鹿だった。あれは合図だったんだ。そうとしか考えられないじゃないか。

なにもかも放ったまま紋は走りだした。それも世話になっている婆がいるのとは反対の、山を下る方向だ。

もっと早く気づけなかったのか。ああ、やっぱり連れてくればよかった。もう殺されているかもしれない。いや、とっくに殺されているに違いない。いまさら行っても無駄だ。そう思ったが一度走りだした足が止まらなかった。

息が絶え絶えになっても、紋の両足はひたすら交互にまえに出続けた。

# 其の七

一度だけ意識を取り戻した五郎兵衛は、ふたたび意識を失うとそのまま帰らぬ人となった。明け方、塔七郎と十佐、与四郎の三人で穴を掘って埋めた。

「死んで埋めてもらえる忍者なんて滅多にいねえ。よかったなとっつぁん。じゃあ、あばよ」

十佐がいう。与四郎も手を合わせた。

「今日こそあいつを斬るぜ」

十佐がいった。そのまま体がかき消える。塔七郎がいった。

「俺も行く。奴を見つけて斬る。おまえはどちらでもいいぞ」

「足手まといにしかならないが俺もついて行くよ」

次に相手と遭遇したとき、それは最後の戦いになる。そんな気がした。


——来たな。

それまで感じ取れるかどうかぎりぎりだった相手の気配が急激にはっきりしだした。やはりこっちを見張っていた。それどころか、いつのまにかそのかすかな気配に操られ、その方向に進んでいたようだ。傍らの与四郎はなにも気づいていない。塔七郎は地を蹴った。

一瞬遅れてまえの地面が盛り上がる。あと二歩だった。尖った切っ先が突き出し、土を撥ね飛ばしながら黒装束の姿が躍り上がった。

「うわあっ」

与四郎が飛び跳ねる。前回は空から、そして今度は地中から。自分はどこからでも襲える。おまえに逃げ場所はないといっているようだ。

振り下ろされた刃が塔七郎を襲う。塔七郎も抜いた刀を横に一閃する。相手が飛び上がった。塔七郎は刀を構え直し、着地した相手と正面から向き合った。

同時に地面を蹴る。刃と刃がぶつかり火花が上がる。一瞬、黒い切れ込みの奥にある目が光った。弾かれたように離れた。再度ぶつかる。塔七郎は積極果敢に打ち込んだ。敵も一流だ。どの攻撃も見事に受ける。このままでは埒があかない。すると突然、黒装束がうしろを向いて走りだした。すさまじい速さだ。

またしても逃げる気か。そうはいかんぞ。塔七郎もあとを追う。


ひとり残された与四郎はじっとしていられず、辺りを歩きまわりながらどうすべきか思い惑っていた。なんとかして手助けしたいが、自分にできることはないか。

木々の間に湿った色の大岩が見える。中央が地割れのように避けており、まるで巨大な卵が割れた直後みたいだ。与四郎の足が自然とそちらを向いた。

ふとキナ臭いような匂いを感じた。深く息を吸いこむ。今度は感じない。だが、つい今し方たしかに感じた。自然にはない匂いだったぞ。あの巨岩の方からだ。

岩のそばまでいくともう一度息を吸いこんだ。ある。これは火薬の匂いだ。どこかに火薬が隠されている。

大きな割れ目の間をのぞきこむ。木々の影によってはじめはなにも見えなかったが、やがて下の方に不自然なものがあるのがわかった。一抱えほどありそうな木箱だ。さらに目を凝らすと、そこから紐のような導火線が延びていた。

これを仕掛けたのは塔七郎たちではない。あの甲賀者だ。ようし——。

割れ目は優に人ひとりが通り抜けられる幅がある。だが底に辿り着くには飛び降りるしかなさそうだった。両側の岩面は見るからに滑らかで、いったん降りたら戻ってくるのは大変そうだ。与四郎は辺りを見回した。

おっ、あいつが使えるかもしれん。与四郎は駆けだした。三間ばかり離れた場所に、比較的まっすぐな倒木がある。近くまで行くと長さを検分した。うーむ。少し足りぬかもしれん。が、まあなんとかなるかな。

倒木の下に両手を差し入れ、転がしてみる。うむ、重い。ということはまだそれほど朽ちていないということだ。これは使いものになるぞ。

巨岩のそばまで持っていくには、張り出したほかの木の根や枝が邪魔になった。倒木の片側を持ち上げてなんとか進む。岩の割れ目まで辿り着くと、その端から木の先端を落とし込んだ。倒木がずるずると割れ目を下っていき、底にぶつかる。割れ目にすっかり呑み込まれてしまった。六尺ほど足りない。ええい。これ以上継ぎ足している暇などない。これくらいならなんとかなるだろう。裾をはしょった与四郎は倒木のてっぺん目がけて飛び降りた。

おっと……。危うく片足を踏み外しそうになり、強くつかんだせいで手のひらをすりむく。だが大丈夫だった。倒木をつたって底へ向かう。

底に降り立った与四郎は木箱に近づいた。手をかけようとして少しためらう。触っただけで爆発しはしまいか。

わざわざ導火線が延びているのだから、それを使って破裂させるつもりだ。触った程度ではなんともならないだろう。

木箱の蓋は鉄釘で留められている。与四郎は自分の小刀を抜いて蓋の間に差し入れようとしてみた。衝撃を与えないようそろそろとやる必要がある。はじめのうち、まるで埒があかなかったが、やがて刃が蓋と横板の間にめり込んだ。小刀を前後に動かし、少しずつ弛《ゆる》めるように蓋をこじ開けていく。ある程度弛めたところで対角にあるもう一本の釘に取りかかった。そちらも弛めることに成功し、両手で蓋を持って揺するように動かすと、箱が開いた。

中には四つの黒い塊が収まっていた。なんとも禍々しい雰囲気がある。背を丸めた巨大な黒い虫のようだが蜂などよりはるかに危険な代物だ。それぞれから延びた導火線がひとつにまとめられている。

——奴は箱を開けて調べるだろうか。元通りに蓋をしておけばそこまではすまい。ただ、四つ全部を取り除いておくと、持ち上げたり動かしたりしたらすぐにわかってしまう。ようし、ひとついただいておき、残りを不発にしてやろう。

慎重な手つきで黒い爆薬の塊のひとつを持ち上げる。つながっている導火線をほかのものからほぐして離す。それを箱の外に取り出すと、残りの三つの導火線を全部箱の中で切断した。蓋を戻し、釘を刺してから刀の腹で押しつける。導火線を切っていても、衝撃を与えるのはまずいだろう。両手で刀を押さえながら回転させ、なんとか釘を元の位置まで押し込んだ。立ち上がって眺める。箱はまったくいじられたようには見えない。与四郎は取り出した爆薬の塊を懐に入れると、倒木のところまで戻った。

ふたたび倒木に飛びつき、上り始める。てっぺんまで上がると上に手を伸ばした。かろうじて片手が縁に届く。指をかけて体を引き上げようとし、ふと気づいて爪先で木を蹴り倒した。これで、ちょっと見たくらいでは人が降りたことはわからないだろう。体をひき上げてひと息つく。だが休んでいる場合ではない。すぐにもここへやって来るはずだ。与四郎は綿入れを出してそこからひとつかみの綿を取り出すとそれを丸め、火打ち石を打って小さな種火を灯した。これですぐにも導火線に点火できる。


逃げだした黒装束は恐るべき速さで走っていた。この者の速さは知っていたものの、あらためてついていくのに困難を感じる。このまま逃げられてしまうかもしれぬ。

地形は複雑だ。上りや下りの斜面、干上がった流れの跡、連なる岩、高いところを越えるとその先がどうなっているかわからない。その点あきらかに甲賀者である相手の方が有利だ。塔七郎の息が徐々に上がっていく。黒装束には目的があるのかないのか、大きく迂回するような走り方をしている。このままだと、もといた場所に戻っていってしまうのではないか。

前方に岩場が見えてきた。黒い火山岩が群れを成して斜面に鎮座している。黒装束の男はそちらに向かっていた。塔七郎はすでに、なにかを投げても当てられぬほど離されている。

黒装束が大きな岩に取りついたかと思うと、その中にすうっと消えてしまった。塔七郎がそこまでいくと、黒い岩の間に縦に割れ目が開いているのがわかった。そっと中をうかがう。内部には割と広い空間があった。相手を追ってするりと中に入り込む。

しばらく進んだとき、ほんの微かな、ものが擦れる音がした。それを聞き取った塔七郎の首のうしろの毛が逆立った。しまった。左右を見る。両脇の側面は切り立った岩だ。手掛かりがまるでない。まずい。どうやらこの場所は、相手があらかじめ準備していた罠らしい。うしろを見る。戻る時間もなさそうだ。体が勝手に反応していた。うしろに飛び退くと倒れ込んで頭を抱えた。

目をつぶって待つ。なにも起こらない。たしかに火をつける音がした。ここなら相手を誘い込んで吹き飛ばすのに打ってつけだ。ほとんど逃げ場がない。岩に囲まれ、爆発の威力はほぼ内側に向かう。なのに爆発も起こらず火の手すら上がらない。立ち上がった塔七郎の目に、割れ目を上からのぞき込む黒い顔が映った。

表情は見えぬがその動揺はわかりすぎるほど伝わってきた。奴め、失敗しおったわ。

そのとき爆発が起こった。塔七郎も伏せる暇がなかった。不思議なことにそれが起きたのは割れ目の中ではなく外らしかった。土埃や草の塊とともに大きな黒い塊が縁を越えて落ちてくると、重い音を立てて底にぶつかった。塔七郎が駆け寄る。それはあの黒装束の男だった。うしろ向きに落ちてきて頭をぶつけ、気を失っている。塔七郎はこれ幸いと懐から縄を取り出して黒装束の手足を拘束し、ぐるぐる巻きにした。それを終えるころ、黒装束が目を開けた。

「おうい、大丈夫か」

岩の縁から与四郎が顔をのぞかせる。そうか。いまの爆発は与四郎の仕業だったか。それにしてもよくやったものだ。

与四郎が上からなにかを指差している。それは割れ目の底に倒れている長い倒木だった。どうやらそれを立てかけろといっているらしい。塔七郎は縛り上げた黒装束から目を離すことなく移動し、それを持ち上げて岩壁に立てかけた。それをつたって与四郎が降りてくる。

「うまくいったな」

「おぬし、あんな火薬をどうした」

「こ奴から頂戴しといたのさ」

与四郎が傍らを指差した。そこに木箱が落ちている。切断された導火線はすでに燃え尽きていた。

「――どうやらおぬしは、俺の命の恩人らしいの」

「大げさなことをいうな。おぬしならなにがあろうと生き延びただろうさ」

与四郎が薄気味悪そうに黒装束の方を見た。

「生け捕りにしたのか」

「ああ。おぬしのお陰で丁度いい具合にな。こ奴には訊きたいことが多々あるでな」

両手と両足をそれぞれひとつにゆわえられた黒装束はすでに意識を取り戻しており、無言のままふたりの会話を聞いている。

「十佐の奴、先を越されたといってきっとくやしがるぞ」

与四郎がいう。

「ああ、まあな」

「さっきのあの爆発だ。聞こえる範囲にいたなら来るだろうな」

塔七郎はそれには答えず、黒装束のまえに腰を下ろした。与四郎もその傍らに座る。

「藪須磨是清とやら、ようやっとじっくり話ができるな。おぬしの顔も声も知らぬが、こうして俺たちと戦う理由のある者はほかにいない。いくつか質問させてもらうぞ」

転がった姿勢の黒装束は聞く耳を持たぬように反応しない。

「まず最初に尋ねるが、半太夫の顔を切り取って木に貼り付けたのはおぬしだな」

やはりなにも答えない。

「ふむ。なにもいわぬつもりか。まあいい。こっちはおぬしがちゃんと聞く耳も持っていて口も利けることを知っている――」

脇で与四郎が口を開いた。

「下世話ながらいわせてもらうが、こ奴も忍びだろう。なにを訊いても答えぬのではないか」

「心配無用だ。こちらの話を聞いていればいずれ話すようになる。いや、話さざるを得なくなる、といった方が正確かな」

そういうと懐から畳まれた紙を取り出した。

「是清、これはな、俺がおまえのことを調べてもらうために江戸へ送った手紙の返事だ。江戸詰めの伊賀者が書いてくれた」

畳んだ紙を開くと、黒装束にも中味が見えるよう引っ繰り返して見せてやる。黒装束は死んだような無反応を装っていたが、切れ込みの向こうにある黒目がたしかに手紙に向かって動くのが見えた。

「伊賀文字で書いてあるからおぬしには読めぬよな。だがここに一カ所、赤い文字があるのがわかるだろう。あとから書き足したように見える箇所だ。筆跡もほかと異なる。ここにはおぬしのことが書かれているのだ。赤い文字は『左利き』とある」

隣で与四郎が固唾《かたず》を呑んで見守っている。

「俺はこの付け足された文句がどうにも気になって仕方なかった。玄也によって書き足されたものなのかどうかわからなかったからだ。一度書き終えた手紙を使いに持たせようとした直前、おそらくは外にいるときに新たな情報を得て、筆も墨もなく、自分の血を使って書き足したのか。あるいは途中、手紙を手にした全然べつな者が嘘を書き足したのか――」

「塔七郎、たびたび口を挟んで悪いが、その者が実際に左利きだったのだから、その問題はすでに解決ずみだろう。もやは検討する余地などないのではないか」

「うむ。たしかにそういえんこともない。現実に刃を合わせてみて、こ奴が左利きであることははっきりしている。ならばこの文句は玄也が書いたのだと思える。そう考えていたところにあの五郎兵衛の話を聞いた。それでふたたびわからなくなったのだ」

「そうはいうが、五郎兵衛は少し錯乱しておったのではないか。あるいは記憶違いということもあろう。それに、是清が両利きだという五郎兵衛の話はべつに矛盾など――」

「矛盾など生まぬか。そうだな。いうまでもなく忍びには両利きが多い。特に生まれつき左利きのものはまず両利きになる。だが、ひとつだけ違うものがある。それは剣法だ。それだけはどうしても利き腕に頼る。二刀流というのもあるが、どちらか一本となれば自然と利き腕を使うだろう。剣を扱うのはほかの武器とは違う。手裏剣を両手で投げられる者も、いざ果たし合いとなれば利き腕で剣を持つ。その点は忍びも武士も変わらん」

「だから左利きでまったく問題ないではないか。俺にはおぬしがこの者の利き腕にこだわる理由がとんとわからんな」

「おれがこだわる理由か。それはな、こ奴は左利きのくせに刀を差し替えたりして、ときに右利きに見せようとしていたからなのだ」

まるで味方同士ふたりだけで議論しているようだったが、ふたりの双眸は油断なく目のまえの黒装束を見据えている。

「五郎兵衛の話はこうだった。自分が将間の造った建物を見張っていたとき、こ奴がひとりで現れた。そのときはたしかに右利きらしく左の肩から柄がのぞいていた。なのに、いったん建物に入ったあと、また出てきたときには、なにが気になったのか刀の位置を左右入れ替えていたという。

もうひとつある。それより以前、こ奴らしき者を遠目に見かけたとき、刀は左に差していた。つまり右利きに見えたという。

与四郎、このような奇妙な両利きの奴を見たことがあるか」

「それはないが……」

まだ計りかねる顔つきだ。塔七郎は続けた。

「いまの話を全部合わせるとどうなるかわかるか」

「つまり、そ奴は——」

与四郎がいいかける。塔七郎はうなずいて先をいうよう促した。

「そ奴はふたりいるのか。いや、つまりそのような黒装束をした男がふたりいて、どちらも是清を名乗っていたということなのか。ひとりは右利きでもうひとりは左利きだったというわけだろう。顔を隠しているからこそできる仕業だ」

「ふふふ、与四郎。それは違うぞ。そうであったなら、同じひとりが刀を差し替えたりするものか」

「ああそうか」

「そこでまた手紙の話に戻る。俺は、あの赤い文字で書き足された部分が偽物だと仮定してみることにした。何者がどうやってやったかということは一時置いておく。ともかく、この『左利き』という文句が玄也以外の者による捏造《ねつぞう》だと考えてみることにしたのだ。

すると奇妙なことにいろいろなことがつながりだした。それまで不可思議としかいいようがなかったいくつもの事柄に次々と意味がつうじ始めたのだ。

まず、左利きというのが嘘であるなら、藪須磨是清という奴は本当は右利きだということになる。いうまでもなくいま俺たちの目のまえで転がっている者は是清ではないということになるな——」

与四郎が無言でうなずく。

「刀を左右差し替えたというのもおもしろい。五郎兵衛が見張っていたとき、将間は湯葉を捕らえに行っていて留守だったという事実と合わせるとな。そのとき現れた黒装束はあきらかに将間が留守であることを知らなかった。だから建物内にいるものと思ってやってきたに違いない。だが建物の中には誰もおらず、出てきた。そのときおそらく、何者かに自分が見張られているような気がしたのだろう。それで慌てて刀を差し替えた。俺はそう見る。

もうひとつ、それとつながる話がある。五郎兵衛と将間が崖から落ちてきたときのことだ。あのとき、直前まで俺と戦っていたこの黒装束は、落ちてきたふたりの叫び声を聞いた途端に姿をくらませた。あれは不思議なことだった。俺に五郎兵衛の声が聞き分けられたということは、こ奴にも仲間の将間の声がわかったろう。なのになぜこいつは、仲間を助けようともせずに一目散に逃げだしたのか。

俺たちは五対五の果たし合いをやらされている。だから仲間は貴重だ。たしかに、発見したとき将間はすでに戦える状態ではなかった。戦力としてはもはや無きに等しかった。だが、それはあの姿を見てはじめてわかったことだ。叫びを聞いただけで判断できたはずがない。なのにこいつはどうして仲間を捨てて逃げ去ったんだろうな」

「——先ほどまでの戦いぶりを見ると腰抜けという感じはせんが。たしかに奇妙なことではあるな」

「そうだろう。だが、これもあの手紙の『左利き』が偽であると解釈すれば意味がわかってくるのだ。いいか与四郎、これまで話した全部のことを合わせて考えてみるのだ。さすれば見えてくる。

藪須磨是清は本来右利きの忍びだった。甲賀者の間ではそれは周知の事実だったのだ。だからこ奴は、将間のまえに出るとき、もしくは将間に会いそうなときだけ右利きらしく刀を左に差していた。しかしこ奴の本当の利き腕は左であるから、俺たちと戦うときには右に差してきた——」

「なるほど、わかったぞ。だから将間の声が聞こえてきたとき逃げだしたのだな。将間に左利きであるところを見られたら、偽者であることがばれてしまう」

「そう。それと声だ」

「声？」

「将間が現れたら、きっとこ奴に話しかける。将間はこいつが話せることを知っているのだからな。そうなると返事をしないのは不自然だろう」

「普通に返事をしていけないわけがあるのか。えっ？　待てよ。つまり、それは——それの意味するところは……」

与四郎の両目が大きく見開かれている。そのうしろで、怜悧《れいり》な脳髄が大忙しに働いているのが見えるようだ。

「……いや、それはおかしいぞ塔七郎。おぬしのいうとおり、こ奴が偽者だとしたら、将間のまえで刀を反対に差していたというのはうなずける。しかしそれは声に関しても同じではないか。どうしていままでにそれで正体がばれなかったのだ。偽者だったのなら、声だって隠さねばならないはずではないか。是清は甲賀の中でも孤立していた者だったそうだが、ひょっとすると将間も本物の是清の声を知らなかったのか」

「そうだよな。俺も同じように考えた。将間はすでにこいつと話している。将間が是清の声をもとから知らなかったかどうかはわかりようがないが、いずれにせよいまのこ奴の声を是清のものとして受け入れていたことはたしかだ。

不思議なことだと思わぬか。利き腕がどちらか隠さねばならなかったにもかかわらず、声はそのままでいいなんてな。いまや将間が死に、こうして俺たちしかいないのに、なお声を出さないとはどういうわけだ」

「——つまりこういうことか。こ奴は俺たちに声を聞かれたくなかったと」

「そう。それしかあるまい。利き腕のことを隠すだけなら、将間が現れたのちは刀を使わずに戦えばよかった。こ奴ほどの腕があればほかの技でいくらでもあの場を切り抜けられただろう。だが話しかけられたくはなかった。まだ正体を知られたくなかったのだ。

将間はすでにこ奴の声を知っていた。だから、声を聞かれたくなかったのはこっち側だったことになる。

また手紙に戻る。『左利き』が捏造だったとすると、それを書いたのは何者で、一体どうやってやったのだという問題が生ずる。

まず、あんなふうに書き足すことができたということは、それをやった奴は伊賀文字の読み書きができなくてはならない。それはそれなりに上位の者でなければ教えてもらえない。むろん絶対的な部外秘だ。もしもそれをほかの者に洩らせば死しかない。

結び目のこともある。玄也がやった結び目は非常に複雑なもので、これまた相当上位の者でなければやり方がわからない。やり方を知らぬ者が一度ほどいてしまったら再現するのは不可能だ。それに、奴がやったように綺麗な結び目を作るとなるとさらに大変だ。玄也とてきっと時間をかけてやったに違いない。その上、ほかの手紙では結び目の決まった箇所に蠟まで垂らして固めてあった。やるからにはきっちりやるという玄也の性格がよく表れていると思ったよ。

例の手紙に蠟はなかった。だが、あの文句が本物であったとすればうなずけなくもない。玄也が外で自分の血を使って書いたのだとするなら、蠟までは持っていなかっただろうからな。結び目だけでも充分信憑性の証になると考えていた。しかし、そうではないとわかった。

手紙は最終的に、サンカの子供によって決まった場所に隠されていた。手紙を受け取ったとき、俺は何者かに見張られている感じを受けたときがあった。その者がついに、俺が手にするまえの手紙を見つけたのだ。そうして内容を読み、書き加える一計を案じた。書く道具は持ち合わせていなかったから血を使った。蠟ももちろんなかった。

そいつとて、それまでのすべての手紙を入手できたわけではないだろう。返事はいつ来るかわからないのだし、そこでずっと見張っているわけにもいかなかったろうしな。

書き加えられたのは藪須磨是清に関する情報だった。是清の利き腕の左右を錯誤させる内容だ。本当は右利きだった是清が左利きだと嘘を書く必要のある者によって書かれたことになる。つまり、いま藪須磨是清を名乗っている者、左利きであるこの黒装束の仕業でしかあり得ないのだ」

「まさか、こっ、こ奴は――」

塔七郎はしゃべりかけた与四郎の腕をつかみ、自分ともどもうしろに倒れ込んだ。突然、それまで死んだように動かなかった黒装束が動きだしたのだ。縛られたまま逆さま立ちをして肘で体を支え、下半身を振り回した。すさまじい速さだった。動きを察知してすぐに倒れたにもかかわらず与四郎の顎を相手の爪先がかすめる。もう少し遅ければ首を折られていたかもしれない。そう思わせるほど威力のある足の振りだった。かわされるとすぐに飛び上がり、宙で反転して爪先立ちになる。恐るべき体の器用さだ。すぐに両足で跳ねて逃げだした。

「十佐！」

塔七郎は叫びながら起きあがり、あとを追った。与四郎も続く。結わえられたままの両足で飛び跳ねる相手はまるで人ではないみたいに見えた。

——なんていうことだ。与四郎は塔七郎のあとについていきながら混乱の極みにあった。信じられぬことだ。どうして、なぜ——頭の中と体の動きがばらばらだ。目のまえの黒装束が加速していき、与四郎が使った倒木のところに飛びつく。信じられないことに、両手両足を縛られたまま、そいつは倒木を上り始めた。それも自分などよりはるかに速い。縛られているにもかかわらず、これではまた逃げられてしまう。そのときだった。

岩の割れ目の縁に黒い影が現れた。いや、影ではない。全身が黒いためにそう見えたのだ。その新たに現れた者も全身黒ずくめだった。目だけを残して顔も覆っている。いま逃げていく者とそっくりだ。上っていく黒装束も上を見上げ、ぎょっとしたように体が硬直した。上から現れた黒装束が倒木の上に片足をかけ、それを蹴った。上っている途中だった黒装束もろとも、倒木がこちらに倒れてくる。黒装束は投げ出され、地面に転がった。その傍らに木も転がる。新たに現れた黒装束が縁から飛び降りた。それも、下に転がる黒装束の真上にだ。下にいた黒装束が気づいて咄嗟に体を捻ったものの避けきれなかった。落ちてきた者が下の者の足のうえに飛び降りる。実際には聞こえなかったはずだと思う。しかし与四郎の耳になにかの折れる音がたしかに聞こえたような気がし、思わず顔をしかめた。与四郎はそばにいる塔七郎の肘をつかんだ。

「おい塔七郎、これはどういうわけだ。一体なにが起きている。俺にはさっぱりわからんぞ。えっ？おい、おぬし笑っておるのか」

そうだった。塔七郎が笑っている。目は鋭いままだが、口の端が持ち上がり、いまにも歯がこぼれんばかりだ。与四郎は自分の目を疑った。

相手を踏みつけにした黒装束がこちらへ歩いてきた。足を折られた方はさすがに起きあがる気配がない。

「どうしておまえはこういう肝心なときまでふざけるのだ」

塔七郎がいう。黒装束が自分の顔面の布を剝ぎ取った。十佐だった。与四郎は腰が抜けそうになってよろけた。

「だってよ、一方的に騙されっぱなしってのはむかつくじゃねえか。こっちだって少しは魂消《たまげ》させてやらねえとな」

「俺にはなにがなにやら——おい、誰でもいい。説明してくれ」

倒れている黒装束のところまで行く。十佐は刀の柄に手をかけている。

「こ奴は一体誰なのだ。やはり甲賀の是清だというのか」

与四郎がいうと塔七郎が答えた。

「そうだな。こいつはいま、藪須磨是清という甲賀者でとおっている。少なくとも八年まえからはずっとそうだ」

「はっ、八年まえ？」

「与四郎、これはおまえがきっかけを与えてくれたのだ。選ばれた伊賀、甲賀の忍びがいずれも目付として取り潰しになった藩に行ったことがある。そういう共通項をおまえが指摘した。俺は具体的に調べたのさ。藪須磨是清は八年まえに豊後の府内藩で竹中家を密偵していた。そこに出向いたときまでは右利きだったのだろう。

だがそこから帰ってきたとき、なぜか左利きになっていた。仲間には右利きだったことを知っている者もいる。だからこ奴は右利きを装って刀を左に差していた。声も変わってしまったが、これはおそらく、もともと口数も少なく、親しく話す者もいなかったためなんとかなった。以降ますます孤立するようになったことはいうまでもない」

倒れた黒装束はふたたび死んだような沈黙を守っていた。刀の柄に手を触れている十佐の気はとうに察しているだろう。もはや動くことは死を意味する。

「一体、豊後でなにがあったのだ」

「それより与四郎、おぬしはおもしろい話を聞かせてくれたの。首ではなく顔面を切った理由だ。より運びやすくするためだったという。それは違ったな。こ奴が半太夫の顔面を切り取ったのには全然べつなわけがあったのだ――」

わかるかというように塔七郎が与四郎を見る。与四郎はごくりと唾を飲み、首を振った。想像もつかない。

「それはな、人は首を失えば生きてはいけぬが、顔面だけなら血止めさえしっかりやれば生きていける。だからなのさ。そうだろう半太夫」

倒れている黒装束に向かって塔七郎がいった。

「なっ、なんと。まさか、そのような――」

唖然とした与四郎には続ける言葉が浮かばない。

「こうすりゃわかるさ」

十佐が刀を抜いて一閃する。一見、なにごとも起こらないように見えた。だが一瞬ののち、黒装束の顔を覆っていた布が落ちた。そこに見えたものに与四郎は愕然となった。黒い仮面だ。鉄の仮面が顔面を覆っている。仮面には、目以外にも鼻と口の部分に穴が開いていた。

「こいつ、まだこんなものを――」

「もういい。はっきりした」

塔七郎が制した。

「こいつが俺たちに声を聞かせなかった理由ももうわかるな。半太夫、そろそろしゃべったらどうだ」

黒装束は相変わらず無言を貫くように思われた。その矢先――。

「ふっふっふっ、わっはっはっはっはっ」

突然弾かれたように笑い出す。与四郎はもとより半太夫の声を知らない。塔七郎と十佐の顔を見ればそれが当たっていることがはっきりしていた。

「さすがだな塔七郎。俺の顔を見ずに見破るとは思わなかった」

「手足をそんなふうに縛ったのはなんのためだと思う。おまえの体術を見たかったからなのさ。両手両足を縛られてなおああして木に登れる奴などほかにはいない。

そもそも手紙に細工をしたのがおまえの失敗だ。あれで俺は、いま是清を名乗っている者が偽者であり、さらには伊賀者であることもわかった。それで一体どういうことが起きたのだろうと考えた。

おまえも八年まえ、豊後に行っていたな。そのときに甲賀の是清と出会ったのだろう。布で顔を覆っている忍者だ。子供のころから仲間にも顔を隠していると聞き、自分の身代わりにするのに丁度いいと思ったんだな。おまえは豊後で是清を殺し、その身分を自分のものとした」

「しかし、八年もまえからどうしてそんなことをする。そんなに長いあいだ、こ奴はひとり二役をやっていたというのか」

「それほどむずかしい話ではない。忍びの仕事はたとえ集団で請け負っても事実上ひとりでやることが多い。互いが具体的になにをしているかは仲間でも知らないのが普通だ。本物の是清がどういう奴だったかは知らないが、半太夫の場合は特にはりきって人一倍仕事をこなしていたから、まさかもうひとり分の仕事をしているなどと思う者はいなかったさ」

「手抜き屋が多いからな。そこの十佐のようにな。伊賀と甲賀の両側にまたがって仕事をしてもばれる心配などしたことがなかったわ」

「それが今度は困ったことになったな。自分の分身と戦うよう命令されたのだからな。おまえは最終的にどうするつもりだった？　いや、聞かなくともわかる。おまえは真っ先に半太夫を抹殺した。俺たち伊賀者全員を倒したのちには藪須磨是清として生きていくつもりだったわけだ」

半太夫はなにもいわない。与四郎はたまりかねて質問した。

「なぜだ。どうして半太夫を捨てて是清を名乗る。伊賀に不満があったか」

半太夫はこれも無視した。ふたたび塔七郎がいう。

「俺も不思議に思うことがある。今度の五対五の勝負、はじめからあきらかにこちらに分があった。これは贔屓目でいうのではない。こちらの五人、五郎兵衛、俺、十佐、湯葉、そしておまえ、半太夫。それに対する甲賀の五人、麩垣将間、紫真乃、奢京太郎、李香、そしてやはりおまえ、藪須磨是清。五郎兵衛の話を聞く限り、奢京太郎と紫真乃は忍びとしてそれほど上位の者ではないのがあきらかだし、李香などははじめからまったく戦闘能力を欠いた忍者だった。骨があったのは将間くらいのものだ。おまえは半太夫のままでいて甲賀者を倒していった方が楽だったに違いないのだ。なのに始まってすぐに半太夫を捨てて是清に成り代わった。これはたんなるおまえの計算違いか。甲賀者たちの腕を見誤っていたか」

「ふはは、ではひとつの理由を教えてやろう」

半太夫が倒れたままの恰好でいう。手足を縛られ、おまけに足を折られていても、与四郎からすればまだ恐ろしい相手に見えた。先ほどの逆さ立ちからの蹴りを見せられたせいもある。

「――たしかにこの勝負、放っておけば伊賀の方が勝つことはあきらかだ。伊賀者の方はすべて精鋭、対する甲賀には未熟者が多い。俺はそのあたりを思案した上で動くことにした。うまく動いて、なるべく正体を知られずにどちらをも全滅させようとしたのさ」

「てめえ、どちらに対しても裏切りだぜそりゃ。見下げ果てた野郎だ」

十佐が吐き捨てるようにいう。まえに出ようとするのを塔七郎が制した。

「なぜだ。どうして両方とも全滅させる必要がある」

「塔七郎、おまえとて今度の任務の目的を考えただろう」

逆に訊いてきた。

「ああ。伊賀甲賀双方の全員が大名の改易、廃絶に関わっていることがわかった。それも、どの大名も一番多い理由である跡継ぎ不在のためではなく、それ以外のさまざまな理由で改易になった者ばかりだ。それが唯一の共通項だった」

「そこまでわかっているならもうはっきりしておろうが。巷には職を失った浪人が溢れ、幕府に対する不満が渦巻いている。もはやどこでいつ暴発しても不思議でないほど人数も膨れあがっている。俺たち目付だった者が知る事実はそのきっかけになり得るのだ。誰か幕府に楯突く者が現れたとき、これら幕府の暴政の証拠は充分に倒幕の大義名分となるのだ。幕府がそれを嫌わぬわけはなかろう。

だから幕府はな、いや、あの伊豆守、松平信綱はな、余計なことを知る者をすべて抹殺する計画を立てたのさ。自分たちがいかに無茶な理由で大名を押しつぶしてきたか、その証拠になるようなことを知る者たちを消すことに決めたのだ。

ただし、たんに大量の忍びを殺すのも何ごとかと騒ぎになる。だから互いに殺し合いをさせることにした。こんなことをさせられたのは俺たちがはじめてではないのだ。また最後でもないだろう。俺たちがなんの恨みもない同士で殺し合いをさせられた理由はそれさ」

「本当なのか、それは」

「ああ。俺は殺し合いが始まる直前にある情報を耳にした。それでほうぼう回っていろいろなことを調べてみた。すべていまいった方向で合致しているのがわかった」

「塔七郎、俺にもこの者のいい分は正しく聞こえるぞ。いまの話、いかにもあの伊豆守の考え出しそうなことだ。幕府を守るためなら彼奴《きやっ》はなんでもする。そういう奴だ。その目的のまえではほかのあらゆる者が虫けら同然なのだ」

「半太夫、おまえはそれを知って止めようとは思わなんだか」

「ふん。くだらないことをいうなよ。俺ひとりでなにができる。伊豆守のところへ行って全員の命乞いでもしろというのか。無駄なことだな。知ったことを一切しゃべらないといくら約束したところで、疑心暗鬼に満ちた者にはつうじんよ。ああいう奴は余計なことを知る者すべてが死ぬまで安心できるはずがない。

　それらのことを知るに及んで俺はつくづく嫌になった。なんのために必死でやってきたのか。これまでやってきたことすべてが馬鹿馬鹿しくて仕方なくなった。さんざ身を粉にして働いてきたものを、最後はお互いで斬り合って死ねだと。

　俺たち忍びは非人と呼ばれてきた。たしかにそんなものかもしれん。しかし非人が野心を抱いてはいけないのか。

　俺とてガキじゃない。真っ直ぐなばかりで世の中が渡っていけるなどとは思っちゃいなかったさ。

三代めと四代めの半蔵殿を見てもあきらかだ。徳川家に対してあれほど貢献があった家の者なのに、ちょっと大久保に肩入れしたといって佐渡送りだ。俺はいつしか逃げ道を用意しておくことを考えていた。将来、俺がどうにもいけなくなったとき、にっちもさっちもいかなくなったときに成り代われる相手。そういうものを想像してきた。そんな折りに豊後で奴に出会った。

藪須磨は子供のころに負った傷が原因で顔を隠しているといった。もう十年以上も他人に顔を見られていない、とな。体格も俺に近かった。俺はこいつしかないと思った。

塔七郎、いまおまえがいったとおりさ。俺は伊賀では人一倍働いているように見せ、甲賀じゃ謎に包まれた孤独な男になった。今度のこんなことさえ起こらなきゃ、もっと先まで使える身分だったはずだ――」

「そうして俺たち全員を殺したあと自分も姿をくらますつもりだったか」

「それだが、おい塔七郎、俺をこのまま見逃してはくれぬか」

「なんだと。いうに事欠いて――よくもぬけぬけと」

「いいや、いまの理由を聞けばそう無茶な願いでもあるまい。冷静に考えてみろ。俺はとうに死んだのだ。おまえと十佐で里へ戻れ。可愛い桔梗が待っておるだろう。俺はもう二度と忍びには戻らぬ。ばれる心配は今後一切無用だ。

このとおり、俺の足はもう使い物にならん。十佐、それでおまえを責めるつもりもない。見逃してくれさえすればよいのだ。どうか――」

すべていわないうちに半太夫の首が転がり、切り口からすさまじい勢いで流れ出た血が辺りを濡らした。斬った十佐や塔七郎ともども与四郎もうしろへ飛び退く。

「ふん。信用できるか。そうかといって背中を見せたが最後、逆に俺たちを斬るくせしてよ」

「まだ聞き出せることがあったかもわからんのに」

「もういいよ。充分だろ。これ以上聞いちゃいられねえよこんなゴタク。終わったんだ。終わった終わった。ああむかつく。こんなとこ早く帰ろうぜ」

懐紙で刃を拭きながら十佐が忌み嫌うような視線を半太夫の死体に送る。

「こいつは気がふれてやがったのさ。自分の出世がだめだとわかってから頭がおかしくなったに違いねえ。なあ、考えてもみろよ。自分で自分の顔面を切り取ったんだぜ。そんなことまでしてひとりだけ生き延びてえか」

「――たしかに、並々ならぬ生への執着がなければできんことだな」

与四郎はまたしても戦慄をおぼえながら感心してしまう。

「貼り付けられた顔面の切り口がきれいでなかったわけもわかったな。さすがのこ奴でもひと息には切れなかったんだろう」

「どうした。浮かぬ顔だな。まだなにか気になるのか」

歩きながら与四郎が塔七郎に尋ねる。

「ああ、まあな。奴のいったことが少々気になる。あいつは自分のやったことに対してひとつの理由を教えるといった。まるでほかにも理由があったかのようだ」

「ふむ。たしかにそういったが」

「それと、やはりまだ解せんのだ。納得がいかぬところがある。是清は自分が斬ったことにして、半太夫はこうして俺たちと帰ることだってできただろう。本当にあそこまでやる必要があったのか」

「いわずに隠していたことがあると踏んでおるのだな」

「考えすぎだって。あいつはいかれてたんだよ。それだけさ」

十佐がうんざりした調子でいう。

「里のことも気になる。玄也の手紙に、俺たちの里で次々に人が殺されているということが書かれていた。もしかすると、伊豆守から半蔵殿を通して送られた命令はもうひとつあったのではないか」

「おぬしの里の者たちを殺せという指令か。まさか、そこまでするかな。目付として大名改易に関わった者たちはともかく、無関係な者まで殺す意味はないだろう」

「そう思うのだが、いまの半太夫のいい方も気になった。里へ帰れ、桔梗が待っているなどとわざとらしくいい、まるで自分は事情を知っているが桔梗には害が及んでいないと教えるかのような口ぶりだった」

「桔梗というと、おぬしの許嫁《いいなずけ》か」

「十佐、おまえが吹き込んだな」

「だってそんなもんじゃねえか」


伊賀との国境まで来た。与四郎がここでお別れだといった。

「俺は江戸へ上って浪人たちのためにいろいろやってみようと思う。おぬしたちと出会えたことはこの与四郎、一生の財産だ」

「こちらこそ世話になった。命も助けてもらったしな」

「じゃあ、達者でな。塔七郎を助けてくれたことはこの十佐、一生おぼえとくぜ」

三人は二手に分かれた。

## 其の八

急坂で何度も転び、勢い余って藪に突っ込んだりしながらも紋は走るのをやめなかった。履いていたものはとうになくなり膝や手のひらは擦りむけ、走っているのが不思議なくらいだった。止まれば動けなくなるのがわかっている。だから走り続けるのだ。

もう間に合わない。とっくに殺されているさ。いやまだ間に合う。いま行かなければ一生後悔する。そんな思いを交互に抱えながら紋はひたすら足を動かす。

道はいつしか上りになっていた。それも気づかなかった。木挽の里はもうすぐだ。さすがに走ることはできなくなった。くたくたになりながら歩き続ける。そのとき、横の藪からなにかが飛び出してきて紋に体当たりした。紋は横様に倒れる。ぶつかったものがぴたりと立ち止まり、紋を見据える。

子供だ。あの、いつか里に入り込んでいたサンカの子供だった。両腕を横に広げる。

「里には帰らせねえ」

「なんだよ、あんた」

痛む身を起こしながらいう。まったくだしぬけでわけがわからなかった。こっちは先を急いでいるのに。

「おめえは塔七郎を殺すといった。だから戻らせねえ」

紋はきょとんとなる。少しして思いだした。そうだ。この子供に対して自分は嘘をついた。桔梗だと名乗り、もう塔七郎には会いたくない。戻ってくるなら殺してやるといえ。そんなことをいった。

「あれは違うんだ。嘘だったんだよ。あたしは桔梗じゃない。紋てんだ。だから邪魔をするのはやめとくれ」

「ふん。信じるもんか」

子供は相変わらず両手を横にして立ちふさがっている。両目は真剣だった。

「こっ、この馬鹿ガキが。あんたなんかの相手をしてる場合じゃないんだ。そこをおどき」

立ち上がり、子供を突き飛ばす。紋の方が上背もあり体重も重い。子供はよろめき、紋はまえに出る。そのまま里に向かって歩きだした。

「待て。行かせねえぞ」

ふん、遊んでる暇ないよ。紋は振り向きもせずに歩く。あたしにはやらなきゃならないことがある。殺しの犯人がわかった。だから行って——あっ。

またしても真横から衝撃を受け、紋はよろめいた。咄嗟に脇腹に手をやる。持ち上げたその手は真っ赤だった。振り向く。サンカの子が小刀を持って立っていた。

「馬鹿。なにすんだよっ」

子供が刀を構えてかかってくる。思いのほかその構えは堂に入っていた。だれかが剣法を教えたらしい。紋は懐に手をやり、懐剣がなくなっているのに気づいた。どこかで落としたのだ。そこへ子供が斬り込んでくる。うしろによけようとした。だが疲れ切った足腰がいうことをきかない。刀の切っ先がまともに肩に食い込む。紋はあお向けに倒れた。子供が馬乗りになる。

「やめ、やめておくれ。違う。違うんだ。ちっ、ちょっと——」

紋は相手を振り落とそうともがいた。体がくたくたで力が入らない。子供がしっかりと紋の着物をつかんでいた。逆手に持った小刀が振り上げられ、紋の首の付け根に突き刺さる。

……かあさん、どうしてあたしは——かあさん。薄れ行く意識の中、紋の脳裏に浮かんだのはすえの姿だった。

## 其の九

塔七郎と十佐が最後の山道を上ると、里の入り口にある樫の木に桔梗がよっかかって立っているのが見えた。その目がぱっと塔七郎をとらえる。どういうわけかしばらく表情が浮かばなかった。まるで、自分が見ているものが信じられないような顔をしている。

「塔、七郎？」

手が届くところまでくるといっぺんに顔に血が上った。笑いだしそうな泣きだしそうな、ぐにゃぐにゃな顔になる。

「おまえ、ずっとこうして待っていたんじゃなかろうな」

「えへへ、日中はずっとこうしてた」

「おまえは大丈夫だったか。ほかの者たちはどうなった」

「みんな殺されたか出ていっちまった。──そんなことよりさ、おれ、酒を買ってきたよ。肴も少し。もう戦いは終わったんだろ。おれの家に来るだろう」

塔七郎の腕をつかんで引っ張る。十佐は気を利かせてすうっと離れていった。

桔梗の家は小綺麗に掃除がしてあった。

「さあ、そこへ座って」

塔七郎を無理矢理座らせるとまめまめしく動き始めた。山菜や魚を載せた皿や小鉢をふたつずつ並べる。容れ物はすべて対になっていた。最後に杯を置き、酒を注ぐ。

「おつかれだった。よく帰ってきてくれたよ」

「おまえこそ、さぞかし恐ろしい目に遭ったのではないか」

「まあね。でも塔七郎ほどじゃないよ」

「生き残ったのは俺と十佐だけだ。半太夫も五郎兵衛も湯葉も死んでしまったよ」

「そう」

家の外で雉の鳴くような声がした。

「さあ、仕事がうまくいった祝杯だ」

「待て、そのまえに訊いておきたいことがある」

杯に手を伸ばした桔梗がかしこまる。ふたりは正面を向いて座っていた。塔七郎が桔梗の目を見ていう。

「半太夫と組んで里の者たちを皆殺しにしたのはおまえだな」

桔梗の目が上がる。打って変わった暗い目だった。顔の血の気も失せている。

「半太夫がそういったの」

「いや。奴はなにも洩らさなんだ。俺が思いついた。いまの雉の声は十佐の合図だ。本当に里には誰もおらんようだな。おまえはここで何日くらいひとりですごしたのだ」

「今日で三日めかな」

「里で人が殺されていることを知ったのはべつのスジからだ。だが半太夫は知っているようだった。それどころか、今度の任務の裏側も知っていた。誰から聞いたのだろうと思っていた。

任務の話を鴉が持ってきたときから善鬼殿に呼ばれるまで、半太夫は俺のそばにいた。だから任務の内容を聞いていたはずがない。おそらく鴉は、俺たちにやらせるのとはべつに、もうひとつの任務について善鬼殿に話したのだろう。それがこの里での殺戮に関わっていることは間違いない。

その任務について、半太夫に教えた者がいる。おまえ、たしかあの直前に仮死の術について話していたよな」

「丁度いいと思ったんだ。どれくらいできるかどうか試してみようと思った。だから頭領の家の床下に忍び込んで仮死になってみた。やりすぎたみたいで、気がついたあと頭が痛くてたまらなかった。でも、戻ってくる記憶の方があんまり恐くてそれどころじゃなくなった。これは本当のことじゃない。嘘だ。おれの頭が勝手に作った嘘っぱちなんだと思った。で――」

「――で、どうした」

「おれがふらふらしていると半太夫が近づいてきたんだ。おれは誰かに聞いて欲しかった。馬鹿な、夢と混同したんだって笑って欲しかったんだ。だってあんまり恐ろしい話だったから。お、おれの――いや、塔七郎を殺す話だったから。それで半太夫に話した」

仮死のあいだに耳から入った話はすべていったんどこかへしまわれ、覚醒したのち徐々に思いだされる。はじめて本格的にその術を使った桔梗が、思いだされてきた話の信憑性を疑ったのも無理はない。

やって来た鴉は里の頭領、善鬼に対し、次に挙げる五人を甲賀に派遣し、甲賀側の五人と戦わせるようにという半蔵からの命令を伝えた。理由は告げない。そしてさらに、五人のうち、生き残って帰ってきた者があれば、それを里の残り全員で殺すようにというもうひとつの命令も与えた。

「おれは嫌だ。絶対に嫌だよ。塔七郎を殺すなんて。どうしてそんなことをしなくちゃならないんだ。それを話したら、半太夫が考えた末にいったんだ。よし、俺がそうならないよう考えてやる。それまでいまの内容については誰にもいうな。いいか塔七郎にもだぞ。それが奴のためだ。それでおれは黙っていることにした。半太夫だって同じ運命の中に入ってるんだし、きっといい方法を考えてくれると思ってた」

「なるほどな。奴が自分の顔面を切り落とした本当の理由がわかったよ」

「あいつは途中から顔を隠していたけど、そんなことを――」

「ああ。自分を抹殺するにしても、顔面まで切り落とす必要が本当にあったのかと訝《いぶか》っていた。奴は甲賀者になりすましていたのだ。ならば全員を倒したあと、そのまま甲賀の是清として顔を隠して生きていくのではいけないのかと思った。だが、おそらく甲賀の里でも同じ指令が出ていたはずだ。奴もそれに気づいていた。ならば甲賀者に入れ替わっても意味がない。いずれにしても死んだことにせねばならなかった。そうしなければ一生追われることになるからな。

せっかくふたつの身分を手に入れたにもかかわらず、そのどちらでも生きてはいけないと知った。生きのびるには、さらに完全な別人になるしかない。それが、奴がおのれの顔面を切った本当の理由だ」

上昇志向の塊だった半太夫が、逃れようのないその運命を知ったとき、その心中に生じた絶望、怒りはどれほどのものだったろう。そこから自分の顔面を切断するという考えに到るまでに、半太夫はなにを呑み込み、なにを捨てたのか。

「――それで、奴はおまえになんといってきた。どんな提案をしてきたのだ」

「夜になって半太夫がやって来た。こういったわ。頭領はじめ里の全員はまず間違いなく命令に従おうとするだろう。それを止める方法がひとつだけある。ひとつだけだ。ほかにはない。自分とおまえで里の者たちを抹殺するのだ。いいか、それがおまえの塔七郎を助ける唯一の方法だ。人数がいるからいっぺんにはできん。それに俺には甲賀者と戦う任務がある。是非ともおまえの協力が必要だ。よいな、協力するな、と。わかった。一緒にやる。おれはうなずいた。それが塔七郎を助けられるただひとつの方法なら、あとのことはどうなってもいいと思った。

半太夫が毒をくれた。これはすぐには効かない毒だ。飲ませると、しばらくはなんともないが突然痺れて動けなくなる毒だ。これを使って、誰がやっているかばれないよう、ひとりずつ里の者を倒していくのだと。でもおれはしくじった。最初の千介を呼んで毒入りの茶を飲ませるのはうまくやったんだけど、量が多すぎたみたいで千助が急に苦しみだして吐きそうになった。吐かれたら毒を飲ませたことがばれると思って川まで連れていき、水の中に突き飛ばした。そこへ顔を隠した半太夫が現れて千介を斬った。

それからは絶対に失敗しないよう、半太夫と日付を合わせて相手を呼び出したり毒を飲ませたりする役目をやった。甲賀に行っている半太夫が二、三日おきに現れて里の者を斬る。そういうふうに進んでいった——」

「頭領やすえどのまでやったんだな」

「おれは頭領に、命令に従うのをやめて欲しいといいに行った。だけど頭領は、もう遅いといって聞き入れてくれなかった。頭領は自分の家からほとんど外に出なかったから、すえさんが外に出ているときを見計らって半太夫が乗り込んでいった。すえさんには頭領が死んだあとで、おれがやっていると知られた。頭領がなにかいい残したか書き残したかしたらしいんだ。それで刀を持っておれを斬りに来た。おれは塔七郎に会うまでは絶対に死ねなかったから抵抗した。そのうちに半太夫がやって来てすえさんを斬った――」
「半太夫が伊賀に戻ってきたことをおまえはどうして知った」
「合図を送ってきた。黒い羽根でできた飾りものや川に黒い布を流してきたりして……」

そこまでいって桔梗ははっとした。もうひとり、自分の仕業だと気づく者がいることに思い当たったのだ。川で洗濯をしていたとき、半太夫からの合図である黒い布が大量に流れてきた。そのとき川のところにいたのは四人。自分と紋、そして通りがかった鯉霧と筒賀。鯉霧と筒賀は殺されてしまった。あの黒い布が何者かから何者かへの合図だとわかれば、受け取り手が殺されたふたりであったはずがない。そして紋は自分でないことを知っている。殺しの相方が桔梗だと気づく可能性は充分にあった。

――でも紋は出ていった。どこかへ行ってしまったのだ。それに、いまさら知られたところでなにがどうなるわけでもない。

塔七郎の目が自分を凝視している。哀しい目だった。自分のことをそんな目で見てもらいたくないと思わせる目だった。

「塔七郎、おれはずっとこの日を待っていた。こうしてふたりきりで飲めるのだけを楽しみに生きてきたんだ。受けておくれよ。お願いだよ」

塔七郎が杯に手を伸ばした。涙が出てくる。桔梗も杯を手に取った。ふたりで杯を近づけ、それから一気に飲み干した。

「おまえ、このあとどうするつもりだった」

「どうって、この先のことなんてなんにも考えられなかった。おれが考えていたのはあんたが生きることだけ、それだけだったんだ」

自分は半太夫と一緒になって里の者たちを皆殺しにした裏切り者だ。生きのびられるはずがない。生きていいはずがないのだ。そんなことは重々承知している。最後の一回分は取っておくんだ。そして必ず自分に使うこと——半太夫はそういった。桔梗は、できれば、塔七郎が一度だけでも、自分を……。

しばらくふたりは見つめ合っていた。塔七郎の目の中の哀しみはなくならない。でもいいと思った。できるだけ見つめていようと思った。その、いとおしくてたまらない塔七郎の目に突然紗がかかったようになった。

そういえばおかしい。自分になにも起こらない。どうして——。

「塔七郎!」

塔七郎の体がまえに傾《かし》いだ。

「はっ、杯を取り替えたぞ——」

「えっ、なっ、なんで、どうして、いやーっ、だめーっ、塔七郎!」

突如戸が蹴破られ、十佐が中に躍り込んできた。塔七郎は倒れ込み、口から血を垂らした。

「おっ、おめえ——」

「おれが飲むはずだったんだ。おれが。なのに塔七郎が——」

里のみんなを殺した罪は逃れ得ない。だから塔七郎と会えたら最後の一回分で死ぬつもりだった。なのに……。

「どけっ」

十佐が桔梗を突き飛ばし、塔七郎の体を仰向けにした。

「——死なすな」

塔七郎が消え入るような声でいった。

「頼む十佐。桔梗を、死なすな」

「馬鹿野郎。おめえが死んでどうするんだよ。おい、俺を置いていくのか」

胸を押して毒を吐き出させようとする。桔梗はふらふらと立ち上がり、部屋の隅に行った。そこには小刀がある。それを手に取ろうとしたとき、目のまえに長い刃が伸びていた。

「聞いただろう。おめえは死なせねえ。わかったらそいつをよこせ」

桔梗の手から小刀を奪い取る。

「自分のことをそこまで思っているおめえを死なせるわけにはいかねえと思った。だから塔七郎はおめえと命を取り替えたんだ。おめえが死ぬことは塔七郎を殺すことだ。それは俺が絶対にゆるさねえ。桔梗、わかったらもうやらねえと誓え」

塔七郎の体が最後の痙攣を始めていた。桔梗は床に突っ伏し、大声を上げて泣き続けた。

泣き声は、人のいなくなった里の中で、いつまでも続くように思われた。

## 其の十

「――ええそうなんです。ここに住んでいた玄也というお侍はいつしか姿が見えなくなってしまって――」

いまはべつな者が住んでいる家のまえで、玄也を訪ねてきたという編み笠の侍に訊かれた近所の者が答えた。

「突然いなくなった」

「ええ。それ以来まるっきり音沙汰なしでして」

礼をいうと侍は去っていく。

――畜生。殺《や》られたな。相手も徹底していやがる。編み笠の下で十佐は歯を噛みしめた。しかし、考えようによっちゃ話は早いってもんだ。それだけ相手も承知しているってことだからな。かえって手間が省けるってもんだ。

その日、伊豆守信綱は紀伊頼宣に呼ばれていた。ふたりが会うのは御殿ではなく、かつて玄也を呼び寄せたこともある例の浜屋敷のような離れである。

「例の件はどうなった」

頼宣に訊かれて伊豆守は少々きまずい思いになった。

「それがどうも、いまだ首尾がはっきりしませんで」

「いまだ生きのびておる者がおるということか」

「はあ」

「困ったのう。おぬしがいいだしたことじゃぞ。討ち洩らしがあっては元も子もない計画じゃ。生きのびた者が事情を悟り、浪人たちと組んだりしたらどうするのじゃ」

巷に溢れた浪人と伊賀・甲賀の忍び全員、それらが倒幕に走る。幕府側がもっとも恐れることだった。万が一にもそのようなことが起きぬよう、秘密裏にことを進めてきたのだ。反幕のきっかけとなるような知識を持つ者を一掃し、その芽を摘んでおく。そうしておきさえすれば、もともとばらばらな浪人たちはあとでどうとでもなる。そういう計算だった。それが狂いつつある。目付として飼っている忍者たちが反旗を翻したら、忍びではない自分、偽の半蔵では押さえることが適わぬかもしれぬ。そう伊豆守は考えていた。

「かたじけのうございまする。いま八方手を尽くして生き残りを捜しておるところで、いましばらくお待ちいただきとう存じます」

そのとき、誰かが走ってくる足音が響いた。泡を食っているような駆け方だ。

「とっ、殿、ご避難あそばされませ。曲者《くせもの》が現れました」

「なんじゃと、曲者」

「はっ、それもかなりの腕の者で、守護の者たちがすでに――」

なるほど、開いた戸の向こうから何者かの断末魔の叫びが聞こえてくる。思いのほか近くからだ。

「さっ、早《はよ》うこちらへ」

紀伊頼宣がまだなにかいいたそうにしながらも近習の者に従い、部屋から出て行った。残った信綱は手を叩いた。すぐに黒い影が現れる。鴉と名乗る忍者だ。

「なにが起きているのか見てこい。場合によってはおまえが始末しろ」

鴉がにやりと笑みを浮かべ、姿を消した。わかっていてもあまりいい気持ちのしない消え方だ。

外の騒ぎは一向に収まる気配が無く、それどころか一刻ごとに信綱の居場所に近づいてくるようだった。

「伊豆守はどこにおる。正々堂々出てこい。俺は伊賀は木挽の十佐というものだ」

喚くような声が上がる。それに混じり、誰かが斬られたらしい呻きと倒れる音もする。信綱は強烈な興味をおぼえた。厳重な二重の門の警備をどう乗り越えてここまで入り込めたのだ。止めようとする部下を振り切ると屋敷から出ていった。

最初に目に入ったのは、十数名の者に取り巻かれたひとりの男の姿だった。いや、よく見るとひとりだけではない。すぐうしろにもうひとり、小さな影がある。女だ。ふたりとも刀を構え、背を合わせたまま回転するように動いて互いの前後を守っている。その動きの獣じみた無駄のなさを見て悟った。そうか、この者たちは忍びだ。侵入できたわけがわかった。こ奴らは普通に地面を歩いて入ってきたのではないのだ。

　周りに倒れる者たちを見て総毛立つ思いがした。倒れた体のほとんどに首がついていない。首は離れた場所に転がっている。いくつか見える切り口は完全な平面だった。それだけで相手の魔物じみた腕前のほどが知れる。飛び散り、流れ出た血の量がまたすさまじい。島原をはじめいくつもの戦場を目の当たりにしてきた信綱ですら、一カ所にこれほどの血の量を見たおぼえがなかった。地面はもう、血のりで赤くなっていないところを見つけるのが困難なほどだった。

　信綱のすぐまえに、侵入者の行く手を阻むように大柄な黒い姿があった。鴉だ。

「おっと、おいでなすったようだな。あんたが伊豆守か」

　十佐と名乗ったらしい男がいう。いかつい顔つきの男だった。その十佐目がけて鴉が跳躍する。十佐の体も宙に飛んだ。一瞬、殺してしまうまえに話を聞きたいと思ったが、もう遅い。ここまで来られただけでも凄いが、運命もそこまでだ。信綱は鴉の腕前をよく知っていた。

　重いものが続けざまに地面に落ちてきた。川の氾濫を防ぐのに使う土嚢《どのう》がいくつも落ちてきたような感じだ。それぞれが血で濡れた地面にぶつかって鈍い音を立てる。聴覚と視覚から来る衝撃が信綱の体を揺らした。落ちてきたのは人体の各所だった。腕、足、上下ふたつに分かれた胴体、そして首――それは鴉のものだった。鴉の体が空中でばらばらにされて降ってきたのだ。たとえ豆腐でもこんなふうに切れる者がいるだろうか。地面にぶつかり跳ね返った首が信綱のまえまで転がってきて止まる。命のない鴉がうつろな視線を浴びせてくる。信綱は呆けたようにそれを見つめ返した。

「玄也、仇《かたき》は取ってやったぜ。薄汚ねえ畜生鴉め。そうでなくてもいつかぶった斬ってやりてえと思ってたぜ」

着地した十佐が涼しい顔でいう。息も乱れていなかった。生き残った頼宣の部下が青い顔をして信綱に進言した。

「これはもう援軍を呼ばないと到底――」

「待て。わしが話をしてみる」

震える足で一歩まえに出る。十佐がじろりと睨んでくる。

「おまえと話がしたい。来てくれるか」

そのままうしろを振り向き、先ほどまでいた屋敷に向かう。部下が一緒に動こうとするのを片手を上げて制する。二、三人ついてきたところでこの相手には意味がない。どうやら十佐は聞く耳を持っているようだ。女とふたりでついてくるのがわかった。

「よいか。わしが出てくるまでなにもするな。わかったな」

そこにいる長というべき侍にそう告げると中に入る。十佐と女だけが入ってきて後ろ手に戸を閉めた。ゆっくり深呼吸をした。危機が訪れたとき、いつもそうしてきた。そうやってことごとく窮地を脱してきたのだ。信綱は自分の手を見た。もう震えてはいない。

「さて、十佐とやら、まずはそちらの話を聞こう」

向かい合って座ると、そう切りだした。

十佐は簡素だがしっかりした造りの屋敷に入り、伊豆守の背中を見ながらついていった。こいつの、こんな老いぼれの計略のために塔七郎は――いまにもその背をまっぷたつにしてやりたくなるのを堪える。我慢しろ。自分には目的がある。それのためだ。塔七郎の最後の望みを叶えるためなのだ。

向かい合って座る信綱から話しかけられて、十佐は答えた。

「この者を救ってやってくれ。俺の望みはそれだけだ」

相手が意味が判らないという啞然とした表情を見せる。無理もなかろう。

「この女もまた木挽の里の出身だ。そういえばわかるだろう」

そういってもまだ、知恵伊豆と呼ばれた信綱の表情は変わらない。が、ゆっくりとその顔に理解の色が広がっていった。頼む。承諾してくれ。十佐は祈るような気持ちだった。だめならここで全部終わる。伊豆守を斬り、桔梗と自分も斬る。それで終わりだ。それしかなかった。悪いな塔七郎。俺なんかに頼むからだぜ。わかってるだろ。俺には凝った搦《から》め手なんぞ無理だ。こんなやり方しかできねえ。まあ、だめならだめですぐに会えるんだ。ゆるせよな。

「なるほど、おぬしの要求はわかった。では、今度はこちらからの提案を聞いてもらおう」

信綱がいった。

# 終章

九年後──。

お茶の水に広大な邸を持ち、そこへ通う門人の数は三千を超す。邸に暮らす浪人は百人以上──かつて与四郎といった男、由井正雪はいまやそういう人物に成っていた。その邸で昨夜、正雪は、長年の盟友である丸橋忠弥と喧嘩をした。老中、伊豆守信綱が正雪に目を付けており、近々抹殺の命が下るという噂が入ってきた。そんなことの起きるまえにいまこそ兵を挙げて専横な幕府を叩いてやるという丸橋に対し、正雪はそのようなことをやっても意味がないといった。幕府に不満を抱く外様や、上方と江戸で浪人たちを集めて旗揚げすれば、江戸城のひとつくらい軽く潰してやるといきまく丸橋に対し、浪人者を千や二千集めた程度では城門ひとつ破れはせぬ。目をさませと叱咤した。

両者の話し合いは物別れに終わり、大酒を食らった丸橋は赤い顔のまま邸を飛び出していった。

その十日後の二月二日。丸橋が伊豆守を襲った。増上寺の御成門の外で籠を待ち伏せし、槍で貫いたのだ。しかし乗っていたのは信綱ではなくその部下だった。丸橋は自分の家で自決した。

その二日まえ、正雪は江戸を発って故郷の由比に向かっていた。供は五人連れていた。箱根に着くころには降りどおしだった雨も上がり、その日は塔之澤《とうのさわ》で泊まった。翌日、関所を越えて箱根に着くとそこでは塔ケ島という場所に宿を取る。そこへ江戸から使いの者が追いついてきて丸橋の死んだことを伝えた。

将軍家光の病状が重篤であるという噂が立ち始めたころから、正雪は自分の死が近いことを悟っていた。家光が死んだ場合、幕府は必ずなにかしら世間に対する示威行動を取るだろう。秀忠のときもそうだった。家光が諸侯を集めてその去就をわがものにすることで幕府の権勢が不動であることを示そうとした。由井正雪謀反。それはいわばうってつけのネタといえた。正雪はそのまえにまだ生きている父に会っておきたいと思ったのだった。

丸橋の死を知らされた正雪はひとり旅館の外に出た。しばらくその辺を当てもなしに歩きまわる。ともすれば自分がやってきたこと、歩んできた道に自然と思考が向いた。

俺が生涯かけてやってきたことには意味があったのだろうか。

と、うしろから近づいてきた者がある。振り向くと女だった。旅館の者らしくも見えたが見おぼえはない。三十まえとおぼしき女はまっすぐ正雪に近づいてきた。

「由井殿、正雪殿でござりまするね」

「そうだが、おぬしは」

「名乗るほどの者ではございません。お聞きくださいまし。もうすぐ、小田原藩の目付役が公儀からの書状をたずさえてここへやって来ます。その内容は、正雪殿に自害を申しつけるものでございます――」

自害せよ――その言葉に思いのほか驚かない自分がいた。むしろ、べつなことが気になった。

「してその方はどうしてそのようなことを知っている。さらには、なぜ事前に俺に知らせるのだ」

女は頭を下げていう。

「わたくしは服部半蔵殿の下で働いております。以下は半蔵殿からの伝言でございます。あなたに背恰好の似た死体をひとつ、用意してございます。それを利用し、お逃げくださるよう手配いたします。

ことは一刻を争いますゆえ、どうかこのまま――」

女の口が止まった。正雪が手のひらを上げて制したからだ。

「服部半蔵殿とは。わからんな。なぜ幕府の方がそのようなことをされるのか。自分にはそのようなことをされるおぼえなどない」

正雪が見つめていると、女がふたたびいった。

「そうおっしゃることと存じ、疑問を呈されたときには次のようにいうよう申しつけられております。『甲賀での思い出に』と」

「……な、なに。いまなんと申した。甲、甲賀だと」

正雪の頭の中が九年まえに遡る。酒、戦い、手裏剣、奇計、一緒に呑み、一緒に笑い、一緒に怒り、一緒に頭を捻って、一緒に戦ったふたり。……まっ、まさか。

「いまの半蔵殿はなんという名だ。いや、本名のことをいっておる。まさか、塔七郎というんじゃなかろうな」

この言葉に対する女の反応は大きかった。一瞬にして顔が曇り、目が潤んだ。

「いいえ。塔七郎は亡くなってございます」

「――なんと、そうなのか。で、では、現在の半蔵が何代めなのかは知らぬが、その人はあのじゅ、十佐なのか」

女が無言で下を向く。肯定の印と受け取った。信じられん。いま、公儀の忍者を一手に仕切る忍びの長を、あの十佐が。はっはっは。ガラじゃねえよな。でも仕方ねえだろ。そういう声が聞こえるようだ。九年といえばそれなりの長い年月ではあるが、一体なにがあったのだろう。塔七郎を助けてくれたことはこの十佐、一生おぼえとくぜ。あまりのことにぼうっとしていた正雪は、目のまえの女に視線を留めてはっとなった。

「あ、あなたはもしや、桔梗というのでは」

女が顔を上げる。どきりとするほど哀しい目をしていた。その目が放つ哀しみが自分の心を射貫くように感じられた。それが、あるいは正雪の決断をうながしたのかもしれなかった。

「――わかった。まことにありがたき申し出、この正雪、痛み入る。しかしかたじけないがその申し出は受けられぬ。仲間を置いて自分だけが生きのびることはできぬ。この正雪、先に行って待っているとお伝えください」

その答えを聞くと、女は去っていこうとした。正雪は懐に手をやりながら女を呼びとめた。

「もし、あなたにわたすものがある」

取り出したのは三つの、薄くて小さな手裏剣だった。うちふたつはひしゃげて変形し、ひとつだけが形を保っている。お守りのように九年間ずっと持っていたものだった。

「これは塔七郎が使っていたものだ。これ以上俺が持っていても仕方がない。あなたが持っていってください」

手裏剣を女の手のひらに置く。女はそれを顔のそばに持っていってためつすがめつした。両の目から涙がこぼれ落ちる。

「ありがとうございます」

「では達者で。あなたに会えてよかった」

女が去っていく。そのうしろ姿を見たあと、正雪はゆっくりと旅館に戻っていった。

（了）

# 滅びの掟

## 密室忍法帖

2019年6月3日　第一刷発行

著　者 ―――――― 安萬純一
発行者 ―――――― 南雲一範
装丁者 ―――――― 奥定泰之
装　画 ―――――― 苗村さとみ
校　正 ―――――― 株式会社鷗来堂
発行所 ―――――― 株式会社南雲堂
東京都新宿区山吹町361　郵便番号162-0801
電話番号　(03)3268-2384
ファクシミリ　(03)3260-5425
URL　http://wwwnanun-do.co.jp
E-Mail　nanundo@post.email.ne.jp
印刷所 ―――――― 図書印刷株式会社
製本所 ―――――― 図書印刷株式会社

本書の無断複写・複製・転載を禁じます。
乱丁・落丁本は、小社通販係宛ご送付下さい。
送料小社負担にてお取り替えいたします。
検印廃止〈1-585〉
©JUNICHI AMAN 2019 Printed in Japan
ISBN 978-4-523-26585-6　C0093

「平成」という言葉を聞いて
感傷的になっちゃってる自分を
照れくさく感じるような人たちへ。

# 平成ストライク

［著］青崎有吾・天祢涼・乾くるみ・井上夢人・小森健太朗・白井智之・千澤のり子・貫井徳郎・遊井かなめ

四六判並製　424ページ　本体1800円＋税

福知山線脱線事故、炎上、児童虐待、渋谷系、差別問題、新宗教、消費税、ネット冤罪、東日本大震災——平成の時代に起こった様々な事件、事象を九人のミステリー作家が書き起こすトリビュート小説集。

「加速してゆく」青崎有吾
「炎上屋尊徳」井上夢人
「半分オトナ」千澤のり子
「bye bye blackbird…」遊井かなめ
「白黒館の殺人」小森健太朗
「ラビットボールの切断」白井智之
「消費税狂騒曲」乾くるみ
「他人の不幸は蜜の味」貫井徳郎
「From The New World」天祢涼

第72回日本推理作家協会賞　短編部門、評論・研究部門
第19回本格ミステリ大賞　評論・研究部門
候補作

# 娯楽としての炎上

## ポスト・トゥルース時代のミステリ

藤田直哉［著］

四六判上製　296ページ　本体2200円＋税

私たちはどう生きるべきなのか？
その答えは、ミステリの中にある。
現代ミステリこそがポスト・トゥルースに抗する！

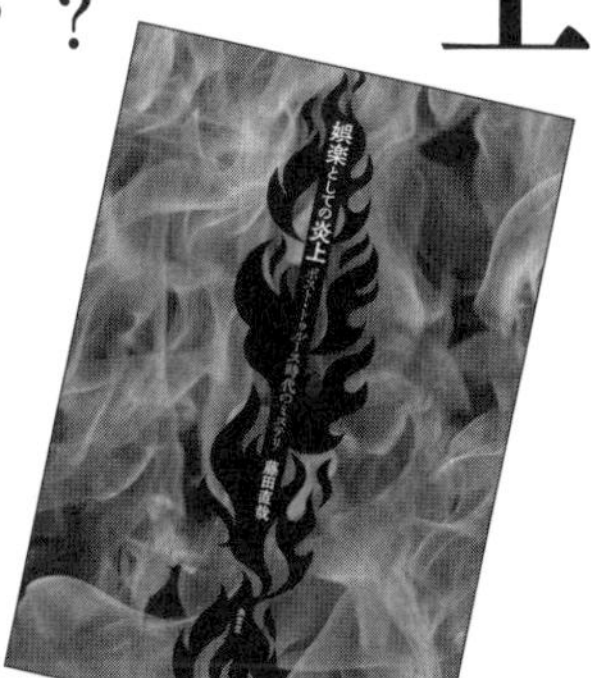


現代日本のミステリは、民主主義とネット・ファシズムの狭間で引き裂かれながら、新しい社会のあり方、人間のあり方、倫理のあり方、論理のあり方を模索している。読者の欲望と社会のあり方とが骨絡みになったジャンルであるからこそ、ミステリがそのジャンルそのものによって価値を持つ状況になっている。本書は現代ミステリからポスト・トゥルース時代を理解し、ポスト・トゥルース時代から現代ミステリを理解する。一挙両得な新たな試みの批評書である。

本格M.W.S.
本格ミステリー・ワールド・スペシャル

本格ミステリー・ワールド・スペシャル最新刊
島田荘司／二階堂黎人 監修

# 皆殺しの家

山田彩人［著］

四六判上製　336ページ　本体1800円＋税

夏の海に浮かぶ氷付けの屍体！
まっ白な雪原に浮かぶ妖精の足跡！
開けた採石場跡地で発見された奇妙な転落屍体！
不可能犯罪連発の奇想ミステリー劇場開幕!!

警視庁の刑事である小倉亜季。亡くなった兄が自宅に匿っていたのは親友でもあり三人を殺害し指名手配中の久能だった。兄の遺志を受け継ぎ久能を地下牢に匿ったが、亜季によって外界との接点を遮断され暇をもてあました久能は亜季の知る不可解な謎を要求してきた。

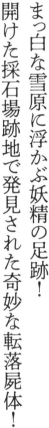